漫時光

長風渡

【第一部】長風起

下卷

高寶書版集團

目錄
CONTENTS

第二十六章　人心

章懷禮未成名前，曾在揚州講學，顧九思和葉世安等人都曾當過他的學生，乍聞他的死訊，尤其還是在這樣的方式下，顧九思心緒難寧。縱然沒有直觀證據，他還是忍不住道：「是洛子商？」

葉世安搖搖頭：「難說。」

所有人陷入沉默，大家斟酌著這些資訊，片刻後，柳玉茹道：「大家都別想了，葉哥哥和韻兒養傷要緊，有什麼話，我們回到望都再慢慢說吧。」

「玉茹說得是。」顧九思聽了這話，忙道，「是我思量不周，我送葉兄。」

葉世安情誼已到，也不強撐，便由顧九思攙扶著，同柳玉茹葉韻一起回了房。

葉韻單獨在另外一間房，柳玉茹扶著她進屋。她一直僵著身子，柳玉茹察覺她的動作，沒有說話，等進了屋裡，柳玉茹關了門，替她鋪了床，像年少時一樣叮囑著去望都需要注意的。

以前她們就是如此，葉韻大小姐性子，許多事是不去注意的，都是柳玉茹照顧著她。

她以往一貫是笑咪咪應下，然而如今卻站在柳玉茹身邊，神色平靜地應著柳玉茹的話，看上去十分恭敬的模樣。柳玉茹說著說著，便斷了音，葉韻抬眼看她，有些茫然道：「如何了？」

柳玉茹背對著她，許久後，終於將所有話忍了下去，嘆息道：「沒什麼，就是覺得妳的話少了許多。」

「畢竟也不是以前了。」葉韻笑了笑，面帶苦澀道，「身分不一樣了，人也不一樣了。」

「妳我卻始終是一樣的。」柳玉茹應聲，她抬眼看向葉韻，認真道：「妳始終是我的朋友。」

葉韻愣了愣，苦笑著低頭道：「玉茹，我真的沒想過妳會同我這樣說。」說著，她嘆了口氣：「妳與顧九思在一起，是件好事。」

「怎的這樣說呢？」柳玉茹有些疑惑。

葉韻坐下來，倒了茶，瞧著窗外平和道：「咱們倆打小在一起耍玩，妳家那妾室進門後，妳就心思重了。其實我心裡是知道的，妳有求於我，有求於葉家，妳這個人啊，算計得深，也不夠坦率。而我呢，是因為脾氣不好，沒什麼朋友，咱們倆廝混在一起，也是各取所需。只是在一起當好友時間長了，便有了幾分真意，妳救我，我本已經很意外，如今妳是官家太太，而我吧，」葉韻笑了笑，抬眼道，「這輩子也就這樣了。妳還願意同我這樣說話，我心裡真的很感激。」

「妳嫁給他，總算是有了幾分小時候的樣子，我覺得一個人能活成自己最本真的模樣，應當就是活得好的。」

「我……的確是活得不錯。」

柳玉茹勉強應答，她抬眼看著葉韻，知道葉韻的心結，失身於王善泉，便是她心裡一輩子過不去的坎。她想要勸一勸，卻又說不出什麼，直到外面傳來顧九思的聲音，叫她道：「玉茹，妳是同我一起回，還是再等等？」

柳玉茹回過神，葉韻手捧著茶杯，柔聲道：「過去吧，我這兒沒事。」

「那……」柳玉茹憋了半天，終於道，「那我先走了。」

她說完之後，葉韻送著她到門口，顧九思站在門口等她，朝著葉韻點了點頭，柳玉茹和葉韻告別後，便同顧九思一起走在長廊上。顧九思伸手拉住她，打量著她的神色，柳玉茹察覺，轉頭瞧他：「這樣看著我做什麼？」

顧九思笑了笑：「我看妳似乎不大高興，我便仔細看看，記住妳不高興的時候是什麼樣子。」

柳玉茹被他逗笑：「你每日就琢磨這些沒什麼用的事。」

「不不不，」顧九思趕忙道，「這可是我的頭等大事。」

兩人說著進了屋裡，大夫又過來問診，確認柳玉茹沒什麼大礙，讓她喝了些安神的藥後，顧九思同她商議道：「等明日咱們先啟程回望都，讓葉兄隨後再來，我在望都城中還有些事要處理。」

柳玉茹應了聲，想起來，「你是想見你父親了吧？」

顧九思有些尷尬，拿了衣服轉進屏風後面，嘀咕道：「我想見他做什麼？反正人好好沒事就行。」

柳玉茹在外面抿著唇笑，也沒多說。

等顧九思洗漱完，柳玉茹也去洗了澡，洗澡出來之後，她看見顧九思坐在床上，正拿著一本書看著，柳玉茹著了單衫，頭髮還滴著水。

深冬的夜裡帶著寒意，好在炭火靜靜燒著，讓室內溫度恰到好處的暖和，顧九思拍了拍床邊，看著書，高興道：「床我替妳暖好了，快進來。」

說著，他抬起頭來，一望著面前的人，便有些愣。

昨日一夜奔波，早上又有爭執，直到此時此刻，他才真正好好注視著這個人。三個多月沒見，柳玉茹明顯瘦了許多，人瘦了之後，五官就挺立起來，眉眼張開，看上去越發清麗秀美。

他感覺自己像是養了一棵樹，種下一株花，她在他心裡生根，發芽，盛開。他不知道是自己的錯覺，還是現實，他覺得面前的人眉如山黛眼含秋水，無一處不精緻，無一處不美好。

她雖然身形消瘦，可頸下那一片卻是豐滿了起來，如今只穿了一件單衫，便可見山巒起伏，水珠沾染燭光，一路順流而下，穿入山壑，隱於一片白玉之間。

顧九思突然覺得有些口乾舌燥，他的視線似乎是帶了溫度，讓柳玉茹慌張起來。她不敢動彈，也不敢往前，只能低頭垂眼，小聲道：「郎君在看什麼？」

顧九思被她問得有些慌亂，面上卻要故作鎮定，笑著道：「怎的不多穿點衣服，快上來吧？」

柳玉茹應了聲，拿著帕子坐上床，顧九思用被子把她裹起來，似乎是怕她冷，又像是怕其他什麼。

等裹上之後，顧九思鬆了口氣，他拿起帕子幫她擦著頭髮，柔聲道：「我幫妳擦頭髮，直接睡老了會頭疼的。」

柳玉茹垂著眉眼，她感覺這個人在身後忙活，突然想起葉韻那句話——

妳與顧九思在一起，是一件好事。

她忽地覺得，其實在這個世間，她已經算過得很好很好的姑娘。

她身後永遠站著這個人，哪怕他如今只是個芝麻大的官，在這亂世中也沒什麼能翻天覆地的本事，但是他在她背後幫她這麼擦著頭髮，她便覺得，天塌下來了，她也不怕。

她垂著眼眸慢慢道：「這一次你準備這些錢和兵糧，替范軒解決了後顧之憂，算是立了大功了吧？」

「是呀，」顧九思漫不經心道，「我還讓流民在望都開墾荒田，把上下的規矩定了，現在妳去望都，又安全又乾淨，雖然比起揚州還是差了底蘊，可是也很不錯了，」顧九思說著，眼裡帶了笑，「這樣下去，最遲三年，我們做的一切就能看出成效來。到時候望有錢有人，我也不操心了。」

柳玉茹聽到這些，不由得道：「聽你這話，我終於明白什麼叫父母官了。你可是把望都當成孩子操心了。」

「妳說得對，」顧九思嘆了口氣，「不過也是因為妳不在，妳不在，我想妳，就總要找點事做，不然每天都忙著寫信給妳，妳煩別人也煩。國債的事妳扛了，那我便忙其他事。」

顧九思將她半乾的頭髮梳整好，柔聲道：「忙起來，覺得倒也很新奇。哦，妳一定想不到我學會了多少東西。」

「嗯？」柳玉茹睜眼瞧他，顧九思高興道，「我會插稻、會鑽井，還會檢查堤壩，我覺得呀，以後就算不當官，只種地也是能養活妳的。」

這話把柳玉茹逗笑，她不由得道：「你好不要臉，咱們誰養活誰啊。」

顧九思聽這話，趕忙道：「妳養我，可我心裡想養妳呀。罷了罷了，」他嘆了口氣，「妳這女人太有本事，我不當個大官真是配不上妳。」

「你說哪兒的話，」柳玉茹抬起手，握住顧九思的手，垂下眼眸，有些不好意思道，「你如何都是我丈夫，如何都是我最好那個人。」

顧九思不動了，感覺著這個人落在自己手上的手，她的手心還有沒好的傷口，些許繭子，一點都不像那些大家閨秀柔嫩的手掌。他記得她以前不是這樣的，剛嫁到顧家的時候，她雖然不得寵，卻始終是個從小沒缺吃少穿的大小姐。縱然大家閨秀算不上，但小家碧玉卻是有的。如今她的手彷彿是生活的一本筆記，清晰記錄了所經歷的一切，可他不覺得不好，他除了覺得心疼，還覺得，這樣的柳玉茹，好得很。

他反手握住柳玉茹的手，隔著厚重的被子，從背後抱住了她，低聲道：「玉茹。」

「嗯？」

「等過些年安穩了，我們要個孩子吧。」

柳玉茹聽了這話，微微一愣，片刻後，覺得心跳又快又慌，還帶了幾分說不出的驚喜，她小聲道：「嗯。」

「我想要女兒，」顧九思說，「最好像妳一樣的，乖巧聽話，我以後當個大官，保護妳們母女。」

「當然，兒子也好，」顧九思不知道怎麼的，突然開始暢想未來，慢慢道，「要是是個兒子，我不打他，我從小帶著他玩。」

「玩成你這樣嗎？」柳玉茹忍不住抿唇笑了，「那樣沒有好姑娘願意嫁的。」

「怎麼會，」顧九思立刻反駁，「好姑娘眼睛都不瞎，能看到我們的好的。就像妳，」顧九思將臉湊上來，高興道，「就覺得我特別好，對不對？」

柳玉茹笑著不說話，她的頭髮已經乾了，便將帕子從顧九思手裡抽走，起身吹了蠟燭，隨後回到床上來，背對著他躺下道：「睡了。」

顧九思在旁邊坐了一會兒，突地笑了，進了被子裡靜靜躺著，兩個人不知道怎麼的，都沒閉眼。

柳玉茹有些緊張，顧九思也能感覺自己能清晰聽見自己的心跳聲。

這一晚同床共枕和過去是全然不一樣的，過去的時候，兩個人懵懵懂懂的過著，渾渾噩噩的「將就」，從最初只是因為實在睡不動地鋪將就著睡一張床，到後來一個忍讓不說話、一個衝動不懂事的嘗試，從沒有一天是像這個夜晚這樣，確定了心意，明確著未來的。

顧九思直覺自己該做些什麼，卻又有一些慌張，而柳玉茹也知道顧九思會做什麼，緊繃著身子不語。

過了許久後，顧九思終於動了，他翻過身從背後抱住她。

柳玉茹僵了僵，紅著臉小聲提醒：「明天要趕路。」

「我知道。」顧九思溫和道，「我就抱抱妳。」

柳玉茹放鬆下來，靠在這個熟悉的懷抱裡，許久後，她聽顧九思低聲念叨：「是該再成一次親的。」

柳玉茹：「……」

柳玉茹其實很疲憊，精神一直繃著，終於和顧九思和解了，整個人放鬆下來，一覺睡得有些沉。

等醒來的時候，顧九思已經在外把馬匹車輛都準備好了，柳玉茹洗漱之後同葉世安和葉韻告別，葉世安身上傷重，就先繼續休養，他們則先回望都。

從廣陽一路回去，柳玉茹和顧九思走走停停，滄州大旱緩解，百姓也多了起來，然而路上依舊到處是屍骸，凍死的、餓死的、死於非命的，他們兩人瞧著，縱然這一次與上次境遇完全不同，心裡卻還是有些難受。

一路上到處是難民，還沒到望都，兩人便知道一些前線的情況。

范軒帶大軍全線壓境，直逼東都，梁王東北面有范軒正面硬戰，西南後方有劍南節度使劉行知騷擾緊逼，只要攻下東都，梁王便不足為懼。

得到消息之後，顧九思顯得有些憂心忡忡，柳玉茹不由得道：「范大人即將攻下東都了，你又在操心什麼呢？」

「梁王如今不足為懼，」顧九思嘆了口氣，「可是梁王已經斬掉了所有皇室子弟，范大人入了東都，又要推選誰做皇帝才能服眾呢？」

柳玉茹沒說話，顧九思抿著茶，繼續道：「極大可能，便是范大人自己登基，若是他當真這樣做了，其他人必然效仿，其他不說，便說劉行知，他如今坐擁益荊兩州，虎視眈眈，怎麼可能服氣？除卻劉行知，揚州涼州交州，還有各路諸侯小王節度使，哪一個又是好相與的？」

柳玉茹沉默著，好久後，她嘆了口氣，握著顧九思的手道：「你也別想太多了，你就管好望都，日後如何，等范軒給了你相應的俸祿，再替他操心。」

這話說出來，顧九思愣了愣，片刻後，不由得笑了：「說得也是。」

倒不是俸祿不俸祿，而是這樣的事，本不該是他一個縣令操心的。

只是他記掛在心裡，時時刻刻派人去外面探查著情況。行了十日路，兩人總算回到望都，顧九思先讓人去了信，兩人到家門口的時候，江柔已經帶人拿著艾葉火盆站在門口。顧九思和柳玉茹攙手下了馬車，剛下來，顧九思的目光便凝住了。門口一個老者坐著輪椅，頭髮有些白了，看上去滿臉嚴肅，顧九思看著對方，對方也不說話，片刻後，顧九思三步併做兩步，往顧朗華衝過去，顧朗華一看顧九思衝來，立刻抬起手，怒道：「逆子你要做什麼！」

這話把所有人罵愣了，顧九思下意識道：「這種時候你還要罵我？」

顧朗華也覺得自己的反應好像太大了點，輕咳了一聲，「也不是罵你。」

說著，他又責怪道：「你朝著我衝這麼快做什麼？我瞧著怕你撞著我。」

顧九思氣不打一處來，他方才瞧著顧朗華，下意識就想撲過去來一番父慈子愛痛哭流涕的大戲，結果這老頭子這麼有本事，一句話就讓他頓失所有溫情感動，他忍不住道：「你還好意思怪我？這麼久在外面都不給個信，你知道我……我娘多擔心你，把自己搞成這副樣子回來，你有當爹的樣子嗎？」

「九思，」柳玉茹瞧見這父子倆吵起來，趕緊上前拉住顧九思，「公公剛回來，你好好說話。」

江柔見狀，也趕緊拉住顧朗華，「你也少說兩句。」

有了兩個女人的安撫，兩個人終於不吵了，但顧朗華將手攏在袖子裡，扭過頭，「哼」了一聲，赤裸裸表達自己的不滿。

而顧九思聽到這聲「哼」，冷笑一聲，也不再看顧朗華。

柳玉茹和江柔對視一眼，兩人都有些無奈，江柔嘆了口氣道：「先別說了，跨了火盆進門吧。」

顧九思板著臉領著柳玉茹跨了火盆，又用艾草沾水潑灑在身上，這才進了大門。進去之後，柳玉茹看著江柔推著顧朗華，兩人一句話都不說，她知道顧九思掛念著顧朗華，趕忙道：「婆婆，讓九思來推公公進去吧。」

「我不要，」顧朗華立刻拒絕，「他莽撞得很，我怕他傷害我。」

「說得誰樂意似的。」顧九思嘲諷開口，柳玉茹有些無奈，只能道：「那我來吧。」

說著，她走到江柔旁邊，柳玉茹的面子顧朗華是給的，兒媳婦來推輪椅，他也不說什麼，柳玉茹推著輪椅，同顧九思道：「九思，到我旁邊，和我說說話。」

顧九思悶悶應了一聲，但還是到柳玉茹身邊，顧朗華流露些許詫異，倒也沒多說什麼，兩個男人沉默著，柳玉茹笑著道：「公公一個人在揚州受苦了吧？」

顧朗華聽柳玉茹問話，僵著聲音道：「啊，還好。」

「公公不妨說說當時在揚州發生了什麼吧。」柳玉茹看了顧九思一眼，笑著道：「我和九思一直惦記著您。」

「也沒什麼，」顧朗華輕描淡寫道，「我從密道裡出來，被人救了，不小心折了腿，後來被葉公子發現收留。」

「你遇到什麼危險被人救了？又怎麼折了腿？怎麼被葉世安發現的？」

顧九思一連串發問出來，顧朗華下意識想嘲諷，旁邊江柔輕咳了一聲，隨後道：「朗華，九思這些日子受了很多苦，你當父親的要多體諒，別這麼大年紀了，還耍小孩子脾氣。」

顧朗華聽到這話，終於噤聲，他沉默片刻後，一一回答了顧九思的問題。有了這個開頭，後續說話方便很多。柳玉茹一行人去了正堂，大家喝著茶，聽著顧朗華說自己的境遇。等顧朗華說完，顧九思又將他們遇到的事說了一遍。

說完之後，兩個男人沉默許久，顧朗華道：「大家平平安安回來就好，你們也累了，先回去吧。」

顧九思低低應了一聲，柳玉茹便帶著顧九思起身，到門口時，顧朗華突然叫住他：「九思。」

顧九思停住腳步，聽顧朗華道：「你過來，我看看你長結實沒。」

顧九思微微一愣，回過頭就看見顧朗華刻意板著臉，但眼裡有藏不住的淚光，顧九思心一軟，酸楚難過一起湧上來，他走到顧朗華面前。

他比這個坐輪椅的男人高太多，於是在停頓片刻後，單膝跪地蹲了下來，顧朗華靜靜打量著他，伸手拍了拍他的肩膀，過了一會兒後，顧朗華笑著道：「長大了。」

說著，也不知道是欣慰還是感慨，再重複了一遍：「長大了，是大孩子了。」

「我不是孩子了。」顧九思嘀咕，「我現在是縣令了。」

「胡說，」顧朗華瞪著眼，「你就算當了宰相，在我面前也是我兒子！」

聽了這話，顧九思又笑又酸澀。他抬眼道：「是是是，我是您兒子，您要打要罵要怎麼都可以，行了吧？」

「你就想不到我的好，」顧朗華抬手拍了顧九思的頭，怒道，「當爹的是要替你撐起一片天，我打你罵你，不也是為你好？所以下次，別再有什麼赴死救老子的事，」說著，顧朗華一巴掌將顧九思的頭按了下去，咬牙道，「再有下一次，老子打死你。」

顧九思聽著顧朗華的話，一瞬之間，有了幾分過去的感覺。

人這輩子，只要父母還活著，無論父母是年邁體弱還是身強力壯，總覺得有個歸處，有個靠山。顧朗華的死像是泰山驟然崩塌，讓顧九思覺得一切都變了。而今他回來，就算他們爭執吵嚷，可於他心裡，終於是真真切切再次有了依靠，讓他覺著，雖然外界變了，可他擁有的，他的家人，他的愛情，卻是沒有改變的。

有那麼幾分想哭，卻又覺得丟人，於是勉強笑了笑後，沙啞道：「知道了。」

顧朗華拍拍他的肩，抬頭看了看柳玉茹，隨後道：「去吧，對你媳婦好點，別這麼大的人了，還跟個孩子似的讓玉茹照顧著你。」

顧九思應了聲，他起身同柳玉茹一起走出去，到了門外，他拉著柳玉茹的手，走在庭院裡，柳玉茹低聲同他說著後續事宜。

「這次出去收糧，是我主持的，你總該給我些報酬。這些報酬我領了之後，打算將花容的生意交給其他人，我想在望都城外買一些地。你是不是收了許多流民，將地都分給他們？我聽說你許諾他們，在這些土地種出糧食之前，會給他們一些基本的花銷支出？這些花銷你給的是多少銀子？我打算同這些人將土地買了，然後統一管理起來，請個專門會種糧食的人，規劃種糧。這麼多人這麼多地，總得有點規矩才行。」

顧九思聽她絮絮叨叨說著，像個小財迷一樣啪嗒啪嗒打著算盤，心裡高興極了，等柳玉茹說完，回頭看他，就看見旁邊的人眼裡彷彿盛了銀河星光，柳玉茹愣了愣，隨後道：「你聽我說了沒？」

「聽著呢。」

「你如何看？」

「都依妳。」

「顧九思，」柳玉茹不免笑了，「我前頭才誇你是父母官，你能不能上心些？」

「我都聽明白了，」顧九思趕忙道，「其實妳就是想幫我，官府一直給他們銀子不是辦法，終究是要讓所有人一起賺錢才能有錢的。妳花錢同他們買地，帶著他們種糧，來年望都收成好了，這些人都有個依靠，妳自己賺錢是小，幫我解決了事才是大。妳想這些法子，都是極好的，我明白。」

柳玉茹微微一愣，忽地有種自己內心都被人看穿一般的慌張尷尬，她輕咳一聲，扭過頭去，「我明天上你府衙去，一切按流程走吧。」

柳玉茹和顧九思商議好，便去單獨找了蘇婉，和蘇婉聊了聊。

蘇婉得知柳家的情況，愣了許久沒說話。柳玉茹看見蘇婉的神色，怕她難過，忙道：「娘，妳別多想，我讓人出去找……」

「無妨了。」蘇婉嘆了口氣，擺了擺手，「大半輩子都過去了，打咱們從揚州離開，我便不願再多想了。這亂世求日子，妳不容易，也別費神去找他們。找回來做什麼呢？」蘇婉苦笑，「咱們總不至於還要和他們認個親又當一家人。妳爹捨不下張月兒和她那些子女，咱們又受那個氣做什麼？」

柳玉茹沒說話，蘇婉抬眼看她，抬手握住她的手，柔聲道：「我倒是擔心妳，那畢竟是妳爹，妳……」

「過去了。」柳玉茹嘆息，抬眼看著蘇婉，苦笑道：「都是沒法子的事，我初時倒也的確難過，可是現在也好了。咱們娘倆相依為命，妳在，我心裡就安穩，別多想了。」

柳玉茹安撫了蘇婉，從房門外走出來。她覺得有種無形的煩悶壓在心口，只是她方走出來，就看見一道身影，他背對著她，斜靠在柱子上，手裡拿本書，藉著月光和長廊上的燈光看著上面的字。

他是學不會規矩，也沒個正形的，就連站著，都站得歪歪扭扭，像沒骨頭一般。

聽見柳玉茹開門，他回過頭，看著柳玉茹笑起來：「說完了？」

說著，他走過來將披風披到柳玉茹身上，柳玉茹低著頭小聲道：「你怎的在這裡？」

「我看妳沒帶著外衣出來，」顧九思笑著道，「又想妳，就過來等著，萬一妳出了門覺得冷呢？」

「就一小節路。」

「一小節路我也想等妳。」

柳玉茹說不出話來，她感覺溫暖從披風一路席捲而入，直抵入心。顧九思的手包裹著她的手，兩人走在長廊上，柳玉茹突然覺得，這路一點都不冷，一點都不寂寞。

兩人一起回房，柳玉茹先洗過澡，顧九思便進了淨室清洗，柳玉茹聽著裡面的水聲，看著屏風上的人影，在鏡子面前擦乾頭髮，猶豫片刻後，她小心翼翼拿了唇脂，塗抹在唇上。

做完這件事，她有些後悔，又擦了去，擦完之後，唇上依舊是染了色，帶了些不正常的紅潤，她看著鏡子裡的自己，抿了抿唇，輕輕啐了一口便上了床。上床之前，她從櫃子裡尋了絲絹白帕，墊在床上，而後熄了燈躺到床上，用被子蓋住自己。

她有些緊張，一直盯著蚊帳上方，腦子裡回顧著婚前蘇婉給她看的冊子裡的東西，她覺得臉燒起來，不安中又帶了幾分說不出的喜悅，心裡想著顧九思，想著他可能怎麼對待她，又想著未來，越想越覺得自己有些太過浪蕩，暗中鄙夷自己，就是這時，她聽見顧九思從水裡起身了。

顧九思穿著單衣，擦著頭髮從淨室出來，發現柳玉茹熄了燈。他愣了愣，沒想到柳玉茹睡這麼早。他只能小心翼翼走到臥室裡，怕吵醒柳玉茹。

柳玉茹僵著身子躺在床上，心跳得飛快。她琢磨著顧九思什麼時候上床，來到床上會不會笑話她。

她感覺顧九思走過來，整個人繃緊了身子，緊張得不行，誰曾想顧九思摸索到一半，突然坐下了！

柳玉茹在床上眼睛睜開一條縫，在夜色裡看見顧九思坐在那擦頭髮。

好罷，他打算頭髮乾了再上床。

於是柳玉茹就睜著眼，盯著顧九思，等著他上床。

她看著顧九思坐在那擦頭髮，擦了又停，似乎在想什麼，擦一會兒又停一停，又似乎想起什麼。

柳玉茹的內心一開始還有些焦急，看著看著，她就睏了，昏昏沉沉睡了過去。

等顧九思上床的時候，她已經睡得迷糊了。顧九思怕她受寒氣，頭髮澈底乾才上來的，上來之後，他感覺床上似乎多了點什麼，也沒多想，伸手將墊在下面的東西一抽就扔了出去。

他琢磨著，柳玉茹一定是睏極了，床上多了東西都沒察覺就睡了。

他心裡又是一番心疼，低頭親了親柳玉茹的額頭，心滿意足抱著睡了。

第二日，柳玉茹先醒，她猛地睜開眼，從床上坐起，伸手去摸她墊的白布。

而後她就被地上的白絹吸引了注意，顧九思迷迷糊糊睜開眼，含糊道：「這麼早，再睡會兒吧？」

「我……我去查帳了。」

柳玉茹有些尷尬，昨夜的勇氣散盡，她趕緊起床，從顧九思身上跨過去，想去將地上的白絹撿起來藏好。然而她剛彎下腰撿東西，白絹卻別人提前一步撈了起來，顧九思抓著那白絹，挑眉看向柳玉茹：「這是什麼？」

柳玉茹瞬間紅了臉，小聲道：「我……我怎麼知道？」

「那妳慌慌張張想要藏它做什麼？」

「我沒有。」柳玉茹趕忙否認，轉身道，「我去洗漱……」

柳玉茹話沒說完，顧九思電光火石之間，猛地想起夜裡抽走的東西，突然明白了這是什麼東西，他一把抓住柳玉茹，趕緊道：「欸欸妳別走！」

柳玉茹背對著他，有些緊張，顧九思從背後抱住她，在她耳邊輕聲道：「玉茹，妳昨晚是不是想同我生小娃娃？」

「顧九思！」柳玉茹感覺自己這輩子沒這麼臉紅過，她清晰地感覺到臉上灼熱的溫度，氣惱道，「我要去幹正事！我要去賺銀子！你別攔著我！」

顧九思聽到她說這些，卻更抱緊了她，任憑她又掙又推都不放手，朗笑出聲，低頭親了她一口，高興道：「妳別急，我準備著呢。」

「你滾開！」柳玉茹聽著他說她急，更是羞惱了。

顧九思感覺她拚命掙扎，也知道不能再欺負她了，最後再親了她一口，忙道：「明天穿漂亮些，啾！」

柳玉茹一腳踩在他的腳上，顧九思終於放了手，柳玉茹匆匆跑了出去，顧九思單腳蹦躂著，看見柳玉茹從門邊探出半張臉看著他，眼裡帶著擔憂，小心翼翼道：「你……你沒事吧？」

顧九思趕緊往地上一倒，哭喪著臉道：「腿斷了。」

於是柳玉茹知道他沒事，放下心來，去隔壁叫了人，洗漱之後，便出去忙了。她先去花容一趟，芸芸在她之前已經回到望都，著手清理了花容的帳目，柳玉茹一過來，便將人召集起來。

柳玉茹先瞭解了花容近日來的情況，隨後便說到她和沿路各商家的協議，只是她才開口：「我之前在滄州……」，芸芸便驟然出聲打斷她，溫和道：「夫人在滄州準備那些禮物，我都已經交給大家了。」

柳玉茹頓了頓，便明白芸芸是不打算讓她說出口，於是她笑著轉了話題道：「那就好，」她柔聲道，「我在外也一直惦念著大家，如今平安回來，也是幸事，明晚訂一桌在東來酒樓，大家一起吃個飯吧。」

話題草草略過，等所有人散開，柳玉茹單獨留下芸芸，她抿了口茶，抬眼瞧向芸芸：「妳方才不讓我說話，是為了什麼？」

芸芸低聲道：「夫人，我回來後，從一些管道拿到了那些流通在外的假貨。」說著，芸芸將一盒胭脂拿了出來，柳玉茹從旁邊接了胭脂，隨後聽她道：「但我卻發現，這並不是假貨。」

柳玉茹的手頓了頓，她抬眼看著芸芸，芸芸不說話，低聲道：「這胭脂的配方，與我們的正品沒有任何差別。」

柳玉茹明白了芸芸的意思，胭脂配方極其難仿，多一分少一分，在顏色手感上就會有差別。柳玉茹沉默一會兒後，終於道：「妳覺得是我們自己的人在外面做的事？」

「是。」芸芸果斷道：「詳細我還在查，但是已經鎖定在做胭脂的幾個工人身上了。」

柳玉茹端著茶，聽了芸芸的話，不由得笑了：「我明白妳的意思，咱們胭脂的每一個步驟都是分開的，一個人只掌握一個部分的配方，只有最初那兩個製作胭脂的人一人知道半個配方。那兩個人是顧家元老，妳不方便說，是不是？」

芸芸沒說話，柳玉茹放下茶杯，淡道：「這件事最重要的不是情面，而是這兩個人是咱們做胭脂最核心的人，胭脂是她們做的，妳把她們撤了，以後我們怎麼辦？」

「可總不能一直這樣。」芸芸低聲道將帳目推上去，小聲道：「這些時日，我們店的生意下滑得厲害，而且這種東西在外面氾濫，我們的價格上不去，名聲也護不住。」

物以稀為貴，他們走的本來就是把胭脂當面子的路子，怎麼能讓同檔次的東西在外面氾濫成災？

柳玉茹聽著芸芸的話，一直不語，她思索著，慢慢道：「妳先下去吧，我想一想。」

芸芸應了聲，沒多說便下去了。

柳玉茹休息片刻，便去府衙找了主簿。當初她的商隊出行，是和官府簽了協議，按照利潤的一成支付收益給她，如今這一行糧食和銀子所賺總數加起來，幾乎是翻了倍，她按約來要錢，主簿同她核對了文書，便拿著契約去找顧九思。

顧九思聽說是柳玉茹的契約，倒也不避諱，認認真真看過內容後，這才注意到她的字。她這字有些彆扭，和以前的不大一樣，看上去似乎在儘量抹去以前的字體，換了一種寫法。

顧九思明白她的意思，忍不住笑了，低頭簽下自己名字，看了看時間，交給主簿道：「你讓柳老闆再等等，我有些話要同她說。」

主簿愣了愣，卻還是應了聲，將顧九思的話轉告之後領著柳玉茹到大廳去，顧九思趕緊批完手上幾張文書，算著到了休息的時間，起來脫了官服，換了衣服去找柳玉茹。

柳玉茹瞧著顧九思穿著一身常服走進來，不由得道：「你不是還在辦公嗎？」

「走了走了，」顧九思高興道，「時間到了事完了，我同妳回家去。」

柳玉茹有些無奈，這才明白顧九思是想同她一起回家。

兩人一起回去，顧九思見她悶悶不樂，不由得道：「妳這是怎的，滿臉不高興的樣子？我同妳一起回去，讓妳愁成這樣？」

「倒也不是。」柳玉茹嘆了口氣，將店裡的事說了一遍，有些頭疼道：「這兩個人，我開也不是，不開也不是。若是將人趕走了，日後這胭脂的事誰來弄。若是還留著，個個上行下效，沒個章法，我又怎麼管？」

顧九思靜靜聽著，敲著扇子沒有說話。柳玉茹面上全是煩惱之色，顧九思輕笑一聲：「妳別愁，我覺得也挺好的。」

「怎的挺好的？」柳玉茹抬眼，有些茫然，顧九思笑著道，「妳呀，就是太聰明，小小年紀走得這麼順，不摔幾跤怎麼成？妳凡是算著利潤，想著如何賺錢，光顧著外面，想沒想過千里之堤毀於蟻穴這個道理？其實花容出這事是早晚的，早點出事，妳早點明白些道理，也是好事。」

柳玉茹聽他分析道：「妳做事的時候，從來是用人不疑，妳自己做人說到做到，就想著個個同妳一樣，可對自己的要求是一回事，怎麼看別人是另一回事，凡是涉及錢，妳就得想明白，對方是人。妳開一家店，請兩個夥計，妳就得防著，最核心的東西不能放在夥計那兒。若是放在夥計那兒，要麼有個管制他們的法子，一群人互相制衡，要麼就得牢牢捆死關鍵人物。如今這兩個做胭脂的人是這胭脂店裡最關鍵的人，結果妳既沒有用利益把她們捆死，也沒有管制她們的辦法，把關鍵人物當普通夥計，走到今日，不是必然嗎？」

柳玉茹點點頭，「你說得是。」

她嘆了口氣，抬頭看向顧九思，眼裡帶了幾分求助：「那你覺得，我如今又當怎麼辦？」

顧九思聽到她求助，那水盈盈的眼一瞧，他整個人心神蕩漾開，恨不得出上十幾二十個絕妙的法子，讓她天天用這樣的眼神看著他。

只是他還是忍了下來，笑著道：「這辦法當是妳去想的，這事不是什麼難事，日後妳的生意越做越大，有的是要妳想事情的地方，先拿這個練練手。就想想，大家都是人，都有私欲，這次的事為什麼發生？現在最關鍵的幾個要求是什麼，要怎麼才能滿足想要的？」

柳玉茹聽他提問，知道顧九思是在引導她，她沉默下去，顧九思看她認真的模樣，覺得這人真是漂亮極了。

夜裡柳玉茹一直沒睡，她坐在書房裡反覆清點著帳。顧九思不敢打擾她，就拿了書，坐在屋裡一面翻看，一面等著她。

他看見柳玉茹愣愣看著燭火，等到半夜時分，他終於看不下去，起身蹲在柳玉茹身邊，笑著道：「我說這位娘子，若妳再不睡，可別怪我不客氣了。」

柳玉茹輕笑，她心疼顧九思不睡，便起身同他一起回到床上。

顧九思知道這事她想不出來就睡不好，嘆了口氣，「算妳厲害吧，我便問妳，如今妳覺得，花容要留下他們嗎？」

「自然是要的，」柳玉茹輕聲嘆息，「我如今也找不到替代他們的人。」

畢竟是顧家養了十幾年的人，替代的人哪裡這麼好找？

顧九思接著道：「都留下，還是只留一個就行？」

柳玉茹頓了頓，隨後應聲道：「一個就行。」

「那不就夠了嗎？」顧九思嘆了口氣：「如果妳只打算留一個，放個誘餌，讓她們自己留一個給妳，另一個立規矩，妳把她們後面那條路堵死，保證留下的再也做不了亂，出去的沒法子下絆子。詳細怎麼做，得看那兩個人是什麼性子，妳先睡一覺，明日再想。」

柳玉茹聽了顧九思的話，低低應了一聲。

然而她滿腦子迴盪著顧九思的話，慢慢有了打算。

等到第二日，她進了花容，同芸芸打聽了詳細情況，便將那兩個人中資歷大一些的叫了過來。

那人叫王梅，大夥兒都叫她梅姨，另外一個做胭脂的人叫宋香，原先是王梅的徒弟，一貫聽王梅的話。芸芸說，在外面賣花容方子這事，是王梅帶著宋香做，王梅找路子，宋香負責研製方子。宋香天生嗅覺、視覺敏銳，花容有一些方子沒經過她們手的，都是宋香猜出來的。

不過這一切主要都是芸芸根據兩人性子而猜測，但與柳玉茹猜的也是八九不離十。她將王梅請過來，喝著茶道：「我同梅姨說這事，本是離開之前就打算同梅姨商量的，結果走得匆忙，現在才說，倒顯得有些遲了。」

王梅坐在一旁，有些忐忑：「東家是打算同我說什麼？」

「妳和香姐在我一無所有時投奔我，也算是同我一手創建花容，花容能有今日，妳和香姐功不可沒，但是我卻沒給到妳們應有的待遇，是我的不是。」

聽到柳玉茹的話，王梅趕緊道：「東家說笑了，老東家帶著我們從揚州過來，替我們安置了生活，我們感激還來不及，東家給多少，都是應該的。」

「話不能這麼說，我是賞罰分明的人，之前有疏忽，還望妳們見諒，」柳玉茹笑著道，「如今花容規模越發大了，我這次去滄州，一路談妥了各處的商家，保證日後從花容一路供貨過去，也同滄州、青州、揚州三個地方的官府打好了交道，以後一旦在這些地方販賣花容假貨的，一律抓起來，我們便不用擔心生意的問題，反而是在研製這些東西上面多花心思。我想著總這麼亂亂的不是個樣子，咱們得規矩一些，就像軍隊一樣，得有個安排，有人管著做這些研製的人，這個人以後就是咱們的關鍵人物，待遇自然也要高些。」

王梅聽著柳玉茹的話，臉色變了又變，聽到最後，她的眼睛亮了，明白了柳玉茹的意思，小心翼翼道：「您的意思是？」

「所以，」柳玉茹笑著道，「您覺得，香姐怎樣？」

王梅臉色劇變，柳玉茹抿了口茶，柔聲道：「我聽說，香姐對顏色和味道都非常敏感，無論什麼方子，她一抓一聞就能知道。她是您徒弟，我想著幫她提上一級，每月多漲十兩銀，再多一成店鋪的紅利，您應該為她高興的，是吧？」

王梅沒說話，臉色不大好看。柳玉茹假裝沒看到她的臉色，笑著看著外面道：「日後等天下平定了，以我如今為范大人立下的功勞，日後花容成了皇商，咱們就再也不愁了，香姐不僅是個胭脂師傅，說不定還能得個品級呢，梅姨妳是她師父，到時候就可以同別人說，這是妳徒弟了。」

說著，柳玉茹看向王梅，詢問道：「梅姨覺得，我這個想法，可妥當呢？」

王梅聽著柳玉茹的話，絞著手帕，努力擠出笑容：「若是阿香過的好，我自然是高興的。只是阿香的資歷……是不是淺了點？」

「這應當不會，」柳玉茹笑了笑，「我也問過其他人了，他們都說阿香是老師傅了，畢竟如今店鋪裡都是新人，您是她師父這事大家知道得少，不會有什麼影響的。」

王梅僵著笑容，卻是什麼話都說不出來，柳玉茹柔聲道：「不過我心裡，您始終是香姐的師父，所以我特地來問問您，您看這事，我做得妥當嗎？」

「這自然……自然是妥當的。」

王梅沒什麼話好說，宋香的能耐比她強，她是知道的。可是一想到宋香如今要壓到她頭上，心裡終究是不舒服。柳玉茹看出她不舒服，假作沒見，兩人說了幾句後，王梅便走了出去。王梅出了柳玉茹的屋子，心裡開始琢磨著。

如果柳玉茹將花容往所有地方直接賣過去，又連同官府一起抓賣假貨的人，那賣假貨這件事不僅是利潤變低的問題，恐怕還有不小的風險，這樣仿賣假貨的罪，到時候怕是要廢手挖鼻，再也不能幹這一行的。風險大收益小，到時候宋香升了位，不僅漲了每月的月錢，還能得到花容一成的利潤，怕是再也不願意幹了。

一成的利潤啊，以花容的規模，以後擴大了去，比他們賣假貨要多，更何況沒風險沒負擔，只要安安心心做事就行。

王梅看出來，柳玉茹這次為了招攬人，簡直是下了血本了。可是憑什麼是宋香呢？那是她一手教出來的徒弟，怎麼能越過師父去搶了她的飯碗？

王梅心裡越想越不平，她在外面走來走去，片刻後，咬了咬牙，做了決定，回到屋裡恭恭敬敬叫了聲：「東家。」

柳玉茹故作詫異，愣了愣道：「梅姨怎的又回來了？」

「東家，」王梅冷靜道，「有些事，我思前想後，必須要同東家說明白。東家如果要提阿香，其實不妥。」

「怎的呢？」柳玉茹眨眨眼，滿臉迷茫，「香姐人品端正、手藝出眾，又是大家一致推舉的，梅姨覺得有何不妥？」

「東家，」王梅嘆了口氣，「其實這事，我也是猶豫了很久，香姐是我一手帶出來的，許多事我沒教好她，護著她，這是我的不是，本來我想著多規勸些時日，說不定她就迷途知返了，但是東家想要提她，我就不得不說出來了。」

「她怎的了？」

「東家知道外面假貨氾濫，其中一些假貨，與花容的真貨幾乎沒有差別吧？」王梅觀察著柳玉茹的神情。

柳玉茹皺起眉頭，頗為憂慮道：「我聽說了，正為此事煩心著呢。」

「東家可想過，為什麼外面的貨，和花容的貨能相似到以假亂真的地步？」

柳玉茹愣了愣，片刻後，猛地抬起頭，驚訝道：「妳是說，是香姐？」

「是。」王梅面露沉色，嘆息道，「之前有人找上香姐，同她要花容裡胭脂唇脂的配方，您也知道，咱們家的工藝都是一人負責一個部分，只有香姐不一樣，她拿著看一看，就能看出原料和配比。於是這麼一段時間來，她一直向外面供貨。不僅偷方子，還將店裡的殘次品賣出去給別人。」

柳玉茹沉下臉，王梅瞧了她一眼，心中暗喜，繼續煽風點火道：「我也勸過她，可是香姐最近好了個男人，那人重病缺錢，她也是為錢所迫啊。您別怪她，我說這些，就是讓您慎重考慮考慮，她是我徒弟，可您是我東家，手心手背都是肉，我也是為難得很。」

「梅姨，我明白，」柳玉茹深吸一口氣，抬眼道，「可是，您說這些，總得有真憑實據，這畢竟是大事，我不能隨意相信。」

王梅臉上僵了僵，片刻後咬牙道：「我知道東家謹慎，我有證據。」

「哦？」

「昨個兒我悄悄看到香姐寫條子給外面的人，約對方在東來酒樓庭院交貨。她會把花容最新一款唇脂的配方交給對方，東家過去，自然能人贓並獲！」

「妳說的當真？」柳玉茹皺眉，王梅點頭道，「千真萬確，只是東家，香姐這人……到時候怕是會胡亂攀咬，我冒著危險來告訴您，您當信我才是。」

「妳放心。」柳玉茹應聲道，「妳能將這些告訴我，我自然是信妳的。妳的人品我知道，放心吧。」

柳玉茹和王梅談完，王梅退了出去，有些高興，拿著帕子搧了搧風，方才出了冷汗，如今終於放心了。

她其實是不怕的，她雖然是中間牽線的人，可是做的謹慎，宋香是個傻腦子，決計不會留下什麼證據，到時候頂多和柳玉茹說她也參與了，可她先發制人，柳玉茹那樣的小姑娘，聰明有餘心眼不足，也不會信她。

王梅心裡盤算完畢，便高高興興走了。

等她走了，印紅和芸芸從房間內閣裡走出來，芸芸嘆了口氣道：「這王梅，真是心思太過惡毒了。」

「不過也好呀，」印紅高興道，「她們賊喊捉賊，夫人就可以把背後的人一鍋端了，到時候看她們再怎麼興風作浪。」

柳玉茹聽著她們說話，片刻後，卻是道：「宋香真的在幽州找了個男人，真的重病了？」

芸芸聽了，應聲道：「我最近去查的，的確是這樣。她應當也是因為如此，才答應王梅。」

說著，芸芸猶豫片刻，終於還是道：「香姐人還是好的。」

柳玉茹垂著眼眸，片刻後，她喝了口茶，抬眼道：「沈明也回來了吧？去把他找來，帶了人安插在東來酒樓，跟我一起抓人。」

印紅應了聲，便趕去找沈明。

沈明正跟著顧九思在大街上買東西，兩個大男人，抱著喜帕燈籠一堆東西，用布包裹著，偷偷摸摸的。

沈明走在顧九思身邊，有些不耐煩道：「你說你這麼大的人了，又不是小孩子，還搞什麼儀式？交杯酒沒喝就沒喝，你一天到晚瞎折騰個屁，請了假跑回家掛燈籠，讓人知道了害不害臊？」

「你話能不能少一點？」顧九思皺眉道，「我讓你來幫忙的，又不是讓你來數落我的。」

沈明撇撇嘴，想了想，湊上前高興道：「你們真的還沒圓房啊？我是不是還有機會？」

「沈明，」顧九思涼涼地看他一眼，「腦子太熱你早說，我送你去菜市口涼快涼快。」

沈明見顧九思惱了，趕緊收回頭不說話了。兩人買了要準備的東西，看見路上蹲在街頭要飯的流民，顧九思忍不住皺起眉頭：「我聽說范大人破了靈江關，現在已經圍在東都門口和梁王對峙了。」

「啊，聽說是。」沈明高興道：「等范大人破城，你是不是就能升官，我也能升官了？」

「你不是還想當山大王嗎？」顧九思嘲諷開口，「還想升官？」

沈明輕咳一聲：「為百姓做事，幹啥都行。我可以受這個委屈。」

顧九思勾了勾嘴角，但他突然有些憂慮：「可梁王不是還有十五萬軍隊嗎？如果有十五萬人，范大人怎麼能這麼快攻破靈江關？」

「誰知道呢？」沈明聳了聳肩，隨後勸道，「你也別操心了，趕緊準備婚房，今晚就……」

沈明露出意味深長的表情，顧九思有些不好意思，他輕咳了一聲，正要說話，身後傳來印紅老遠的呼喚聲：「沈明！」

一聽見這聲音，顧九思趕忙道：「快把東西給我！」

沈明慌慌張張把東西往顧九思身上扔過去，顧九思抱著比他人還高的東西往旁邊跑了。

印紅小跑到沈明面前，有些奇怪道：「我剛才看見姑爺在這，人呢？」

「沒啊，」沈明東張西望著道，「剛才只有個問路的，九哥還在府衙呢。」

「我瞧見了呀。」印紅有些奇怪，沈明立刻道，「有事就說，別在這兒東問西問的，妳是探子啊？」

「你這什麼態度！」印紅有些不高興，隨後也不糾纏這個話題，趕緊道：「哦，夫人說，讓你晚上帶點人到東來酒樓去，幫她抓人。」

沈明挑了挑眉頭，讓印紅把事情原委說了，他聽明白，點點頭道：「行，小事，我去叫人。」

印紅得了話，放心地走了。等她走了之後，顧九思抱著東西出來，探出頭道：「她來找你做什麼？」

沈明將話一說，顧九思立刻道：「我同你去。」

於是兩人叫上虎子和一批兄弟，再帶上顧家家丁，去了東來酒樓，大家化了妝，混在酒樓裡，喝著酒假裝什麼事都沒有。

顧九思和沈明坐在樓上，有一搭沒一搭聊著天，等到天黑下來，聽到一群女子銀鈴一樣的笑聲傳來，兩人轉過頭，便見是柳玉茹來了。

花容的夥計大多都是女人，且都是愛美的女人，她們整個店的人出來吃飯，馬車來了四五輛，然後老老少少的姑娘說著話從馬車上走下來，脂粉香浮動，所有人都瞧了過去。

為首的柳玉茹身披狐裘，內著藍衫，耳邊墜了水滴般的白玉耳墜，在燈光下輕輕搖曳著，顯得她柔美中帶了幾分靈動。

她在北地算不上高，手裡拿著暖爐，沒有額外的氣勢，可奇怪的是，這一片喧鬧之中，她卻始終是焦點所在，有種無聲的沉靜感從她身上一路蔓延開來，合著她清麗絕倫的五官，呈現出一種難以言說的超凡之美。

本來這麼多女子出行就引人矚目，更何況人群中還有柳玉茹這樣的江南美人，大夥都安靜下來，看著柳玉茹走進酒樓，同夥計吩咐了幾句，便帶著人跟著夥計，一起上了包廂。

她提著裙一步一步往上走的時候，沒有人敢說話，便是顧九思，都在這樣的空間中，忽地感受到她那不知何時出現的、驚人的美麗。

柳玉茹感覺到顧九思的目光，突然頓了頓步子，抬起頭瞧向顧九思。四目相對之間，柳玉茹看著顧九思舉著杯子愣愣瞧著她，她忽地笑了。

那一笑在柔柔燈光之下，彷彿蓮花綻開，驚得人心裡掀起驚濤駭浪，顧九思回不過神來，柳玉茹覺得好笑，沒想過成婚大半年，還會從這位熟悉自己到不能再熟悉的人臉上，見到這樣癡傻的表情，她抿唇扭過頭又悄悄斜睨了他一眼，那一眼之間，眼角眉梢俱是風情，隨後便領著身後的人往旁邊走廊折上去，進了包廂之中。

等花容的人都進了包廂，大廳才恢復了聲音，都在議論著，這花容的女老闆，不僅能賺錢有本事，還生得這樣好看。

而顧九思卻是舉著杯子，許久都沒說話，還在回顧著方才那似羞又撩的一眼所帶來的衝擊感。

沈明忍不住伸出五根指頭，在他面前晃了晃：「九哥？」

顧九思的眼睛直直的，一口悶了杯裡的酒，總算緩了過來，隨後道：「我死了。」

「嗯？」沈明有些迷茫，好端端的怎麼說起這個。

顧九思嘆了口氣，面上帶笑，有些無奈，但偏生又讓沈明看出了幾分說不出的高興道：「死在這女人手裡了。」

「這什麼意思？」

顧九思沒說話，他只是喝著酒微笑。心裡卻清楚知道，在柳玉茹抬頭看向他，四目相對的那一瞬間，他突然明白，什麼是滄海的水，巫山的雲。

他想他這輩子，再也找不到一個女人，能讓他這樣心動了。

更可怕的是，他還發現，柳玉茹的美麗似乎是一棵正在飛快生長的樹，在他眼裡，在這世上，以著難以想像的速度，生長、綻開。

他不知道她能美到什麼程度，只知道每一次認真打量她，都會驚人的發現，他又多喜歡她那麼一點。

顧九思喝完酒，抬手從兜裡抓了些銅板，遞給旁邊的虎子，笑著道：「去，幫我找個人，買幾株梅花送到夫人那兒去。」

顧九思的花送到柳玉茹那一桌時，她先是愣了愣，隨後在一片起鬨聲之中，接下了花。

所有人都在調笑著她，只有宋香和王梅明顯有些心緒不寧，王梅打量著宋香和柳玉茹，而宋香一直坐立不安，似乎在操心著什麼。

柳玉茹領著大家一起涮火鍋，熱騰騰鬧成了一片，柳玉茹端起酒杯，主動來到王梅面前，先和王梅敬了酒，而後柳玉茹拿著杯子來到宋香面前，認真道：「香姐，我敬妳一杯。」

宋香聽到這話，趕忙站起來，有些慌張道：「東家……」

「來幽州這半年，大家一直兵荒馬亂的，我沒來得及多照看大家，是我的不是。妳是花容的功臣，與花容一起走來，我視妳作姐妹，有什麼事，妳一定要同我說。」

說著，柳玉茹嘆了口氣：「這杯酒我乾了，香姐，妳呢？」

宋香沒說話，她心跳得有些快，看著柳玉茹那雙清明的眼，覺得柳玉茹好像什麼都知道了。

可若是知道，又怎麼容得了她站在這裡？

她心裡又慌又難受，愧疚讓她低下頭，急急將酒一飲而盡，隨後道：「東家，對不起。」

柳玉茹抬手拍了拍宋香的肩膀，沒有多說。

王梅靜靜看著，心裡越發擔心，若是柳玉茹一心偏袒宋香要提她，她日後怎麼辦？

然而王梅很快鎮定下來，今日只要她把動靜鬧大些，所有人都看著，柳玉茹就算不想辦宋香，也得辦了她。

王梅心裡有了底，不再說話。大家喝著酒吃著火鍋，籌光交錯之間，所有人放鬆下來，宋香聽見外面傳來布穀鳥的聲音，便藉口出恭，走了出去。

王梅看見宋香出去，趕緊到柳玉茹身旁，小聲道：「東家，香姐兒出去了。」

柳玉茹抬眼看過去，點了點頭，應聲道：「知道了。」

說著，她招手讓印紅過來，扶著她起身，笑著同所有人道：「大家玩著，我出去方便方便。」

柳玉茹說完，便領著印紅走了出去。王梅坐了片刻，也有些坐不住，起身叫了個平日裡和她關係好的姑娘，也陪著她一起出去「方便」。

三波人前前後後往庭院趕，而這時顧九思和沈明早埋伏在後院長廊的房梁上，兩個人坐著嗑瓜子，沈明聽著布穀鳥的聲音，忍不住笑出聲來：「大冬天學布穀鳥，這是傻子吧？」

聽著這話，顧九思嗑著瓜子，「嘖嘖」道：「這麼拙劣的局，也太看不起他們東家了。等會兒瞧著吧，我家玉茹一定把他們的臉打得啪啪響。」

沈明翻了個白眼，沒有多話。兩個大男人就嗑著瓜子，看著有個男人鬼鬼祟祟走到長廊邊，不久之後宋香便出現了，那男人看見宋香，急促道：「方子呢？」

宋香猶豫片刻，終於道：「我想了想，這方子我不能給，你們的錢我也不要了，這些定金……」

宋香從袖子裡掏出錢，男人的臉色頓時變了，他一把打開宋香手裡的銀子，怒道：「說好給方子的，大家現在工人準備好了、材料買好了、各處的運輸管道也已經打點好了，妳臨時通知不幹了？以為這麼多損失就這麼幾兩銀子賠得起！」

宋香聽到這話，臉色白了白，對方見她的神色，稍稍冷靜下來，壓低了聲道：「宋師傅，我不是故意為難妳，大家都是為別人跑腿做事，妳要活路，我也要活路。妳家裡還有個癆病鬼要養著，大家只是分工合作，妳不損失什麼。至少得把這一單做了，做人要言而有信，妳若不答應，早早就說了，現在我們都準備好了，妳說不答應，是不是有些不講道理？」

「我……」宋香有些為難，憋了半天，只是道，「我對不住……」

「方子妳帶在身上對吧？」

對方終於沒了耐性，他看見宋香袖口裡的紙頁，抬手就要去搶，怒道：「老子也不同妳廢話，今日妳不給也得給！」

「你放開……」宋香和對方推攘起來，兩人拉拉扯扯，顧九思嗑著瓜子，心裡琢磨著該什麼時候出手，就是這時候，突然傳來一聲氣勢十足的怒喝：「你們在做什麼！」

那聲音一貫都是柔和平穩的，驟然帶了怒氣，嚇得顧九思手一抖，手心裡的瓜子嘩啦啦落了下去。

於是所有人在柳玉茹吼完之後循聲看過去，就看見柳玉茹緊皺眉頭，身披寒霜，極有氣勢，惱怒極了的模樣。然後就在這樣的表情下，瓜子嘩啦啦的落了她一頭。

柳玉茹：「……」

顧九思抬起手，痛苦捂臉。

沈明坐在對面，對他暗中鼓掌。

沒有人敢說話，柳玉茹抬起頭，神色平靜看向坐在房梁上的顧九思。

顧九思露出討好的表情。

柳玉茹：「……」

計較這個並不重要。

柳玉茹壓著所有情緒，迅速將眼刀掃向對面，隨後笑著走了過去，朝著正在爭執著的兩人伸出手，柔聲道：「二位是在爭什麼，不妨拿出來給我看看？」

宋香身子微微顫抖，那男人靜默著不說話，早已知道柳玉茹是誰。

兩相僵持之間，後趕來的王梅一個健步衝上前，在宋香猝不及防間一把從她袖中抓出了她寫的方子，隨意看了一眼，就激動大叫道：「好啊，香姐兒，東家對妳這麼好，妳居然這麼吃裡扒外！」

宋香臉色煞白，那男人見勢不對，轉頭就跑，然而他剛過長廊，便大叫了一聲，被人打疼了一般，嚎叫開去，片刻後，他就被沈明押著提了回來。

王梅捏著方子，看著宋香痛心疾首：「香姐兒啊香姐兒，東家對妳這麼好，就算為了妳家男人，妳也不能這樣吃裡扒外啊。我知道妳平日裡對東家重用一個丫頭不滿，可妳也不能這麼糊塗，妳看看妳做的都是什麼事啊！」

「我不是……」宋香顫抖著聲，想解釋什麼，卻又說不出來，只能看著王梅，著急道，「梅姨，事情不是這樣，妳知道的。」

「我知道什麼？」王梅大聲道，「到這時候，妳還執迷不悟，就想拖人下水嗎！」

「我……」

「梅姨，」這時候，柳玉茹淡淡出聲，所有人看過去，發現她正拿著梅姨搶過來那張

「配方」，柳玉茹將那張紙轉過來，看著梅姨道，「香姐給這人寫了幾首童謠，這怎麼了？」

這話一出，所有人都愣了，便是宋香，整個人也是懵的。

柳玉茹低下頭，看著手裡的紙，眼裡帶著讚賞，溫和道：「沒想到，香姐不僅記憶高超，連字，都寫得好得很。」

第二十七章　圍城

這一番變故讓王梅措手不及，宋香也是懵的，而同王梅一起來的人見勢態不妙，便趕忙同柳玉茹告退，長廊裡頓時只剩下王梅宋香以及柳玉茹所帶來的一行人。

柳玉茹看了看天色，平和道：「站在這讓外人看到不好，大家屋裡說話吧。」說著，便領著人一起回樓上。

他們進了早已開好的房裡，柳玉茹坐在主位上，其他人各自尋了個位子坐下，只有沈明押著抓來的男人跪著，還有宋香和王梅站在一起。

柳玉茹喝了口茶，王梅此時察覺情況不對，她不敢多話，只是悄悄打量著四周，旁邊的人似乎都在等著什麼，宋香也察覺情況不妙，只是她已經做好了最壞的準備，整個人反而坦然下來，只是低頭看著地板，什麼都不說。

過了片刻，虎子和黃龍便壓著兩個人進來，這人一進來，王梅的臉色變了，對方掙扎著，黃龍朝著對方腳上一踹，怒道：「跪著！」

這一踹終於讓人消停了，虎子稟報道：「夫人，九爺，這人才是真正傳話的，他在門口找了屋裡這男人，讓他進來傳話。他們有三個人，跑了一個，我們已經讓人去追了。」

「幹得好。」柳玉茹點點頭，笑著道：「勞煩你們了。」

虎子哪裡敢讓柳玉茹多謝，趕忙擺手，示意無事。

被他們抓來的男人看情況不對，不再說話，他飛快看了王梅一眼又低下頭去。

「說說吧，」柳玉茹平和地看向王梅，「到底是怎麼回事。」

說著，柳玉茹將紙頁放到桌上，「明明只是一些詩詞，王姨，妳是如何肯定這是方子的？」

宋香聽到這話，目光落到王梅身上，柳玉茹繼續道：「香姐是妳徒弟，妳作為師父，理當更相信她，告發她的是妳，如今搞錯了的也是妳，妳說……」

「東家，妳千萬別被蒙蔽了！」王梅聽著柳玉茹這樣說，頓時反應過來，心裡思索著，這一定是宋香使詐，忙表著忠心道，「他們要在東來酒樓交接這件事，是我親耳聽見的，所以我才這麼肯定那是方子。東家妳再查查，再查查便知她有問題，不然這個時辰，她為什麼要和一個男人在這裡交接東西，就算只是詩詞，也說不過去啊！」

「梅姨！」宋香聽不下去了，她脹紅了臉，因為過於氣惱，顫抖著聲道，「妳在說什麼？這事，這事明明是妳讓我去做的。」

「妳胡說！」王梅怒喝，「不信妳問問今日抓來的這些人，看看他們到底是來找誰的！」

聽到這話，沈明低頭推了最開始帶回來的男人一把，「問你話呢，你來找誰的。」

那人顫抖著抬起手，指向宋香。

宋香愣了愣，柳玉茹嘆息道：「香姐，原本我還想著給妳個機會，想讓妳升個職位，多給妳些錢，沒想到妳居然……這個位子，只能留給王姨了。」

得了這話，王梅心中頓時暗喜起來。宋香卻是猛地想明白前因後果，這必然是王梅眼紅她，將她賣了！

她有些恨惱，但憋了半天，也沒能多說出一句話來，柳玉茹見宋香盯著王梅，過了一會兒後，她慢慢道：「香姐，如果妳真的做了這樣的事，花容就留不得妳了。」

宋香的臉色白了白，片刻後，她深吸一口氣，抬眼看向柳玉茹：「東家，我做了這樣的事，不能留，我也是明白的。只是我留不得，王姨更……」她的話憋在口中，似乎是在斟酌，柳玉茹接道：「更什麼？」

宋香定了神，終於道：「更留不得。」

「香姐兒，我知道妳恨我出賣了妳，」王姨嘆了口氣，「可妳這樣污蔑人，東家不會信的。」

「妳可有證據？」柳玉茹接著詢問。

宋香沒說話，王梅的心提了起來，隨後就聽宋香道：「我沒有直觀的證據，可是我知道他們整條銷貨路子，知道王姨怎麼運作，您順著我給的線索抓人，一定能查出來。」

「妳沒有證據就要抓人查人？」王梅提高聲音，「沒見過妳這樣不講道理的。」

「我說的都是真的！」宋香著急了，大喝出聲，「是梅姨在外面認識這些賣假貨的人，才來找的我，他們說好了只會在花容賣不到的地方賣，不會影響鋪子裡的生意的！」

宋香說著，眼裡帶著愧疚，她跪了下來，恭恭敬敬對柳玉茹磕頭，認真道：「東家，我知道，我現在說什麼您都不會信，可我真的沒有害店裡的心。我男人病重缺錢，我沒有辦法，這是我對不住您，可是我不是沒有原則底線的！我辜負了您的苦心和栽培，」宋香紅了眼眶，「我走之前，希望能儘量幫幫您，梅姨是不能留的，她生性貪婪，也沒什麼本事……」

「妳說什麼！」王梅猛地站起來，怒喝道，「我是妳師父！」

「妳什麼都沒教過我。」宋香低著頭，豁出去一般，語速又快又冷靜，「那時候妳天天防著我，我都是自己想自己學，後來我有了成績，妳就到處說是我的師父。妳讓我進了顧家，這是妳對我有恩，所以我一直忍讓妳，可如今我要走了，不能留妳在東家眼皮底下胡作非為。東家，店裡不只我一個人被梅姨收買，我可以給出一份名單，我……」

「小浪蹄子妳再胡說！」

王梅見宋香越說越多，從沒想過宋香會在某一天突然說出這麼多，她猛地撲上去，想要讓宋香閉嘴，宋香和她在地上廝打起來，柳玉茹聽王梅怒道：「我讓妳說，我讓妳不擇手段，想弄垮我？也不看看妳幾斤幾兩！」

「妳……偷東西……」宋香和王梅撕扯著，一樁樁一件件抖落出來，艱難道：「妳欺負人……」

「妳做假貨……」

「妳偷拿材料出去賣……」

「妳從妳親戚家……買便宜材料……」

宋香發了狠，一樁樁說出來。王梅臉上掛不住，只是不停咒罵，兩人扭打在一起，柳玉茹見她們說得差不多了，終於讓人將他們拉開。柳玉茹看著頭髮已經扯亂的兩個人，淡道：「行了，別打了，妳們公說公有理婆說婆有理，這樣吧，」柳玉茹抬眼掃視一圈，「我一個一個問。九思，」柳玉茹抬眼看向顧九思，顧九思趕緊坐好，等著柳玉茹發令。

柳玉茹抬手掃一下旁邊被他們抓來的兩個人，淡道：「你審他們。」

顧九思趕緊應下，便帶著沈明領著人去了隔壁。

而後柳玉茹將宋香留下，王梅放出去，宋香坐在柳玉茹面前，顯得異常平靜，柳玉茹敲打著桌子，好久後，她突然道：「其實事情我大概都知道。」

宋香有些詫異，抬眼看著柳玉茹，柳玉茹淡道：「我只是不清楚。香姐，妳的性子我清楚，我一貫欣賞，本來妳男人的病早該同我們說，我們會為妳想辦法的。妳來顧家這麼多年，又是花容的大功臣，妳不能這麼見外。」

「東家……」宋香聽著這些話，心裡悔恨不已。

柳玉茹笑了笑，柔聲道：「是我沒照顧好妳們，不知道妳們的狀況，沒為妳們好好規劃出一條路，這本是我這個做東家的不是。以後我會好好改正，也希望妳，」柳玉茹的話意味深長，「同我一樣。」

同她一樣，自然是同她一樣知錯就改。宋香聽明白柳玉茹的意思，趕忙跪下來要表效忠，柳玉茹將扶起來，笑了笑道：「真為了我好，就將妳知道的都告訴我。」不僅是為了抓假貨，還是為了澈底切斷宋香的後路。再好的人，都不能放在試金石上去試。

人性之所以是人性，便是每個人都有，只是不同的環境，會激發出不同的情況。她給了宋香高的薪水，自然也要有相應的監督，不能把她時時刻刻放在誘惑裡。

然而宋香沒多想，只是趕忙起來，將她知道的一五一十說了。

等宋香說完，顧九思那邊也差不多審完了。他將口供錄上，柳玉茹再次叫人，所有人回了廳裡。

王梅一直站在門口，她有些不安，在門外揣測著裡面發生了什麼，腦海裡出現一個很可怕的想法。

如果柳玉茹是在給她們下套呢？

如果柳玉茹就是想挑撥離間，透過她們內部的不和得到資訊呢？

一想到這個，王梅冷汗涔涔，她努力安撫自己不可能，然而當她進入大堂，看見宋香坐在柳玉茹身旁，情緒穩定，她的心突然落地了。

果然是柳玉茹設套。

她想明白，柳玉茹看見她一個人站在門口，端起茶杯柔聲道：「梅姨來了，過來坐吧。」

王梅忐忑地坐到柳玉茹指定的位子，柳玉茹喝了茶，隨後將一疊口供砸到王梅面前，平和道：「梅姨，解釋一下吧。」

王梅沒說話了，她看著口供上的字跡，完全不敢想像，那些人到底經歷了什麼。她沉默，全場沉默，過了許久後，她突然嘲諷地笑了笑：「其實妳心裡都有數了，還問我做什麼？」

「問一問妳，」柳玉茹喝了口茶，正打算說下一句，就聽顧九思道：「客氣客氣。」

所有人看過去，顧九思趕忙低頭：「妳們聊，我隨口說的。」

「顧大人說得也沒錯，」柳玉茹將目光轉回王梅身上，平和道，「我也就是，客氣客氣而已。」

王梅沒說話，過了許久後，她嘆了口氣道：「東家既然要罰我，早說便是，我也不是不認的人，這麼拐著彎來，倒是讓人費解。」

「事情是我和宋香一起做的，」王梅抬眼看著柳玉茹，眼裡多了幾分愧疚，「我們跟隨著顧家，千里迢迢來了幽州，卻是半點好處都沒有，香姐家裡有困難，我家也是老老小小都指望著我，東家，這事不會有下次了，您就看在我也在顧家待了幾十年的份上，給個面子吧。」

「這事的來龍去脈，我已經清楚了，」柳玉茹平靜道，「我原本以為，妳不過就是賣點假貨，後來卻才發現，妳不僅是將店裡的方子外流，還盜竊財物，打著我們店的名聲在外招搖撞騙。」

「東家，」王梅一聽這話，趕忙跪了下去，「這都是香姐報復我胡說的啊！有證據嗎？」她急促道，「沒證據的事，怎麼能當真呢？」

「妳又知道是香姐告妳的狀了？」柳玉茹嘲諷開口，她招了招手，顧九思趕忙將剛才審出來的口供遞上去，對於顧九思這麼識相，柳玉茹忍不住抬頭看了他一眼，抿唇想笑，卻又壓住了，她將那份口供扔過去，淡道：「自個兒看吧。」

王梅不用看。

那個被抓的人就是她的相好，他知道多少事，王梅清清楚楚。王梅不說話，柳玉茹嘆了口氣：「梅姨，妳在顧家也這麼多年了，我就不明白，妳怎麼會這樣呢？」

「我怎麼會這樣？」王梅笑出聲，她猛地提了聲音，怒喝道，「我怎麼會這樣，妳不得問問妳自己嗎！」

柳玉茹愣了愣，在場的人也都愣了，王梅看著柳玉茹，急促道：「妳也知道我在顧家這麼多年，我十幾歲就跟著大夫人，大夫人讓我來幽州，我二話不說來了，妳們讓我們走，說要遣散所有下人，我們走了。妳們求我們回來，我和香姐也回來了，結果呢！」

王梅抬起手指，指著芸芸道：「妳就找這麼個玩意來管我們！」

「妳什麼意思？」芸芸被這麼一指也怒了。

王梅看向芸芸，嘲諷道：「平時大家誰都不敢說，今日我們就打開天窗說亮話，反正我看出來了，您要殺雞儆猴，要把我送官對吧？送就送啊，大不了我把這雙手砍了從此不做這行了，可是柳玉茹我告訴妳，就算妳今日把我弄死了，妳以為花容就能好好開下去了？這小姑娘什麼脾氣？欺軟怕硬欺上瞞下，什麼都不懂只知道瞎指揮。上次您接了兩套訂單，其實第一套訂單我們就做不完了，她還告訴妳我們能接第二套，於是妳們又接了三百盒的單子，最後那單子延了期，她就將事全怪在我們頭上，找了個人出來罰給妳看，說是我們偷懶。其實我們每日只睡兩個時辰已經快一個月了！」

「妳胡說八道！」芸芸憤怒拍桌，她脹紅了臉，喘著粗氣，努力克制著情緒道：「小姐，沒這回事，我不會做這種事的！」

柳玉茹被王梅這一攪和都懵了，她沒有說話，聽著王梅告著芸芸的狀，芸芸站在她身旁，眼淚啪嗒啪嗒往下掉，柳玉茹聽著王梅訴苦，許久後，她抬眼看向了宋香，「香姐，梅姨說的是真的嗎？」

「香姐！」芸芸聽到這話，趕緊半跪到宋香面前，握住宋香的手道，「妳替我說句話，妳替我說句實話！我沒有，我都是為大家好啊。」

宋香被芸芸拉著，許久後，嘆了口氣，「大家各有各的難處吧。」

宋香有些為難道：「芸芸不懂工序，凡事都靠想像著來做，會遇見什麼困難也不知道。她一心向著您，平日裡自個兒都不怎麼睡覺，一直在忙著店鋪裡的事。所以方法不對，但靠著時間也能彌補。可是她年輕，我們不年輕了，這樣一直連著做不休息，自然會有情緒。」

芸芸聽著這話，整個人都懵了，宋香抬頭看了王梅一眼，又低頭道：「梅姨說的，沒有這麼誇張，但也確有其事。只是芸芸不是壞心……」

「我明白了。」柳玉茹嘆息，她有些累了。

她本以為解決了宋香和王梅的事，花容的事就解決了。可如今才發現，這是一團線團，一扯就能看見無數事情暴露出來。

而這些事所暴露的，都是她的無能和無知。

她突然有些慶幸，慶幸所有事發生得早。

她這一路走得太順，如果這些埋藏在白雪之下的傷口在她往前再走一些的時候才被發現，那便會成致命傷。

柳玉茹擺了擺手，起身道：「先把梅姨帶下去吧。」

聽到這話，王梅愣了愣，旁邊一直跪著不說話的男人突然掙脫了繩子，一把推開沈明往外衝去，大吼道：「快跑啊！」

王梅猛地反應過來，她不能被送官府，若是送了官府，她盜竊主人財物又將祕方外傳，樁樁件件，足夠斬了她的手。

王梅跟著男人往外衝，芸芸一個健步撲上去抓住王梅，王梅奮力掙扎，一腳踹開芸芸，場面瞬間混亂起來，那男人推開大門衝出去，顧九思趕忙起身追去，而王姨在屋子裡和整個屋子裡的女人追打起來，她力氣大，又無賴，弄得雞飛狗跳。

而這時候，外面傳來了噠噠的馬蹄之聲，顧九思和沈明在外面把人制住抓回來，這時印紅、芸芸、宋香等一行人壓在王姨身上，沈明走進來，「嘖」了一聲往前走去，撥開了壓著王姨的人，在王姨反抗前一把抓住她的手，迅速用繩子捆了起來，隨後抬眼看向旁邊的印紅道：「瞧見沒，這樣綁人才利索。」

印紅有些氣憤，鼓著腮幫子不說話。柳玉茹被鬧得頭疼，扶額道：「行了行了，送回花容吧。」

說著，柳玉茹起身，同印紅吩咐了幾句，便走了出去。

顧九思和沈明囑咐了一聲，趕忙跟著柳玉茹走出去。

兩個人走在長廊裡，今日天氣不錯，明月高照，卻還是有些冷。顧九思看著她低頭不語，伸出手用小指頭勾了她的指頭，柳玉茹抬眼看他，眼裡帶著不解，顧九思笑著道：「有什麼不高興的，同我說呀。」

柳玉茹苦笑一下，嘆了口氣，慢慢道：「其實也不是難過。」

她轉過頭，看著長廊前方：「我只是覺得，吵嚷著抓凶手，可是抓來抓去，最後才發現，凶手是自個兒。」

顧九思愣了愣，柳玉茹轉頭看他：「我做得不好，是不是？」

顧九思沒說話，柳玉茹手裡抱著暖爐，眼裡帶著茫然：「其實我理解梅姨，我剛才想，如果我是她的位子，在顧家幹了十幾年，上來卻讓一個什麼都不懂的小丫頭壓著，誰都服不了氣。可是我當時怎麼就沒想到呢？」

柳玉茹苦笑：「我現在能想明白，當時怎麼沒想到呢？我怎麼沒想到多問問他們過得好不好，沒想到大夥兒會不服氣，從我把他們當成『夥計』而不是人的那一刻開始，這件事就註定了，可是我……」

「那又怎麼樣呢？」顧九思抬手攬住她的肩，高興道，「玉茹，別想這麼多，做人不能太自負。」

「自負？」

「凡事都覺得自個兒能做好，這不是自負是什麼？事事完美，那是聖人，可大家都是凡人，凡人就會犯錯，犯錯又怎樣？有什麼不可原諒？錯就錯了，吸取教訓往下走就行了。」

說著，顧九思停下腳步，他抬起手，用手擠柳玉茹的臉。把柳玉茹的臉頰肉擠在一起，看上去肉嘟嘟的，柳玉茹睜著眼，眼神裡全是茫然，顧九思瞧著，忍不住笑了：「大家都是第一次來這個世界走這一遭，都沒經驗，走得跌跌撞撞沒什麼，誰都別笑話誰，而且，我還在呢。」

柳玉茹聽到這話，慢慢地笑了。她抬起手，將顧九思的手推開，抿唇道：「說話就說話，揉我臉做什麼？」

話剛說完，外面傳來一道急促的男聲：「顧大人可在這裡？」

柳玉茹和顧九思愣了愣，他們同時回過頭，就看見葉世安跟著一個僕人從轉角處走了過來。

葉世安身上沾染著血，臉色蒼白，顧九思頓了頓，隨後忙道：「葉兄怎麼在這裡？你當再休息幾日……」

「來不及了。」葉世安一隻手按著傷口，急促道，「我在路上遇到梁王的軍隊，估計他們是往望都趕過來的，就星夜兼程趕來通知你。」

「梁王的軍隊不在前線，來望都做什麼？」

柳玉茹急促道，然而話問出口，在場所有人都明白了。

望都是幽州的州府，如今范軒帶著大軍在前線和梁王的人僵持，他之前就說，梁王的軍隊在靈江關怎麼會敗得這麼快，他本想著有詐，卻不想詐就在這裡！

梁王重兵繞後，直接取了幽州，到時候就算范軒入了東都，梁王也可以從此占據幽州，與范軒繼續僵持。

「可梁王就算取了幽州，和范大人對峙，這又有什麼好處？為什麼不如乾脆直接守好東都與范大人僵持？」

柳玉茹想了一圈，還是不明白，顧九思擺了擺手，「這些我日後同妳說。」

說著，他往外走去，一面吩咐人去取馬，一面詢問葉世安：「你是在哪裡遇到的？他們有多少人？」

「我們入幽州境的時候，他們已經率兵入境了，我聽說梁王帶了十萬大軍，我繞開了主路，繞路從小城前行，我估計他們……」

話沒說完，顧九思就抬手止住他說話，人聲安靜下來，大家都感覺地面隱約顫動起來，顧九思沉下聲：「怕是已經到了。」

「怎麼辦？」葉世安有些著急。

梁王傾巢之力而來，前面的城池如履平地，若是望都城破，那范軒必須回兵增援，或者要放棄幽州。

所有人看著葉世安，木南忍不住開口道：「公子，要不棄城吧？」

「不行。」

在場三人異口同聲，此時棄城，就是將城中百姓拋下。對於范軒來說，這絕對是不可容忍的大罪，戰時棄城，這是要砍頭的罪過。

顧九思沉默片刻，心裡有了定數，迅速從腰上拿了腰牌，直接遞給葉世安道：「我去拖他們，你趕緊找到沈明，準備布防，玉茹去找信鴿，把所有信鴿全放出去，從西門放，別讓人看見。」

說完，顧九思便領著木南疾步往外走去，翻身上馬，同木南道：「去點一千兵馬跟我走！」

柳玉茹聽到他點一千兵馬，想問他要怎麼拖，可如今這樣的時刻，她也不敢多問，吩咐人領著葉世安去找沈明之後，便轉身去了養信鴿的地方，帶著所有女眷，開始寫望都被圍困求援的紙條，一條一條綁在信鴿上往外扔去。

柳玉茹安排好信鴿的事，趕緊往城樓的方向跑過去。顧九思最後走的時候說他要拖住梁王，只帶一千兵馬，她不知道他怎麼拖住，只是覺得心中不安極了，她得親眼去看著他，去確認他沒事。

這時候城裡的人大多都知道戰訊了，拖家帶口往城外趕。此時只有西門還開著，所有百姓都往西門趕過去，顧九思在東門迎戰，柳玉茹逆著人流一路狂奔，等來到東門城樓上時，就看見大門已經關上，所有人站在城樓上，正在拖著各種防守兵器過來。

柳玉茹到城樓下，見沈明和黃龍正在清點士兵，她慌忙抓住沈明道：「大人呢？」

「夫人？」黃龍看過來，忙道，「夫人怎麼在這裡？這裡危險啊。」

「大人如今在何處？」柳玉茹喘著粗氣，慢慢順著氣道，「他方才同我說他要去拖住梁王的人，我來看看他怎麼拖住。」

說著，柳玉茹鎮定下來，抬手擦了擦汗，再問了一遍：「大人呢？」

沈明和黃龍的臉色都不大好看，兩人對視一眼，都沒說話，柳玉茹直覺情況不對，這時候，葉世安從城樓上急急下來，一把拉住沈明，同沈明道：「沈公子你同我上去，他們不聽我的！」

說完這句話，他便看到了柳玉茹，愣了愣，隨後就聽沈明道：「你拿著九爺的腰牌，要是他們都不聽你的，怎麼會聽我的？」

沈明抬手指了黃龍：「你還不如拉這位大哥，我只是個侍衛。」

黃龍一聽沈明的話，趕緊擺手道：「我就是個衙役的頭，你讓我管衙役行，城裡的其他人，我還真管不了。」

黃龍說這話，三個人僵持住，葉世安緊皺著眉頭，似乎在想法子，柳玉茹看了三人一眼，立刻道：「大人如今不在城中？」

葉世安果斷點頭：「他現在列陣在外面，準備迎戰，讓我在這裡統領剩下的人備戰。」

聽到這話，柳玉茹呼吸一窒，急切道：「他在外面有多少人？」

「一……一千……」這話沈明都有些不好意思開口了。

柳玉茹臉色煞白，沈明趕忙道：「我們勸過了，他說他有數，情況不對就讓我們開城門。」

「玉茹，他既然敢帶人出去，就是心裡有底。」葉世安立刻道，「如今當務之急，要用好他爭取來的時間，好好備戰。城中軍械糧食都要清點，還有人員也要調整，百姓要安撫，方方面面都要安排。我初來乍到，所有人都不服我，城中可有大家服氣的老人，替我引薦一番？」

「那些德高望重的老人都在城樓上，」黃龍揚了揚下巴，頗為不屑道，「剛才和你說話那些，就是了。」

葉世安聽到這話，眉頭皺得更緊，似是有些無法。柳玉茹捏著拳頭，心裡擔憂著顧九思的安危，卻也知道葉世安說得沒錯，她深吸一口氣，隨後道：「走，我同你上城樓。」

葉世安有些詫異：「妳？」

「帶我上去，我去試一試。」柳玉茹神色堅定。

沈明立刻道：「讓她去試試吧，她夠潑，說不定成。」

柳玉茹聽到這話，狠狠剜了沈明一眼，沈明趕緊捂住嘴，表示不再說了。葉世安想了想，點頭道：「好，妳同我一起進去。」

說著，葉世安便轉過身帶著黃龍、沈明，四個人一起上了城樓。

望都城中如今所有重要的官員齊聚在城樓會堂之中，柳玉茹被黃龍和沈明護著，由葉世安領路，疾步往會堂走去。

她走到城樓上時，忍不住頓了頓腳步，她看見遠處塵煙瀰漫，似是大軍疾行，停下腳步靜下心來，就能感覺到地面越發明顯的震動。而城樓下面，是一千多個騎兵，由顧九思領著在前方列陣。幾乎沒有上過戰場的士兵們還有些害怕，馬因地面的震動焦躁不安，而顧九思穿著銀色鎧甲，手中提一把長槍，只留了背影給她。

她抿緊唇，捏著拳頭，有一種想衝上去抽這個人腦袋的衝動。

做事怎麼能不靠譜到這樣的程度？一千多人就敢往外面帶，爭取時間，爭取的是什麼時間？爭取讓對方多碾壓拿馬踩著玩一會兒，讓他們玩物喪志不想入城嗎？

荒唐，簡直是荒唐至極！

她心裡不解極了，可是仍舊願意習慣性地去相信他。她幫不了顧九思其他，但顧九思吩咐的，她都會幫忙做到。既然顧九思讓葉世安管事，那她就幫忙讓葉世安管事。

她走到會堂門口，深吸一口氣，同葉世安低聲道：「等會兒，你進去，當我不存在，該怎麼說怎麼說。」

柳玉茹轉頭又同黃龍道：「找幾個信得過的士兵，把會堂圍起來。」

說完之後，她揚了揚下巴，同葉世安道：「進去吧。」

葉世安看了柳玉茹一眼，他沒想過在這樣的環境下，柳玉茹依舊能如此鎮定，甚至帶了幾分大家風範的從容，比他一個男人都來得更加冷靜許多。

葉世安不由得心裡放穩，找到了靠山一般，他領著柳玉茹走進去，會堂裡的人正在商量著事，見葉世安進來，所有人皺緊了眉頭。

葉世安上前一步，朝著一位中年男子恭敬道：「楊主簿，在下並非想要來這裡奪權謀職，而是如今事態緊急，需要一個協助大家往同個方向去的人，如今我必須知道城中兵器的數目，才能分配好每個士兵需要多少，每個城門需要多少……」

「葉公子，」楊主簿笑起來，「不是在下不聽顧大人的話，只是我們畢竟從沒與葉公子合作過，葉公子對望都幾乎是一無所知，如今緊急時刻，突然讓葉公子插手，怕是會延誤了軍情。」

「那如今你們一盤散沙就不延誤軍情了？」沈明在一旁嘲諷地開口，楊主簿的面色冷了冷，他抬眼看向沈明，淡道，「沈公子也不必為了替葉公子出頭譏諷在下，在下只是實話實說罷了。葉公子還是太年輕，我們是出於整體考慮，並非有意為難。」

「這就是楊主簿不瞭解葉公子的來歷了。」柳玉茹在旁邊突然開口。

所有人抬眼看過去，楊主簿愣了愣，趕忙起身道：「夫人。」

柳玉茹因為國債的事，平日和這位主簿打過不少交道，也知道他的為人，她笑著抿了口茶：「諸位，我家郎君此時此刻把戰局交給葉公子，不是沒有理由的。諸位在幽州，想必不知道葉公子在揚州的名聲。葉公子三歲能誦五歲能文，七歲便與家人議論國事，討論戰局。他父親與范大人乃莫逆之交，叔父曾為西南邊境的將軍。大家可知這十年來西南最出名的一戰，以三千兵馬打三萬人那一戰？」

「這倒是聽過，」楊主簿皺起眉頭，「這與今日有什麼關係？」

「那一戰，就是出自這位葉公子的手筆。」柳玉茹抬手，面上全是崇敬。葉世安愣了愣，張了張口想要辯駁，卻不敢在這時候開口。

柳玉茹站起身，同眾人道：「葉公子自幼師從名士，勤學兵法，十三歲便隨同叔父征戰西南，在揚州貴族圈中無人不知無人不曉這位小將軍，只是他們家一直重文輕武，希望他能科舉入仕，可他於戰事卻有著非凡天賦，章懷禮章大師曾經親自說過，他乃白起轉世、麒麟之才。」

「章……章懷禮大師竟然如此說過？」

有人在人群中發出驚呼，柳玉茹鄭重點頭，葉世安保持沉默，此刻他心如死灰。從未見過一個人能這麼臉不紅心不跳的撒謊，還撒得如此有模有樣。他要是十三歲就能以三千打三萬，他此刻還站在這裡慌什麼？

可他不能說，只能聽著柳玉茹繼續吹噓，將他吹成了一個身懷絕技，為了顧九思這個兄弟才決定出山的高人。

柳玉茹見吹捧得差不多，終於道：「說句實在話，如今是在生死關頭，不管顧大人將重任交給了誰，大家都理當配合。今日若是不配合，守好了城是應當，要是出任何事，誰來擔這個責任？」

柳玉茹冷眼掃過眾人，放慢了語調：「如今可不比平時，戰時犯了罪，是要殺頭的。」這話終於讓眾人安靜了，柳玉茹端著茶杯，抿了一口，而後起身從沈明手中抽出劍。劍對於她來說有些吃力，她握著出鞘的劍來到桌邊，柔柔坐下之後，慢聲道：「如果話說到這份上，大家還不明白的話，就別怪我把話說清楚了。」

說著，柳玉茹的聲音一凜，冷聲道：「如今是戰時，你們耽擱片刻都是命！誰不珍惜他人的命，就別怪別人取了他的命。我最後再問一次，」柳玉茹將劍猛地砍在桌子上，怒道，「顧大人下了令委任葉公子監管城中一切，到底是誰在違抗軍令！」

這次所有人都不說話了。

柳玉茹把他們心中擔憂的一切都解決了。

擔憂葉世安沒有資歷沒有能力，柳玉茹那一番吹捧已經讓他們暈了頭，一個個名士的名字出來，一場場戰役出來，他們很難再去細想。

害怕葉世安搶了功勞，可功勞和危機並存，他們想搶功勞，承擔得起輸的後果嗎？承擔不了。

這件事，好處沒什麼，風險卻是大大的。

而且大家也看出來了，若是今日他們敢說一個「不」字，柳玉茹就真敢在這裡殺人。

經過短暫沉思後，楊主簿終於笑起來道：「夫人提醒得是。」

說著，他朝著葉世安招了招手道：「葉公子，坐這邊來。」

聽到這話，柳玉茹和葉世安都鬆了口氣。

而這時候，外面傳來急促的戰鼓之聲，柳玉茹趕緊跟著葉世安等人跑到城樓上，發現可以看見梁王軍隊上的人影了，他們揮舞著刀和長矛，大喊著朝著顧九思奔襲而來。

柳玉茹緊緊抓著袖子，心中暗暗祈禱。

而城樓之下，木南騎著馬，穿著鎧甲提著長矛，看著對面烏壓壓的人群，咽了咽口水道：「公子，你……你有把握嗎？」

顧九思皺眉看著前方，冷靜回答：「沒有。」

木南的心跳更快了。

這是他第一次上戰場，就面臨這樣的場景，但他選擇相信顧九思，繼續道：「那……那您是不是有什麼退敵之策。」

顧九思點點頭：「我在考慮。」

「您……您考慮什麼呢？」木南勉強微笑，顧九思盯著前面從塵沙中露出來的人，斟酌道：「我只是在想，我要不要主動罵罵他們。」

木南的笑容僵在臉上。

罵罵他們？

對方這麼烏壓壓一片朝著他們這弱小可憐又無助的一千人奔過來，還打算再罵罵他們？是怕死得不夠迅速不夠殘忍不夠有畫面感嗎？

「那……您的決定是？」木南仍舊懷有一絲希望，然而下一刻，顧九思驟然大笑出聲，隨後張口大聲叫嚷道：「梁王老賊，你可算來了！」

這一聲暴喝出來，所有人都懵了。

木南滿腦子只剩下一聲「完了完了完了」，而柳玉茹站在城樓之上，抓緊了袖子，顫抖著道：「他……他這是做什麼！」。

而城樓之下，這一聲喊完，梁王的軍隊卻是遲疑下來，軍隊在軍鼓的指揮下遠遠停下，和顧九思對陣而立，片刻後，士兵紛紛讓開，一個人駕馬上前，他看上去四十出頭，身披戰甲，氣勢不凡，站在人群中和顧九思遙遙而望，朗聲道：「前方攔路豎子何人？」

「望都縣令，顧九思！」顧九思駕馬出列，大聲回話。

對方同顧九思上下打量片刻，梁王點了點頭：「本王記住了。」

說著，梁王抬眼，掃了顧九思身後帶著的人一眼，嗤笑道：「就帶了這麼點人來同我對戰？你可睜眼看清楚了，我身後乃十萬大軍，踏平望都如履平地，我建議你不要對抗，早早投降，我可以饒你們一條生路。」

「亂臣賊子，」顧九思「呸」了一聲，輕蔑道，「也敢說饒我一條生路？你們看看自個兒那豬狗不如的模樣，被范大人打了個落花流水不敢正面對抗，就想這種齷齪法子求一條生路，還說饒我們一條生路？你能不能清醒一點，是五百里路的沙子太多瞎了你們的眼，東都護城河的水灌了你們的腦子？一群謀反的狗賊，和朝廷命官說要給生路？」

「你！」梁王怒得上前一步，旁邊一個青衣男子趕緊攔住他，小聲道，「王爺且勿動怒，這小兒是在激您。」

梁王聽到這話頓了頓，顧九思見他停住，似乎是嫌他不夠生氣一般，趕緊道：「怎麼不說話？不說話就是心虛呀，就是默認了吧？從東都一路逃亡過來不容易吧？你們餓不餓？我們望都一貫寬容，對流民待遇不錯，你們放下武器也還是個人，早點改邪歸正，別總想著跟著畜生當畜生！」

這話罵得梁王後面的人也騷動了，先前罵梁王，如今卻是開始罵他們所有人了！有脾氣暴躁的士兵忍不住怒喝，開始罵顧九思：「你個小白臉胡說八道什麼！」

「小白臉胡說八道，你豬頭臉就不胡說了？」

顧九思耳朵敏銳，聽見後直接罵回去，誰罵他懟誰，一時間一人同許多人對罵，兩軍嗡嗡成了一片。

對面罵得難聽，顧九思嘴裡不帶髒字，卻是比對面罵得更難聽，他們對罵著的時間，葉世安也不遲疑，趕緊同楊主簿等人對好了剩下的人馬、兵器、糧草。

城中如今一共有一萬士兵，之前剛造好一批兵器，本來要運往戰場，但如今還沒來得及，全都留在城內。因此雖然兵少，但是武器充足。

葉世安讓人立刻分頭去將這些兵器拿出來發放下去，然後又讓人挨家挨戶將油全都拿了出來，柴火等東西都備上，然後按照南北各兩千五人、西門一千人、東門四千的配比安排好城中布防。

葉世安忙活著的時候，顧九思和梁王軍隊吵嚷成一片，梁王的軍隊人陸陸續續在後面跟著，梁王身邊的青衫男人觀察著顧九思，同梁王道：「王爺，此人早就在這裡擺陣，明顯是早已得知咱們來的消息，卻只帶了這麼點人，還主動開口挑釁，怕是有詐。」

梁王聽到這話，沉默片刻，他心中有些不安，抬頭看了看正在和人爭執著的顧九思，低聲道：「可我們如今已到望都，無論如何，這城都非攻不可！」

青衫男子遲疑著，過了一會兒後，低聲道：「您可一試。」

梁王聽到青衫男子這話，沉下眼來，他轉過頭，抬起手，朝著扛旗的人一揮。

看見梁王的動作，顧九思便知道這是梁王要進攻了，他拉緊了心弦，扭頭迅速同木南說：「等會兒我說退，就立刻退！」

木南懵了懵，隨後看見梁王軍隊中扛旗的人開始揮動大旗，而後梁王軍隊密密麻麻大吼著衝了上來。顧九思一咬牙，騎著馬就往前衝去！柳玉茹在城樓上看著，肝膽俱裂，這麼多人，便是一人一口，也足夠將顧九思生吃了！

她眼睜睜看著顧九思衝上前去，心跳得飛快，她不敢出聲，怕自己失態，只能不斷和自己說。

信他。

信他！

就像當初揚州豪賭，像過去每一次，必須信他！

她看著顧九思手提長槍，駿馬朝著千軍萬馬疾馳而去，大吼：「殺！」

後面跟著他的一千人騎著馬，閉著眼睛往前衝，顧九思衝得最快，上前長槍一揮，兩軍才正要交戰，顧九思突然大吼了一聲：「打不贏了，快跑！」

話剛吼完，大家就看見顧九思調轉馬頭，一路朝著城門狂奔，一面奔一面喊：「快開城門！」

所有人其實都在等顧九思這聲「快跑」，沒衝上前去的調轉了馬頭就往城池衝，衝上前的都是馬比較好的，也毫不戀戰，轉頭就跑。

梁王的軍隊百里奔襲而來，本就疲憊，根本追不上顧九思這一千人，於是大家只看見戰場上這群人來去如風，前一秒還氣勢洶洶喊著「衝」，後一秒就拿出了玩命的架勢哭爹喊娘喊著「快跑快跑救命」逃回了城。

這一番舉動不僅是震住了梁王，也驚到城樓上的所有人，柳玉茹最先反應過來，立刻道：「開城門！快開！」

望都算是一座大城，城門外有厚厚城牆圍著，城牆成弧形，有兩個門進出，而保護城門的城牆外面就是護城河，要由南北兩側的城門落下，搭乘橋後才能過人。

顧九思朝著城門一路狂奔，柳玉茹從沒見過他跑得這樣快過，不由得有些哭笑不得，顧九思剛到護城河，城門恰恰落下，顧九思駕馬衝了進去，剛進城池，立刻翻身下馬，隨後朝著城樓狂衝上去！

他衝到城樓上，城樓剛完成布防，士兵們剛趕到，全部都拉開弓箭，時刻待命。葉世安看著戰局，緊張得捏緊了拳頭，顧九思衝上城樓，大聲道：「別動！別射箭！」

所有人被他搞懵了，楊主簿忍不住道：「大人，此刻不射箭，他們就離城門不遠了。」

「別射。」顧九思盯著戰場，冷靜道，「再等等。」

梁王的人距離城池漸近，越來越多的士兵趕回來，顧九思不下令，所有人都不敢動，然而大家看著密密麻麻圍過來的士兵，忍不住顫抖了手。葉世安看著梁王的距離，忍不住提醒道：「九思，只有兩里了。」

「最後一里。」

顧九思心跳得飛快，卻還是道：「若再往前，再射箭！」

楊主簿忍不住了，「若是最後一里才開始射箭，就太遲了！」

然而就在這一瞬間，梁王的軍營中突然吹起號角之聲！

所有人懵了，可是梁王的士兵卻當真停了。梁王退兵的空擋，最後一個士兵進入城池，顧九思這才抬手，盯著戰場道：「關城門。」

城門緩緩關上，梁王和青衫男子盯著城樓上的顧九思，顧九思露出嘲諷的表情，大吼道：「老賊，怎麼不敢進來了？有本事你就攻城啊，我城裡沒什麼人，都是些老弱病殘，你趕緊來，不來就是我孫子，我數三聲，你要是不攻城，就離老子的城池遠點！老子不耐煩和孫子靠太近！三、二、一！嘿，」顧九思高興道，「孫子！」

顧九思在城樓上手舞足蹈，不著調地罵來罵去，然而梁王卻不為所動，叫住人往後退去，在五里外圍著望都安營紮寨，準備修整。

顧九思見他們退開，繼續在城樓上罵：「怎麼走了？這麼聽話啊？」

等梁王徹底退走了，顧九思見梁王進了帳篷，他突然虛脫地退了幾步，直直往後坐去。

柳玉茹趕緊一把扶住他，卻被他直接帶著滾了下去。他一身鎧甲幾十斤重，哪裡是柳玉茹扶得動的？看見柳玉茹被他帶著在眾目睽睽下滾坐下去，他靠著牆，忽地咧嘴笑了。

柳玉茹看著他朝自己沒心沒肺地笑，害怕憤怒一起湧來，忍不住揚手「啪」一巴掌抽了過去。

顧九思被這巴掌抽得愣了愣，正要回嘴罵她小氣，就看見柳玉茹的眼淚啪嗒啪嗒落了下來，往他懷裡一撲，哭喊著道：「你這虎崽子，怎麼這麼蠻啊！」

顧九思反應過來，所有人都圍著他們，看著他們的眼神有些哭笑不得。他不知道此刻柳玉茹平日裡那些端莊去了哪裡，只覺得他們夫妻兩人這麼坐在地上被人這麼多人圍著抱著哭，饒是他一貫臉皮厚，也有些扛不住同僚取笑的目光。

他輕咳一聲，拍了拍柳玉茹的背，小聲道：「玉茹，我沒事，妳起來吧。」

他一開口，柳玉茹聽出他聲音中的沙啞。方才罵了這麼久，扯著嗓子罵，如今泄了氣，嗓子便疼了起來。

柳玉茹趕忙從他懷裡抬起頭，這才意識到周邊人多，她假作什麼都沒發生，從顧九思懷裡起來，伸手擦了眼淚。

被葉世安拉扯著站起來，柳玉茹倒了杯水給他，顧九思潤了潤嗓子，隨後同所有人道：「大家跟我先進來吧。」

大傢伙跟著顧九思進了會堂，顧九思坐下來，同葉世安道：「你先同我說說什麼情況吧。」

葉世安點點頭，將所有資料和布防情況說了一遍，顧九思點頭。旁邊楊主簿見顧九思面色沉穩，有些著急道：「大人，如今我們怎麼辦？」

「先拖著，」顧九思沙啞道，「我已經想盡辦法求援，范大人會派兵支援，在此之前我們儘量和他們耗著。」

「可他們、他們好多人啊。」其中有一個人小心翼翼開口。

顧九思抬眼看過去，沉默片刻後道：「你還有其他法子嗎？」

「我們棄城吧。」那人說：「或者投降。」

「林峰，這是你第一次說這話，咱們平日是兄弟，我便饒了你，」顧九思神色平靜，聲音還帶著沙啞，卻有了幾分平日全然沒有的嚴肅在其中，「今日我就說了，從此刻開始，若再有人說投降棄城，就拖出去斬了！」

這話一出，所有人神色一凜，顧九思從旁邊拿了茶，抿了一口，隨後道：「你們不要怨我，我也是為大家好。你們可要想明白了，他們為什麼疾行這麼遠過來？是被范大人打得還不了手才來的！今日若是投降，回頭范大人再打回幽都，我們一個個，全是抄家滅門的罪！」說著，顧九思抬頭掃了所有人一眼：「我們如今沒得選，若是投降，等范大人回頭，我們一個都跑不掉。若是棄城，也是死罪。唯一能做的就是安安心心頂在這裡，等著范大人救援。」

「可他們人這麼多……」楊主簿有些憂慮：「怕我們反抗太激烈，最後城守不住，屠城怎麼辦？」

「不會的。」顧九思沉穩道，「他們雖然人多，但是一來梁王本就是敗軍孤注一擲，軍心不穩；二來他們千里迢迢而來，將士疲憊不堪；三來他們最好的攻打時機就是方才，如今他們遲疑不前，我們已經部署好了，他們再次攻城就難了。而且，」顧九思敲著桌子道，「我們也不能讓他們把再次攻城的時間往後拖。」

「大人的意思是？」黃龍有些迷茫，顧九思琢磨著道，「你們可知方才戰場上那青衣人是誰？」

「是梁王的謀士，」葉世安開口回答，「秦洇，據說此人狡詐多端，足智多謀。」

「聰明反被聰明誤啊。」顧九思笑了笑，隨後道，「如今梁王會修整一番，他們應該是騎兵先到，步兵還在後面，梁王估計是打算等所有士兵到了一起攻城。這樣吧，」顧九思敲著桌子道，「你們去將城裡青樓裡的姑娘都叫出來，夜裡在城樓上唱唱跳跳，唱點荊州小曲，然後夜裡每隔兩個時辰就擂一次戰鼓。」

顧九思這打算大家清楚，就是不打算讓對方睡了。本來就是長途奔襲，又這麼鬧，誰還睡得著？

顧九思和所有人吩咐之後的事，最後看著大家道：「大家其實也別太過憂慮，我不是個不怕死的，我在這裡與大家共進退，不會拿著自己的命開玩笑，你們放心，梁王就是個紙老虎，望都城不會破，范大人會救我們的。」

這句話平平淡淡，可所有人聽著，心裡都安穩了下來。

大家眼裡重新燃起希望，這才下去各做各的事情。

所有人都走了之後，葉世安猶豫了一下，最後什麼都沒問，轉身離開。

顧九思看著葉世安離開，輕笑出聲。柳玉茹有些疑惑地看過去，忍不住道：「你笑什麼？」

顧九思搖搖頭，站起身道：「妳等我換身衣服，跟妳回去。」

柳玉茹點了點頭，顧九思轉到會堂屏風後面，脫了戰甲又換回自己平時那件藍色官服，披著狐裘，從屏風後走出來同柳玉茹道：「好了。」

顧九思說著走上前去握住柳玉茹的手，低頭看著她，柳玉茹有些茫然地抬頭，看見顧九思柔和的笑，聽他小聲道：「今日嚇到了？」

柳玉茹沒說話，顧九思便明瞭了她的意思：「讓妳操心了，」他伸手抱住她，笑著道，「是我不對，以後不這麼蠻了。」

「對不起。」柳玉茹低啞出聲，「我沒克制好，打了你。」

顧九思笑了笑：「我知道，是妳太害怕了。讓妳這麼害怕是我不對，我該早點同妳說才是。」

說著，顧九思握著她的手，輕笑道：「走，回家。」

這一聲回家讓柳玉茹心裡暖洋洋的，感覺整個冬天都變得溫和起來。

他們手拉著手，走在寒冬黑夜裡，一起往家裡走去。

街上人來人往，大家拿著兵器，整個城池瀰漫著肅殺之氣，然而柳玉茹拉著這個人，卻覺得內心一片安定。

她驚訝地發現，拉著這個人，就覺得人生沒有什麼坎走不過去。

他如高山令她依靠，如大樹為她遮陽，哪怕她從來不是什麼嬌花琉璃，他卻捧在手心，視若珍寶。

她握著他的手，清晰地感知到，今日在戰場之上，意識到可能失去他的那一刻，她的內心惶恐到怎樣的程度。

他們兩人走在路上，等到了家裡後，進了門，顧九思便去洗了個熱水澡，而後穿著衣服出來，發現柳玉茹正在鋪床。他靜靜看著她的背影，聽著燭火輕輕爆開的聲音，感覺炭火適宜的溫度，嗅著房中寧和的橘香。

這是一切都恰到好處的生活，而顧九思清楚知道，這份「恰到好處」要花費多少心思。怎麼樣的溫度才合適，什麼樣的香味才恰當，這都是要費心思的東西。可和柳玉茹生活以來，無論怎樣的境遇，柳玉茹都有一種神奇的、讓生活在那個情況下過得很好的能力。

跟別人過是混日子，跟她是過日子。

柳玉茹鋪好床，察覺顧九思洗完澡了，回過頭迎上了顧九思的目光，她愣了愣，抿了抿唇，有些不好意思道：「你看著我做什麼？」

「沒什麼，」顧九思柔聲笑起來，「我想起以前娘親說過的一句話。小時候我娘同我說，娶一個好女人，你會發現這輩子無論怎樣都會過得好。過去我不信，如今我卻是信了。」

說著，顧九思招了招手，同她道：「過來。」

柳玉茹紅著臉走過去，顧九思將她攬進懷裡，讓她坐在自己腿上，手抱在她的腰上，他靠著她，溫和道：「玉茹，妳在，我就覺得什麼事都會過去的。」

「別胡說了，」柳玉茹笑了，「我又不是護身符。」

「玉茹，」顧九思將臉埋在她的肩頭，低聲道，「其實我很怕。」

柳玉茹愣了愣，顧九思慢慢道：「今天我騙他們的。范大人不會很快救援，他要至少在打下東都後才會回頭來救我們。」

柳玉茹聽著這話懵了，她不敢動，更不敢驚慌，花了好久，才慢慢鎮定下來，小聲道：「那你今日，是安撫他們嗎？」

「不然又能怎麼辦呢？」顧九思聲音平穩：「不能投降，也不能棄城。現在只能咬著牙求一條生路。梁王之所以一定要取幽州，他的算盤怕是要和北梁求救。」

「北梁？」柳玉茹不能理解，顧九思聲音平靜，「北梁一直被長城阻撓，若是梁王以幽州相換，求北梁出兵中原伐范，北梁怕是求之不得。梁王如今一定要占幽州，打算利用幽州東山再起，除了這個法子，我想不出其他的來了。」

柳玉茹沒說話，顧九思繼續道：「望都不能丟，幽州不能破。」

「我知道。」

「我們除了守著，沒有辦法。」

「我明白。」

「可我不知道我能不能守得住。」顧九思忍不住收緊了手，低啞著聲道，「要是我守不住了，妳怎麼辦？爹娘怎麼辦？」

「你別怕，」柳玉茹柔聲開口，「要是守不住，我還能提刀呢。」

顧九思聽到這話，茫然地抬頭，柳玉茹伸手環住他的脖子，笑著道：「到時候，咱們殺一人不虧，殺兩人穩賺，黃泉路上一家人走一起，也沒什麼怕的，對不對？」

顧九思沒說話，他看著柳玉茹，姑娘似乎在撒嬌，可說出來的話，卻完全不是撒嬌的人說的。

他一貫知道她骨子裡帶著血性，卻不想這個姑娘的膽子總是比他想的大得多。

他深吸一口氣，抬手覆上她的臉。

「放心吧，」他柔聲道，「不會有那一天的。」

「我家玉茹還沒當上首富，」顧九思輕笑，「我怎麼捨得她連想要的東西都沒得到，就陪我去談什麼『殺一人不虧殺兩人穩賺』？放心吧，」他靠住她，彷若宣誓一般，聲音又穩又沉，「我拚了命，也不會讓他們進望都城。」

第二十八章 天地為契

兩人緊張了一日，都有些累了，顧九思先去休息，柳玉茹梳洗之後也回到床上，她靠在顧九思懷裡，突然想起來，「今日你為何讓葉大哥來管事？他才剛來望都，不怕他不服眾嗎？」

「望都城那些官員我清楚，」顧九思閉著眼，平靜道，「幹得好的都被范軒帶走了，剩下些普通官員，這種場面他們撐不住，如果讓他們管事，到時候可能我前面稍微受挫，他們就全都投降了，他們降了，梁王入城之後，妳和爹娘作為將領家屬，怕是逃不了的。」

顧九思說著，平靜道：「我對葉世安知根知底，他的本事和品性我清楚，事情交給他，就算我在前面戰敗，他也會不惜一切代價守城。而且對於守城這件事，葉世安以前跟著他叔父見識過，他又是個聰明人，讓他主事，比那批只知道中飽私囊的飯桶好太多。至於他能不能服眾，不還有妳嗎？」

聽到顧九思提到自己，柳玉茹有些無奈：「你竟是連我都算計進去了？」

「這哪裡是算計，」顧九思嘆了口氣，「這是瞭解。」

柳玉茹聽著不免笑了，她靠著他，接著道：「那你今日就這麼衝出城，是早算好他們會退兵？」

「試一試罷了。」顧九思閉著眼睛，平和道：「他們來時城內根本沒有準備，若是直接攻城，城池必破無疑。我心裡盤算著，梁王這麼孤注一擲，全軍上下必然人心惶惶，慎而重之。所以我故意帶兵出去，列陣在前，讓他們以為我是提前得了消息的。然後我再罵他們，接著假裝戰敗逃跑，梁王追擊的時候，我讓他們哪怕靠近都不要放箭，完全是引誘他們入城的模樣，這一套戲坐下來，梁王便會害怕，以為范大人早就得了消息，故意在這裡埋伏等著他們，只是我年少沒有經驗，將戲演得太浮誇，讓他們看出了機會。」

柳玉茹聽著，終於明白今日梁王為何在最後一里退兵了。

顧九思在演戲，梁王何嘗不是在試探？如果當時城中的人顯示出了阻撓之意，梁王就會堅定決心打過來。只是顧九思堅持到最後一里地都未曾放箭，這才真正讓梁王不安退兵。

「這是梁王最後一場下注的機會，他不僅要得到望都，還不能損失太過慘重，」顧九思聲音有些睏，「否則到時候范軒打回來，他根本沒有抵抗住范軒和北梁聯繫的機會，那就竹籃打水一場空了。但是望都非取下不可，所以現在在等待最佳的進攻時機，時候到了，他們就會動手。」

說著，顧九思睜開眼，抬手拍了拍柳玉茹的背，勉強笑道：「不過妳別怕……」

「我不怕。」柳玉茹果斷開口，她抱住顧九思，聽著顧九思的心跳，溫和聲道，「風風雨雨走過來了，你在我身邊，我一點都不怕。」

顧九思愣了愣，他抿了抿唇，終是什麼都沒說，嘆了口氣，伸手抱住柳玉茹。

「我欠妳一個婚禮。」

他柔聲開口，柳玉茹有些迷惑，聽他道：「等這次事完了，我們再成一次親。」

柳玉茹有些臉紅，低低應了一聲，沒有多說。

人總要有個盼頭的。

兩人睡著覺時，城樓之上卻是熱鬧非凡，整個望都的姑娘都到城樓上去，唱著荊州小調，在城樓上歡歌笑語。她們唱唱跳跳，叫喚著城外的士兵，城外士兵被吵得睡不著，大半夜起來，看見姑娘站在城樓上，輕紗裹身，更是睡不著了。

他們已經在外征戰大半年，尤其是這幾個月，一路匆忙行軍，幾乎沒有近過女色，此刻看著城樓上的女人們，一些膽子大的忍不住，為了看得更清楚些，往前靠近了許多。

大家聽著家鄉的曲子，看著遠處的女人，趴在冰冷的土地上，一時間有些人不由得茫然。

一路走到這裡，是為了什麼呢？

如今老家已經被劉行知攻陷，東都又被范軒圍困，千里迢迢來到望都，哪怕攻下望都，前路又在何方呢？

白日裡顧九思罵的話在士兵心裡浮現，這不是他們第一次聽這樣的話，卻是頭一次被人罵得這麼赤裸裸，亂臣賊子，不忠不義，天下共討之。禍害百姓，亂大榮綱紀，舉國共伐之。

明明是梁王一個人的私欲，怎麼拖著大家，到了這樣的程度呢？

這麼唱唱跳跳了一個晚上，等到天亮時，軍中長官才發現許多士兵偷偷跑去看姑娘，他們把人抓回來，當場斬了幾個人後，所有人才消停，回了帳篷。

然而斬了那幾個人卻成了所有人心裡的刺，跟著梁王成為這樣的逆賊，卻只是看個姑娘就被斬了首級。

大家心中憤憤，連夜未曾休息好，梁王後續的部隊還在零零散散趕來，梁王察覺軍心不穩，心中有些不安。

而顧九思休息好後，早上早早起來，讓人熬了一碗潤喉的梨湯，穿上紅色長衫，披了暖洋洋的純白狐裘，頭頂金冠，手拿暖爐，同木南吩咐道：「你去城裡找些特別會罵人的人來，不管男女老少，會罵就行。」

「你這又是要做什麼？」

柳玉茹笑著從房間裡轉出來，看見顧九思的打扮。

他慣來生得漂亮，如今這麼紅色的袍子，白色毛茸茸的狐裘披風一搭，這份漂亮中就多了幾分明豔張揚，落在柳玉茹眼中，生生帶了幾分可愛的感覺。

但旁人卻是不覺得，只覺得這人英俊中夾雜了幾分好顏色，依舊是他們那個俊朗的父母官顧九思。

顧九思見柳玉茹出來，笑了笑道：「我去城樓上看看，帶人去和他們打打嘴仗。」

柳玉茹覺得這一仗在顧九思口裡說出來，如同兒戲一般，好幾萬大軍立在門口，卻是在打嘴仗，她嘆了口氣，上前替他整理了衣衫，柔聲道：「隨便罵罵就好，別又把嗓子罵啞了。」

顧九思被這話逗笑了，擺擺手道：「放心吧，這次帶了幫手呢。」

顧九思和柳玉茹商量完，便走出去，柳玉茹去找葉世安，同葉世安清點兵器的庫存，安撫城中百姓。

如今大軍在外，城中百姓情緒極其緊張，葉世安讓城中茶樓全都免費待客，由府衙支出，說書先生及時說著情況，讓百姓不要緊張。

而顧九思則是上了城樓，他到的時候，看見沈明領著一批人站著，這批人都是城內罵架的好手，看見顧九思戰戰兢兢的，顧九思抱著暖爐，脾氣溫和道：「你們不要緊張，站在城樓上罵一罵他們，會有人保護你們的，罵完了就可以領賞，這是靠著你們才能吃飯呢。」

大夥兒被顧九思的話安撫下來，偷偷瞧著這位脾氣很好的大人，顧九思將罵人的內容和所有人商量了一下，今日罵這一次，其實重在分散對方的軍心。

要讓他們清清楚楚知道現在是什麼情況，梁王打算做什麼，他們跟著梁王，最後是什麼下場。

所有人聽顧九思說的內容，便明白了要怎麼罵，顧九思領頭，站上城樓，旋即開罵：

「梁王老賊，今日為何不攻城啊？不攻城是不是心虛，怕你做這些事都等著天打雷劈？你帶著這些士兵來望都做什麼，你以為大家不知道嗎？你無非就是想取下望都，以幽州作為贈禮，聯合北梁，再伐中原！你這樣的打算，以為所有人都不知道嗎？北梁與我大榮，幾百年互相共伐，皆被擋於長城之外，以幽州換你的皇位，那就是以我大榮百姓日後千百年安危換你梁王的皇位！如此喪權辱國、喪心病狂、叛國叛民之事，也就你梁王做的出來！」

顧九思張口將梁王的盤算說得澈澈底底，梁王在帳內聽見，提了劍就想衝去，秦泗一把按住梁王，著急道：「王爺，先前已經忍了，此刻動手，便是衝動了啊。」

「你看看這兔崽子在說什麼！」梁王怒道，「他這樣說，其他人要如何看我！讓他這麼罵下去，仗還打不打了！」

「王爺稍安勿躁，」秦泗笑了笑，「嘴仗而已，王爺不必動怒，我去就行了。」

秦泗這話讓梁王稍稍冷靜了些，梁王點了點頭：「那你去。」

秦泗拱手應聲，從軍營中走了出去，他走到城樓下，撣了撣衣袖，而後大聲喝道：「不知天高地厚的混帳小兒，胡說八道什麼！梁王乃前李氏正統血脈，如今乃光復江山社稷、順應天時之舉，你卻將他打成亂臣賊子，這才是真真顛倒是非黑白！如今王爺欲取望都，為的是江山百姓，豈容你如此污蔑！」

「我污蔑？」顧九思大笑，「那你和我說說，梁王如今老家荊州被劉行知取下，東都又被范大人圍困，他既不南下揚州又不西取荊州，偏偏北上幽州，為的不是用幽州長城與北梁作交換還是什麼？莫非你們當真以為，你們這麼些烏合之眾，能阻了天下大勢，自成一國不成？取了幽州不送，到時候你們北邊每年秋冬受北梁侵犯，南面又要被國內諸侯討伐，你到是和我說說，不打著我說的主意，你們費了老大力氣來幽州做什麼？」

「王爺做什麼輪得到你管？」秦泗冷笑，「揚州紈褲子弟，連個秀才都考不中的蠢貨，靠著家裡買官當了個縣令，還敢在這裡議論起國事來？你以為到了幽州，就沒人知道你在揚州的斑斑劣跡了？年過十八還只會鬥雞賭錢的貨色，到望都就是鳳凰了？這種人說的話，你們還信？」

這話出來，木南當場怒了，他上前正要大喝，卻被顧九思一把抓住手，顧九思笑道：「這位竹子精說得怪了，我和你認識？我以前做什麼的你又知道了？我顧九思打小聰明，不考科舉是我懶得考，我這縣令，是我在衙役立了功當上的，這城裡誰不知道？我如今能站在這裡，也是我顧九思滅黑風寨、解決望都流民糧餉之後得到的名望，怎麼你一來幾句話，就能把我說成酒囊飯袋了？」

「是不是酒囊飯袋，考考不就知道了嗎？」秦泗面無表情。

其實他不想和顧九思扯這些，只是顧九思說那些話，的確太過動搖軍心，而顧九思說的的確是事實，若顧九思是個傻的還好，可他偏偏聰明，如今他占著理，就算秦泗舌燦蓮花也改變不了事實。那與其糾纏梁王起兵的正當性，不如糾纏顧九思如何當上的官這些無聊的話。

顧九思也知道秦泗的意思，只是他本就是拖時間，能拖一天是一天。

於是兩人互相考究著問題，顧九思記憶極好，看書又快，這半年來，幾乎有時間就在看書，於是和秦洄互相考了一下午，居然雙雙將對方難到。等到了夜裡，兩人的嗓子都疼了，這才停下。

秦洄回到軍營之後，梁王沉聲道：「不能再等了，再等下去怕這小子還有後招，今夜好好睡一覺，等明日，我們就攻城！」

秦洄點了點頭，罵了這一天，他深感顧九思不是個普通人物，而且從時間上來說，的確不能再拖了。

而顧九思從城樓上下來，便急急去找葉世安。

葉世安聽到顧九思找他，趕緊跑上去，隨後聽顧九思啞著嗓子道：「準備一下，今晚我要帶所有人出城突襲。」

「出城突襲？」

葉世安懵了，那句「你瘋了」差點脫口而出，卻是想到梁王之前退軍的事，他生生壓了下來，勸阻道：「九思，我們還是好好守城，不要冒險才好。」

「他們明日會攻城。」顧九思沙啞道，「今晚他們不會有防備，我們先偷襲他們，他們如今軍心大亂，我們這樣偷襲，他們或許會退兵。」

顧九思抬眼看向葉世安：「不然，等梁王軍隊攻城，我們的人自己就會先崩潰了。」

葉世安愣了愣，片刻後，他明白顧九思的意思。他們本來就是險中求生，如果不劍走偏鋒，哪裡還有贏的機會？

葉世安沉默片刻，終於道：「我去準備。」

說完，葉世安轉身離開。

而顧九思回家裡吃了飯，便同柳玉茹告別。

他走的時候一直看著柳玉茹，柳玉茹親手替他穿鎧甲，似乎對一切一無所知，全然相信著他，柔聲道：「郎君以往執筆頗為俊朗，今日戎裝，也十分英俊。」

顧九思瞧著她，認認真真看著，柳玉茹神色平靜，低頭在他腰間繫上了護身符，小聲道：「別衝動啊。」

「我知道。」顧九思笑起來：「我心裡有數呢，妳好好睡一覺，一切就好了。哦，夜裡聽見戰鼓聲也別怕，是我嚇唬梁王的。」

「嗯。」柳玉茹點了頭。她送顧九思出了門，到門口，看著他上了馬。面上始終帶微笑，神色鎮定，顧九思以為她沒察覺，打馬離開時，都沒回頭。

如果他回過頭，就會看見柳玉茹驟然失去的笑容和突然彎了的脊梁，旁邊印紅一把扶住柳玉茹，小聲道：「夫人！」

「我沒事。」柳玉茹擺了擺手，片刻後，她出聲道，「將佛堂打掃出來，我今夜去佛堂。」

人對一件事無能為力時，往往只能將希望寄託於神佛。

其實她太瞭解顧九思了，顧九思如今的模樣，她就知道他有大動作。但他不說，她自然也不會去問，猜也猜得到，他會瞞她的事情，無非就是打算上戰場而已。

她怕他擔心，便不多問，讓人掃了佛堂，自己跪在佛堂。

她從來不信神佛，可這一刻卻驟然化身善男信女，求著菩薩的保佑和憐憫，讓那個人平平安安回來。

顧九思回了城樓，吩咐了今夜的計畫，然後就去睡覺。

而梁王這邊，他也做好了第二日進攻的準備，讓所有人好好休息。只是到了夜裡，所有人才睡下後不久，就聽到戰鼓之聲雷鳴而起。

「敵襲！敵襲！」

梁王的軍隊突然亂了起來，所有人從睡夢中驚醒，穿上鎧甲提起武器，衝出軍營列好陣後，卻發現荒野茫茫一片，不見半個人影。

所有人罵罵咧咧，又回去睡了。

過了一個時辰，大家睡下，外面又傳來了戰鼓聲！

這次還有馬蹄聲，梁王的軍隊又趕緊被叫起來，大家衝出來，卻見已經沒了人影，這次他們澈底火了，乾脆不睡了，在城門口罵罵嚷嚷，然而過了片刻後，一群人叫罵著沒人理會，便又睏了。這次他們睡下，許多士兵嘲諷道：「那些幽州的兵崽子，就只會這些伎倆。」

「下次再敲再喊，絕不理他們！」

一群人憤憤討論著，而後便睡下了。

而這時已經到了黑夜裡最暗的時候，花容後院的柴房裡，王梅一口一口咬著男人手上綁著的繩子。

她嘴裡帶了血，可還是沒有停下。這叫錢三，是她十多年的相好。他身上還背著命案，這次被顧九思抓了，是顧九思沒時間審，可等事情了了，她和錢三一個都跑不了。

她崩掉了一顆牙，終於咬斷了繩子，錢三的繩子一解開，立刻從旁邊找了個碗，砸碎後割開她手上的繩子，然後領著她偷偷開了門。

這時候大家都睡了，花容裡格外安靜，王姨和錢三兩人偷偷摸摸繞出花容，朝著城門的方向一路狂奔。

他們方才聽見戰鼓聲了，有戰鼓聲，就要打仗，打仗了，就會開城門！

哪怕戰場凶險，卻是他們唯一離開望都的機會。

他們兩人跑到城門不遠處，看著城門口士兵來來往往，他們不敢露面，躲在巷子偷偷瞧著。

王梅和錢三互相依偎著，天有些冷，王梅沙啞道：「錢你放在錢莊是吧？」

「對，」錢三低聲道，「咱們出了望都，就去滄州，把錢取出來，我想辦法換個身分文牒，從此以後隱姓埋名。」

王梅有些疲憊，她沒說話。但錢三的話成了她唯一的盼頭，她和他坐在臺階上，等著城門再開。

其實他們也不知道會不會再開，可若是不開，他們也不知道去哪。他們等了許久，啟明星亮起，這時候戰鼓再一次響起！

這一次戰鼓聲響起之後，門緩緩打開，士兵們騎著馬，拿著刀，朝著外面衝過去。他們的動作很小，很隱蔽，沒有任何聲音。

而梁王的軍隊再次被叫喊起來，大家都帶著不滿，許多人拖拉著不肯起來，覺得這肯定又是一次戲耍。

「他們就是不想讓咱們睡覺，」有人開口，不滿道，「咱麼這麼一次次起來，就是中計了！」

許多人都是這麼想，因此這一次集結顯得格外困難。然而在梁王還在集結軍隊的時候，地面突然震動起來。

這一次大家終於察覺有問題了，等他們反應過來時，就見烏壓壓的一大片鐵騎揮舞著長刀，朝著他們揮砍而來！

黑夜裡一切看不分明，既不知道對方有多少人，也不知道對方是什麼情況，只能是摸著黑四處逃竄。

將近十萬人的大軍，一時間不分南北潰散開，才剛打起來，甚至連有力的抵抗都沒組織起來，就退散了。

顧九思趁勝追擊，趁著這些人還慌亂的時機，一路砍殺過去。

鮮血染紅了他的眼睛，周邊都是刀光劍影，可他卻覺得自己一點都不怕。

他揮舞著長槍，駕馬在戰場馳騁。

梁王早在軍鼓響起來之後就沒入睡，他一直在思索著，猶豫著。

一定要取下望都嗎？

這是幽州的州府，取下自然是最好的。可幽州最重要的是什麼？是長城。只要能拿到長城，要不要望都，有這麼大意義嗎？

梁王拚命找著不去攻打望都的理由，全然忘記最初為什麼來望都。

他只是覺得望都太過捉摸不透，往前他怕有埋伏，如今只能後退。

秦泗看出梁王的猶豫，小心翼翼道：「王爺可是懼怕城中有埋伏？」

「秦先生，」梁王嘆了口氣，「我輸不起了。」

秦泗聽了這話，沉默片刻，隨後點了點頭，平靜道：「我明白，只是王爺，如今已經到最後一刻了，不拿下望都，您甘心嗎？」

梁王萬抿唇不語，怎麼可能甘心呢？他深吸一口氣，終於道：「如先生所言。」

話剛說完，外面就亂了起來。隨後聽到一聲暴喝，一人駕馬提槍，直接衝進帳中，直逼梁王！

周邊慌亂成一片，秦泗護住梁王，厲喝道：「來人！保護殿下！」

兵荒馬亂，許多人攔著顧九思，梁王和秦泗被死士護衛著來到帳外。而帳篷外面早已是人間地獄，燈火映照之處全是砍殺，梁王站在陣營裡，一時分不清對方到底有多少人，他只覺得自己被顧九思的人包圍住了，一切命在旦夕！所有人都在跑，沒有人聽他的，他慌了神智，翻身上馬，大喝道：「走！先走！」

梁王打馬打得飛快，秦泗緊跟在後，他知道，在梁王直接面對生死後，他很難再說動這個人了。

他只能跟隨著，聽著梁王分析道：「城中一定埋伏著很多人，范軒知道我要來，怎麼可能不做準備？望都我們不要了，我們去下一個地方！」

秦泗沒說話，他覺得不妥當。

而後面喊殺聲震天，顧九思緊追著他們，似乎一定要用他們的命來平息這場戰鬥。

於是他們一個跑一個追，而王梅和錢三趁著混亂，悄悄打暈了一個士兵後，便拿著對方的文牒匆忙逃出城門。

出了城門，才發現到處都是砍殺，都是鮮血，他們驚慌失措手把手在戰場中挪步，害怕出什麼事。

等一夜過去，天亮起來，顧九思終於下了撤退的命令。梁王跑出老遠，見顧九思不追了，才緩了口氣，他回過頭，發現大約還有一半的人跟著他。

梁王見四野無人，心裡安定了些，決定安營紮寨，而顧九思領著人回到望都城，剛進城，就看見所有人都看著他。

他們想誇讚他，卻沒有什麼好詞。就只能是滿懷希望地看著他，顧九思笑了笑，同所有人道：「放心吧，他們走了。」

說著，他放下長槍，平和道：「該做什麼做什麼吧，別耽擱了。」

大家點頭應聲，心裡的激動卻是擋都擋不住，所有人都知道，這一戰結束了，而即將迎來的，是望都城以一敵十的好名聲！

葉世安安排大家將傷患抬下去，顧九思掃了傷患一眼，嘆了口氣道：「還好走了，若是再回來，我們還不知道該怎麼辦。」

葉世安點點頭，應聲道：「還好。」

而這時，王梅和錢三互相攙扶著往前走，錢三突然頓住步子，小心翼翼道：「那是不是梁王的營寨？」

王梅愣了愣，片刻後，她看了飄揚著的「梁」字大旗一眼，點了點頭。錢三咬了咬牙，「梁王在這兒正好，阿梅，妳在這等我，我去去就來。」

「你……你要做什麼！」王梅有些害怕，錢三拍了拍她的手，溫和道：「妳放心，我去要吃的，不起衝突的。」

王梅不敢相信，然而錢三卻是意志堅決，完全沒顧忌王梅的想法，一路朝著梁王的方向狂奔過去，焦急同守兵道：「快，快幫我稟報梁王，我有很重要的事要告訴他！求他召見小人！」

梁王本是不打算見這種人的，然而聽到錢三是從城裡逃出來的，便讓人帶過來。

錢三克制住激動的心情，和梁王叩拜之後，抬起頭來，同梁王道：「殿下，小人此次過來，是特地為王爺分憂。」

「如何分？」

「王爺大概不知道，城中有多少人吧？」

聽到這話，梁王豁然抬頭，錢三輕輕一笑：「不巧，在下知道，不多不少，剛好一萬。」

所有人聽了這話都愣了，梁王下意識道：「不可能！」

若真的只有一萬人，顧九思能如此囂張，甚至還帶著人追殺他？

他可是有十萬人馬，誰給顧九思的膽子！

「你這賊子，居然敢矇騙本王，」梁王怒而拔劍，當下就要斬了錢三，秦泗一把攔住梁王，冷靜道，「梁王，且聽他說說。」

梁王被秦泗攔住，看了秦泗一眼，咬了咬牙，讓所有人都下去，留下了錢三和秦泗在營帳裡。

錢三被梁王的舉動嚇到，哆嗦著不敢說話，秦泗走上前溫和道：「這位壯士不必害怕，我們王爺是寬厚的人，只要您說的是實話，王爺不但不會殺你，還會重金賞賜給你，到時候金銀美女都不在話下，若是能夠破望都，你還是首功，高官厚祿近在眼前，王爺不會虧待你的。」

錢三聽著這話，慢慢冷靜下來。

他方才路過營地，想到梁王，想到顧九思，本就打的是這個主意。

透漏消息給梁王，不僅能夠整死顧九思，還能得到一筆錢，何樂而不為呢？

錢三鎮定了些，立刻道：「王爺，草民句句屬實，若有半句虛言，就讓我天打雷劈，不得好死！」

梁王僵硬著臉，點了點頭。他無論如何都不敢置信，城中只有一萬人。若城中只有一萬人，自己不就是被這個毛頭小兒耍了！

一個未及弱冠的少年，把他耍得團團轉，傳出去豈不是讓天下人恥笑！

可這些話梁王放在心裡，沒有多說，秦泗扶起錢三，細細詢問起他的來歷。錢三老老實實將自己和顧九思的矛盾前因後果說了，梁王和秦泗這才放心了些，秦泗有些疑惑，隨後道：「那就算你和顧九思有矛盾，望都畢竟是你的故土，你今日所作所為，不怕連累自己的親友嗎？」

「大人，」錢三笑了笑，「草民不是幽州人，草民是揚州人。」

「原來如此。」秦泗點點頭，「看來你們是隨著顧家一起從揚州而來的，也算是忠僕了，顧九思卻如此對你，實屬不該。」

「是啊。」錢三一說起來就咬牙切齒，「我那女人對顧家也是盡心盡力，我跟著他們一路到了幽州，為他們做了不少事，沒有功勞也有苦勞，沒想到他們居然這樣對待我們。王爺，」錢三轉頭，同梁王道，「小人本就仰慕王爺，早就想來投靠，這次王爺能夠接見，是小人修了三輩子的福氣，小人願為王爺做牛做馬，求王爺成全！」

說著，錢三跪下來，同梁王重重叩首。梁王被這馬屁拍得渾身舒坦，他笑了笑，隨後道：「行了，你的忠心我知道，你把城裡的情況同我們再說說。」

錢三趕忙開口，將情況知無不言言無不盡的說了。梁王和秦泗越聽眉頭越皺，梁王聽得火大。

顧九思根本沒有提前知道什麼消息擺好鴻門宴等他，上一次，上上次，任何一次他只要冒進一些，就能將望都收入囊中，可他偏生沒有！

他一時有些埋怨秦泗，卻又知道不能在這樣的關頭抱怨屬下，心裡有火無處發洩，等錢三將有價值的消息說完，翻來覆去都是一些沒用的事之後，他揮了揮手，不耐煩道：「拖下去！」

秦泗看出梁王不悅，甚至清楚知道梁王的不悅中有一部分還因為他。知道梁王需要一個出氣筒，也就沒說話。

錢三被梁王的人衝進來架起來，這樣突然的變故，讓錢三有些懵，他急促道：「做什麼？你們這是做什麼！」

「做什麼？」梁王煩躁開口，「你這種背主棄義的叛徒，還指望別人尊敬？拖出去砍了！」

聽到這話，錢三頓時變了臉色，驚叫著道：「王爺！王爺不要！小人還有用，您還需要小人……」

梁王冷笑一聲，錢三被士兵拖著走遠，在外面慘叫一聲，繼而沒了聲音。

片刻後，外面傳來了女人的哭罵聲，梁王抬起頭煩躁道：「誰在外面哭？」

「王爺稍安勿躁，我去看看。」

秦泗起身走到外面，就看見王梅跪在地上，抱著錢三的屍體嚎啕大哭。

「這是誰？」秦泗看了旁邊的士兵一眼。

士兵小聲道：「說是這人的媳婦，剛才在外面叫罵許久了。」

秦泗聽著，皺了皺眉頭，上下打量王梅一眼，抬手道：「一併斬了，別讓她吵到王爺。」

說完，秦泗回到營帳之中，他回來的時候，外面也安靜了。梁王見他回來，煩躁道：

「怎麼回事？」

「是錢三的娘子，」秦泗恭敬道，「已經處理乾淨了。」

梁王點了點頭，渾不在意，過了片刻後，終於道：「我覺得我們可以回去。」

秦泗早就在等這句話，他平靜道：「此人說的話不似作假，屬下也覺得，可以回去。」

原先不知道城中虛實，畏手畏腳忐忑不安，如今知道裡面只有一萬人，梁王精神大振，當即衝出去，重整隊伍，立刻又殺了回去！

如今剩下這一半人，都是忠心耿耿的，沒了之前顧九思的話的干擾，大家不用再互相猜疑誰打算投降誰不打算投降，如今要跑的早跑了，剩下不用懷疑的，於是軍隊反而振奮起來。

五萬人強攻一座一萬人的城池，而梁王又是老將，也算得上是碾壓。

梁王心知，如今顧九思必然以為他已經離開，他貿然回頭，便是打顧九思一個措手不及，快便成了制勝關鍵。

於是梁王一路快馬加鞭，帶著人就殺了回去。

而這時城內軍隊正在卸甲休息，或者托送傷患和屍體，大家聊著天，許多男人正得意洋洋吹噓著梁王的軍隊多麼不堪一擊。

顧九思也到了家裡，他洗了熱水澡，換了衣服，同柳玉茹一起吃著早飯。

他平平安安回來，柳玉茹覺得極為高興，桌上多了好幾道菜，顧九思察覺柳玉茹的歡喜，不由得道：「這麼高興，是不是擔心一晚了？」

「沒有。」柳玉茹趕忙道：「我睡了一晚，醒來就聽說你打勝仗了。」

顧九思張了張口，想說什麼，但最後卻是咽了下去。

其實回來他就聽說了，柳玉茹在佛堂跪了一晚。

他早該知道的，自己又哪裡瞞得住她，向來都是她騙著他的，他從來瞞不住什麼。

他笑了笑，看著柳玉茹眼下的黑眼圈，夾了菜放在她碗裡，隨後道：「唉，頭一次打勝仗，心裡突然就茫然起來了。」

「茫然什麼？」柳玉茹有些奇怪。

顧九思頗為憂愁的模樣道：「不知道以後妳該叫我大人好，還是叫我將軍好，還是連著叫大人將軍。」

柳玉茹抿了唇，知道他在說笑：「那你最後想出來了？」

「我想了想，」顧九思認真道，「還是叫夫君好，省時省力，」他拋了個媚眼，「又好聽。」

柳玉茹笑出聲，正還要說什麼，突然感覺明顯地面動了起來。

木南衝進正堂，焦急道：「公子，梁王又殺回來了！」

顧九思霍然起身，甚至來不及披外套，便直接往外面衝出去。

柳玉茹看見顧九思著急成這樣，忙叫了人，拿了鎧甲狐裘暖爐，騎著馬跟了上去。

顧九思急急衝到城樓下，老遠就看見葉世安指揮著人上城牆。顧九思勒馬停下來，焦急道：「如何了？」

「你上去看！」葉世安焦急道，隨後同後面的人大聲喊，「把油搬上去！快啊！」

顧九思大步跨過臺階，衝上城樓，就看見不遠處梁王軍隊直逼而來，他們沒有任何猶豫，一路狂衝上來，顧九思剛到城樓，梁王的軍隊就步入了射程，顧九思大喝：「放箭！」

羽箭密集如雨而下，顧九思看見衝在最前面的士兵十有八九被扎成了刺蝟，可是仍舊有一部份繼續往前衝刺，人一波波往前湧來，粱王後面的士兵不斷叫喊著：「衝！後退者斬！登城者重賞百兩！殺人者一人一兩！」

人如螞蟻一般，密密麻麻，不計生死往前衝來，而城樓之上的人拚了命不斷射箭。

顧九思讓三人一列，排成隊在城牆上，第一排射完馬上讓第二排跟上，第一排到最末尾去換箭拉弓，而第二排射完就讓第三排跟上，又到末尾去換箭拉弓。

城樓下的人彷彿完全不在意性命一般，他們的軀體倒在戰場上，鮮血染紅了望都城外的土地。

他們每往前推進一丈都是用屍體鋪就的道路，可還是繼續往前。

護城河外，他們一個又一個人墜在河裡，喊殺聲始終不絕於耳。

顧九思看著這樣的戰場，這樣的架勢，心微微顫抖。

這是與方才截然不同的一戰，上一場他耍著小聰明，而粱王根本不打算正面交戰，於是一個乘勝追擊，一個倉皇而逃，一個並不打算趕盡殺絕，一個還知道保命惜命。

然而此刻卻不一樣，所有人都是拚了命在搶這一寸土地，命如草芥的倉皇感，清晰地浮現在顧九思的心頭。

他很想叫他們停下，叫他們停手。

為什麼呢？

為什麼要攻打望都，為什麼要開戰，為什麼把自己的性命不當性命，要為了別人的江山、別人的權勢，賣命至此？

登城者百兩，斬首者一個人頭一兩。

一條人命，就只值一兩嗎？

鮮血染就的倉皇讓他無所適從，可他不能多想，他只知道，他必須守住這座城，這座城牆後面，是百姓，是他的父母，是……柳玉茹。

柳玉茹的面容浮現在腦海裡那瞬間，護城河上已經飄滿了屍體。有些地方，屍體堆積起來，填成了道，於是梁王的士兵踩著屍體衝到城樓之下，將雲梯架了起來。

雲梯頂端已經有士兵，只要雲梯接觸到城牆，這些士兵就會瘋狂砍殺過來，這瞬間雲梯下面的人便立刻衝上來。

顧九思保持著士兵不斷補給，只要有雲梯搭上來，他和遊走的士兵就衝過去，幫著把對方砍下去，然後澆火油下去。

火箭和火油配合著，讓城樓之下燒成一片，慘叫聲此起彼伏，顧九思在城樓上倒著火油，放著箭，臉上沾染了剛剛爬上城樓的士兵的血跡，整個人都在顫抖。

強勢攻城從下午持續到晚上，除了雲梯攻城，最難守的地方就是城牆，他們搭起橋梁，用撞城柱不斷撞擊城門。

撞城柱的戰車是重點阻攔對象，從進入射程範圍裡開始，顧九思就讓人不斷射殺著推戰車的人，戰車在戰場上行動得舉步維艱，每挪動一步都是用人命在換。然而到了夜裡，因為視野不佳，撞城柱終於還是來到了城門口。

第一聲撞城門的聲響起來時，顧九思就知道不好，他連忙抽調兵力，到城樓下待命。

城樓下是兩個小城門，只能容得下一人通行，進入小城門之後，大約五丈開外，才是主城門。顧九思讓人將主城門開了條縫，將精銳調到城門處，只等著最外層的城門一破，便直接肉搏，守在小城門處開戰，用人牆擋住對方的進攻。

而撞城門的聲音響起時，柳玉茹正在清點著兵器的數量，她回過頭驚恐道：「什麼聲音？」

「怕是撞城門了。」印紅害怕。

柳玉茹聽到這話，咬了咬牙，將帳目交到芸芸手中，同芸芸道：「我去看看。」

說著，柳玉茹就衝了出去。

她一路衝往城門，看見城樓下士兵已經亂成一片，她上了城樓，便見到顧九思正拿著刀在殺敵。血肉橫飛之間，她整個人都在顫抖，可她讓自己努力鎮定下來，掃了一眼，便發現周邊傷患不斷增加，然而許多傷患負傷後根本來不及立刻下城樓。

後勤太少了。

柳玉茹立刻明白，她仔細看了情況，趕緊下了城樓，一路跑回去，一面跑一面拍響了街道上的門，大聲道：「各位鄉親父老，望都有難，大家出來幫幫忙！」

她拍打著大門，一開始沒有幾個人開門，但隨著第一家開了門，越來越多人開了門，走出來。

柳玉茹喘著粗氣，看著走出來的人，大家面上憂慮又茫然，柳玉茹掃了周圍一眼，認真道：「各位，如今大敵在外，僅憑顧大人和士兵是攔不住他們的，我懇請各位，男子上城樓作為將士聽候差遣，女子隨我去搬送傷患。」

所有人聽著這話，都有些遲疑，柳玉茹明白他們在想什麼。

上戰場畢竟是豁出命的事情，她咬了咬牙，忍不住道：「你們以為你們現在縮著就沒事嗎！梁王那樣的人，今日若是破城，你們信不信今日望都上上下下，一個都留不了！」

「這……這也不一定吧。」有人小聲道：「顧大人若是降了……」

「降了梁王也不會留我們！他為什麼要打望都？不要錢財，不要女人，他打下望都專門賑濟百姓當一代仁君嗎！」柳玉茹大吼出聲來：「你們沒見過長城外被北梁掠奪的城鎮還是不知道梁王攻打東都時屠了多少城？花了那麼大力氣打下望都，你們還以為自己能平平安安，做你們的青天白日夢！」

聽著柳玉茹的話，所有人猶豫了，柳玉茹點著頭：「行，我明白，人不為己天誅地滅。」

說著，她從懷裡抽出銀票，大喝道：「那我們花錢雇你們，今日上城樓去，上城樓看看那些將士為了護著你們是怎麼出生入死，看看我丈夫為了護著我們是怎麼拿了命在拚！你們提起刀，斬殺一人一兩銀子，隨我抬傷患每人十文，去不去！」

「我去！」人群中一個大漢突然出聲，他站出來，大聲道：「柳老闆，妳也不用說錢不錢的，若我活著，這都是我應當的，不必給錢，若我死了，妳就把錢給我娘子和我老娘吧。」

「你若死了，我會好好安置她們，保證她們一輩子衣食無憂。」柳玉茹果斷開口，一個老太婆哭著衝出來：「不要，兒啊，戰場凶險……」

「娘，」大漢拍了拍老太婆的手，平靜道，「我這是去保護您和我的妻兒，您別操心。」

「我也去。」

大漢話剛說完，站在他旁邊的女子就走上來，她將身邊的孩子交給身後的老太太，抬眼看著旁邊大漢道：「若你出事了，我也會把你抬回來。」

大漢笑了笑，有人開了頭，周邊越來越多人響應站出來。

柳玉茹看著他們，連連點頭，她說不出是什麼感覺，覺得有莫名的情緒湧上心頭，酸澀堵在喉嚨。她退了一步，朝著大家鞠躬，認真道：「玉茹在這裡，感謝各位。」

「柳老闆說笑了，」有人道，「這本是我們的望都，您和顧大人為我們做的，我們都記在心裡呢。」

柳玉茹聽著，忍不住笑了，突然覺得一切都是值得的。

她深吸一口氣，隨後安排大漢道：「麻煩你們挨家挨戶去叫人，組織人來，男女分成隊，若女子會武的，也跟著男人一起去。我這就去清點兵器，你們全往城樓方向去，我會帶著兵器過來發放給大家。」

說完，柳玉茹便跑回兵器庫，讓印紅帶上所有兵器，去了城樓方向，而後又帶了藥材、大夫一起，在城樓不遠處搭建了棚子。

所有人在柳玉茹的指揮下，井井有條領了自己需要的東西，女人們穿上白色的布裙，隨身帶上救命的藥，抬著擔架。男人們和比較強壯的女人穿上簡單的鎧甲，提起兵器。

這一切不到半個時辰就結束了，而這時最外層的小城門終於被攻破，顧九思趕緊調了一千人下去，城牆上的搶登攻勢沒消停，顧九思刀都砍鈍了三把，顧九思調令剛發下去，葉世安就衝了上來，著急道：「九思，人不夠用了。」

「什麼叫人不夠用了？」顧九思將一個士兵一腳踹翻下去。

葉世安急促道：「現在四面都在被圍攻，另外三側各有三千人守城，剩下七千人都在東城，我們已經收了四千傷患，如今城門處一千，城樓上兩千，我們根本沒有人抬傷患！」

「九思！」

話剛說完，顧九思聽到柳玉茹的呼喚，他和葉世安同時回頭，看著柳玉茹帶著人，扛著擔架上來，柳玉茹站在最邊上，而女人們已經抬著擔架上了城樓，井然有序抬起傷患，在印紅的指揮下送下去。

顧九思和葉世安愣了愣，柳玉茹手放在身前，微笑著道：「我怕你們人手不夠，就帶著城裡的百姓來幫忙了。」

「莫怕，」柳玉茹聲音柔和，讓人想起揚州春日下輕搖的柳枝，「城裡有二十萬百姓，我們都在。」

聽到這話，不僅是顧九思和葉世安，在旁邊射箭的將士，都在那瞬間熱淚盈眶。

「好。」

顧九思沙啞出聲，他看著柳玉茹，月光下的姑娘，美好得有那麼幾分不真實。

他突然覺得自己這一生太幸運。

能遇見這個人。

他忍不住笑起來。

「我不怕。」

他身後有望都二十萬百姓，有柳玉茹。

哪怕面對千軍萬馬，他都不怕。

百姓的加入，瞬間緩解了梁王在人數上的優勢。

雖然這些百姓沒受過訓練，可是士兵夾雜著百姓，借助著城門和城牆的優勢，居然沒讓梁王的軍隊再上前一步。

天一點一點亮起來，顧九思和沈明一個守著城牆，一個守著城樓，而柳玉茹和葉世安坐鎮後方，有條理的指揮，保證兵器補給和最大限度的救助著傷患，降低了死亡率和傷殘率。

一開始的惶恐不安，隨著天亮起來，逐漸變成了鬥志昂揚。

望都不會輸。

那一刻，所有人都堅信著，只要顧九思在，只要柳玉茹在，望都絕不會破，更不會輸。

砍殺聲，廝殺聲，軍鼓聲。

所有聲音交織在這個清晨。

當太陽自東方升起，遠處傳來了地顫。

秦洄是最先發現的，他急忙同梁王道：「王爺，有大軍來了！」

「怎麼可能？」梁王不可思議。

然而也就是這一刻，遠處山頭，「周」字大旗在陽光下獵獵招搖而來。

顧九思站在城樓，看見那個「周」字，忍不住揚起嘴角。

周燁在最前方，身邊帶著個身材嬌小的人，看上去似乎是名女將。

他們騎著馬，喊殺著狂奔而來，也就是這時候，沈明高喝一聲，猛地駕馬衝了出去！

周燁的軍隊從後面包抄，沈明帶人從城內衝出去，和周燁兩面夾擊。梁王的軍隊當即被包圍起來。顧九思站在城樓上，看著梁王的軍隊被周燁和沈明合力圍剿，他手裡提著刀，穿著已經被鮮血澈底染成紅色、破破爛爛的長衫，靜靜注視著這一切。

而這個時候，他聽見身後傳來動靜，柳玉茹穿著一身紅色白底的長裙，裙子上落著白梅，頭上戴著他送給她的鳳凰步搖，手裡抬著托盤，用托盤端了酒。

風捲著冰粒吹過來，她的頭髮在風中輕輕招搖，顧九思靜靜注視著她，忍不住笑起來：

「穿得這樣好看，是做什麼？」

「我想著，城若守得住，應當慶賀，自然要穿好看些。若守不住，共赴黃泉，也當穿的好看些。」

柳玉茹抿唇笑了笑，端著酒走到他面前，將托盤放到城牆上，倒了兩杯酒，而後遞了一杯酒給顧九思，歪頭笑道：「郎君第一場勝仗，當舉杯慶賀才是。」

顧九思從她手裡拿過酒杯，低頭看著酒杯笑了笑，抬眼看著面前舉著杯子的柳玉茹，他的眼裡，落著晨光，落著山河，落著她。

美得驚心動魄，讓人沉淪難收。

柳玉茹微微一愣，看顧九思伸出手，舉著杯子挽過她的手，成了交杯的姿勢。

「我本想再舉辦一次婚禮，補齊我們的交杯酒。可如今卻發現，沒有任何時候，比此刻更合適了。」

「三尺有靈，天地作證，」顧九思認認真真看著她，「妳是我的妻子，柳玉茹。」

「日月昭昭，山河為媒，」柳玉茹看著顧九思，含著笑，眼裡滿是認真，「你是我的丈夫，顧九思。」

顧九思看著她，輕輕笑了：「我說我這輩子，只會有妳一個人，妳信嗎？」

「你不必說，」柳玉茹柔和開口，「我等著看這一輩子，便知道了。」

聽到這話，顧九思朗笑出聲，他和柳玉茹一起低下頭，將唇放在酒杯上。

陽光澈底升起來，落在他們身上，他們同時飲下這杯交杯酒，而後得見天光破雲，灑滿人間。

那酒似是帶著晨光的溫度，緩緩流入兩個人的心間。

身上血染的衣衫猶如喜服，顯得他整個人豔麗非常。兩個人放下酒杯，緩緩笑開。

這時候城樓下傳來歡呼聲，是沈明已經生擒了梁王。

梁王的軍旗倒了下去，整場戰局勝負已分，葉世安衝上城樓，高興道：「顧兄，贏了，沈明帶著梁王入城了！」

顧九思聽到這話，這才放開柳玉茹，他看著柳玉茹笑了笑，親和道：「等我回去。」

柳玉茹點了點頭，顧九思趕緊轉過頭，跟著葉世安下樓。

周燁和沈明帶著軍隊入城，百姓揹著傷患去了療傷區，顧九思朝著周燁疾步走去，衝到周燁面前，一把抱緊周燁，高興道：「好兄弟。」

周燁愣了愣，旁邊一個女子笑起來，聲音清脆道：「你可真得謝謝他，他聽說望都被困了，在公公那兒跪了一晚，撒潑打滾求了兩萬人，這才回來。」

顧九思動了動喉結，卻是什麼都說不出來，最後只能低低說了句：「我明白。」

他如何不明白？

周燁出現那一刻，他便清楚知道，以范軒和周高朗的打算，怎麼可能在這時候從東都臨時撤兵過來，一定是周燁捨棄了什麼求來的。

周燁聽著旁邊女子的調侃，有些不贊同地看了對方一眼，嘆了口氣道：「九思不必將這事放在心上。望都是我的家鄉，家鄉有難，又怎能作壁上觀？而且東都如今只是個殼子，多兩萬人少兩萬人沒什麼差別。父親也是做了充足考量，才肯派兵給我。」

「我明白。」顧九思深吸一口氣，他知道這是周燁怕他在意，故意說的話。他放開周燁，認真看著周燁道：「周兄的情誼，我記下了。日後我便視周兄如親兄弟，赴湯蹈火，在所不辭。」

說著，他轉頭看著葉世安，葉世安身上沾染著血跡，他最後也在戰場上廝殺了許久，一貫握筆的君子，被逼在戰場上廝殺。葉世安看見顧九思的眼神，不免笑了，他抬起手，雙手攏在袖中，顧九思也抬起手，雙手攏在袖中，兩人面對面躬身作揖，算作道謝。而後兩人直起身，顧九思看著葉世安道：「我與葉兄一同長大，如今又共曆生死，也當如兄弟。」

葉世安聽著這話，溫和地笑了笑：「本也當是好兄弟。」

「哦，你們在這裡認親。」旁邊等了許久的沈明聽著，不滿出聲：「就將我在這兒晾著，顧九思，我為你出生入死這麼久，你就這麼對我？」

「你也是兄弟，」顧九思聽了，哈哈大笑起來，抬手揉了把沈明的頭，高興道，「你便是我親弟弟，如何？」

「我是你大爺！」沈明翻了個白眼，卻明顯是高興了許多。

「先不說了，」周燁笑著道，「還有許多事要處理，我們先吩咐下去，夜裡再喝酒。」

顧九思應了聲，這時候他才想起來，看向周燁旁邊站著的女子。

她穿著一身戰袍，手中提著長劍，顧九思笑道：「未曾想過嫂子也是巾幗英雄，九思敬佩。」

秦婉之抿唇笑了笑，不好意思，「不過跟著郎君而來，算不得什麼巾幗英雄，顧大人謬贊了。」

「不不不，」沈明趕忙由衷讚嘆道，「妳是我見過最能打的女人。比葉世安能打多了。」

「沈明，」葉世安站在一旁淡道，「我發現你面對女人都特別會說話，是怎麼到今日還未定下親事的？」

「因為窮啊。」一旁一直沒說話的虎子突然出聲，沈明聽了這話，趕忙去抓虎子。虎子在市井混跡多年，和那些乞丐打架打得多，身形滑溜，圍著一群人躲躲閃閃。大家笑起來，顧九思擺擺手，叫停他們，隨後同周燁商議一下戰後的處理，分配任務給每個人，這才散去。

大家各自做各自的事，顧九思親自審問梁王和秦泗，搞明白他們回頭是因為錢三和王梅之後，沈明氣得要殺人，但王梅和錢三已經死了，沈明也沒有辦法，最後他在獄中狠狠打了梁王和秦泗一頓之後才消了氣。

清理戰場、安排傷患、安排戰俘、清點死亡人數準備賠償……

一連串事情吩咐了人之後，等到了夜裡，顧九思便包下望都城的酒樓犒賞將士。

他沒有什麼架子，先混到軍隊裡，端著酒同所有將士走了一遭。這一次主戰的是顧九思，顧九思陪著他們在城樓上一直守到最後，在軍營裡聲譽極高。大家輪流和顧九思敬了酒，顧九思喝得半醉之後，保留著最後一絲清醒，讓沈明和虎子替他留著擋酒，隨後便上樓去找周燁。

周燁單獨坐在包廂裡，顧九思站在門口醒了醒酒，才進包廂之中。

顧九思進門之後，周燁替他倒茶，笑著道：「我就不灌你酒了，喝杯茶，咱們兄弟聊聊吧。」

顧九思應了聲，坐到周燁對面。兩人先是閒聊了一下各自的生活，周燁隨軍南伐東都，說的都是戰場瑣事。

「范叔叔神機妙算，又寬厚待人，入東都之後，稱帝大約也是遲早的事。」

「若是稱帝，范小公子便是儲君了？」

顧九思吃著花生，隨口一問。周燁沉默下去，顧九思吃著花生的動作頓了頓，他愣了片刻後，卻是笑了：「還真是？」

「范叔叔也沒得選。」周燁嘆了口氣，「他只有這麼一個兒子，他也想培養其他人，但他哪兒再找一個兒子？」

顧九思沒有說話，范軒與自己妻子感情極好，妻子早逝之後，他一直沒有再娶，自己把范玉養大。只是平日太忙，養的過程中疏於管教，范玉便養成了驕縱性子。

顧九思摸著茶杯，想著當初和范玉在揚州短暫的見面經歷，雖然時間短，但范玉給他的印象絕對算不上好。這樣一個人日後登基……

顧九思嘆了口氣，隨後道：「都是未來的事，也不是咱們該操心的，還是說說自個兒吧，」顧九思沉默片刻，終於還是道，「你這次借調了兩萬人，不是沒有代價的吧？」

周燁沒有回應，他低著頭，許久後，苦笑起來：「還是瞞不住你。」

說著，他嘆了口氣道：「養父說，」他變了音調，頓了許久，似乎是在控制情緒，片刻，他終於道，「他希望我日後，留守望都。」

顧九思愣了愣。

如今范軒攻入東都，稱帝就是接下來的事，稱帝之後，所有幫過他的人加官進爵是自然而然的事情。東都才是這大榮的權力核心，將周燁留在望都，明擺著就是不讓他往上爬的意思。

「你答應了？」

「如何不答應呢？」周燁苦笑，「以往我總覺得，父親是將我當親生兒子看的，只是我母親對我有意見。可如今我才懂得，我終究不是親生的。」

說著，周燁嘆了口氣：「其實我也明白，畢竟我的年紀比弟弟大得多，周家的一切，終究是弟弟的，我若太過強勢，他們誰都不放心。父親的心思我懂，只是說……」

周燁深吸一口氣，扭過頭去，舉著杯子，似是有些痛苦。顧九思嘆息了一聲，碰了碰周燁的酒杯，勸道：「人生不如意之事十有八九，切莫放在心上。雖然親情不順，但你有我們這些兄弟，而且，」顧九思偷掖道，「你和嫂子看上去感情頗好？」

聽到這話，周燁眼裡終於有了笑意，他笑容裡帶了幾分羞澀，二十多歲的男人，失了一貫的穩重，看上去像個愣頭小子，有些不好意思道：「她是極好的。」

「人總是要互相瞭解，」顧九思笑起來，「瞭解了，便知道，她們是極好的。」

「是啊，」周燁有些無奈的笑，「我本以為她是個乖巧性子，誰知道卻是脾氣火爆，手上功夫還好到不行，怪不得能一個人奔赴到幽州來找我家履行婚約。但她足夠坦率，做事雷厲風行，又處處為我著想，你越瞭解，」周燁思索著，眼裡帶了笑，「就越覺得，這人真好。」

「那就行了，」顧九思喝了口茶，轉頭看向長廊外，柔聲道，「她很好，你便有家了。」

周燁聽到這句話，想起家裡那個女人，心裡的難受突然消失了。

他有家了。

他清楚地意識到。

兩個大男人聊著天，說著自己身邊事，等到了夜深，大家都散了，顧九思和周燁各自分開，顧九思從酒樓走出來，剛出來，便看見顧府的馬車停在門口，顧九思愣了愣，隨後趕忙走上前，駕車的人靠著車睡了，顧九思疾步到車前，車夫才發現顧九思，他還沒來得及打招呼，就看顧九思忽地掀起了簾子。

姑娘坐在車廂裡，正點了盞燈，啪嗒啪嗒打著算盤。燈火映照著她的臉，她耳邊的珍珠耳墜輕輕搖曳，顧九思掀起簾子的冷風驚到了她，她驟然抬頭，神色裡帶了幾分慌亂，等瞧見是顧九思，迅速安穩下去。

「上來吧。」

她招呼道，朝著顧九思伸出手，顧九思握住她的手，跳上馬車。

「你喝了多少酒？」柳玉茹從旁邊拿了食盒，將底層的醒酒湯拿出來，柔聲道：「我熬了醒酒湯，你先喝吧。」

顧九思沒應聲，他坐在她對面，翹起二郎腿，撐著下巴看著她做著這一切，笑意盈盈：「方才一直在等我呢？」

「是啊。」柳玉茹將醒酒湯舀在碗裡，關上食盒，隨意道，「擔心你喝酒喝多了，特地來接你。」

「小騙子。」

顧九思小聲低喃，柳玉茹有些聽不明白，轉頭看過去，隨後就聽顧九思義正辭嚴道：「妳哪裡是擔心我，妳明明是想我。」

「你……」柳玉茹正要反駁，就被顧九思抬起手按住了唇，顧九思笑著看著她，半蹲下身，認真瞧著她道：「就像我想妳一樣。」

一日不見，如隔三秋。

第二十九章　東都

柳玉茹愣了愣，瞧著對方亮晶晶的眼，片刻後才反應過來他的意思，她有些不好意思，低頭抿唇，扭過頭去，倒了醒酒湯道：「別蹲著，起來喝了醒酒湯。」

「我不起來。」顧九思蹲在地上，抬手抱著柳玉茹的腰，撒著嬌道：「妳不想我，我不起來。」

柳玉茹哭笑不得，她伸手去扶顧九思，顧九思一動也不動，柳玉茹沒有辦法，抬手戳了戳他的腦袋，笑著道：「想你想你，可以起來了吧？」

顧九思得了這話，抬起一隻手，示意柳玉茹拉他。柳玉茹順著他的意思，抬手將他拉起來，顧九思順道往柳玉茹身上一歪，整個人靠了過去。柳玉茹見他軟了骨頭一樣靠著自己，推他道：「別耍賴，起來了。」

「我真想妳。」

他小聲開口，從柳玉茹手裡接過醒酒湯，將湯灌了下去，閉著眼睛靠著柳玉茹，柔聲道：「今日和妳分開，就一直想著妳。只是事情太多了，可我心裡一直掛著。」

「掛著做什麼？又不是沒見過。」

柳玉茹讓他靠在自己腿上，抬手為他揉著太陽穴。

「早上同妳喝了交杯酒，」顧九思喃喃道，「就覺得，自個兒好像才真正成了親。」

「胡說八道，」柳玉茹低笑，「咱們成親好久了。」

顧九思抬了一隻手，放在自己頭下枕著，閉著眼握住她一隻手，而後慢慢睜開眼睛，瞧著她笑。

「在我心裡不算，」他柔聲道，「咱們還有一件很重要的事沒做，怎麼能算呢？」

柳玉茹聽顧九思說這話，頓時明白他在說什麼，她的臉驟然紅了起來，一句話都不敢再說了。顧九思把玩著她纖長白皙的手指，面上一片坦然道：「我這幾天其實很害怕，就想著，若是咱們就這樣葬送在這裡，得多可惜。我以前覺得生死是無所謂的，可如今卻發現，我想活長一點。」

「我答應文昌的還沒有做到，我的心願還沒有了結，最重要的是，」顧九思笑了笑，抬眼看她，眼裡有些無奈，「我還沒和妳過夠。」

「我還有許多沒去過的地方，沒做過的事，我都想同妳一起做。我還想有幾個孩子，我們一起撫養他們，一起看他們長大。我會當一個很好的父親，我想好了，回去我要把字練好看些，免得以後他們嫌棄我的字寫得不好看。」

「以後我們會回揚州，」顧九思轉頭透過忽起忽落的車簾，看著外面的星月，慢慢道，

「到時候，我會送他們一個太平盛世。」

「好。」柳玉茹輕聲開口，她握著他的手道，「會有這一天的。」

「玉茹，」顧九思的聲音有些疲憊，「我想回家。」

「快了。」柳玉茹安撫他，顧九思搖了搖頭，他慢慢道，「還有好長的路。」

「怎麼會呢？」柳玉茹有些奇怪：「范大人取下東都，到時候天下歸順，你有從龍之功，到時候求范大人放你到揚州去，不就好了嗎？」

「揚州，」顧九思輕笑，「怕是不會這麼容易回來。」

柳玉茹聽著這話，沉默下來。她和洛子商雖然交手不多，但以僅有的接觸來看，洛子商的確不是個好對付的人物。她不清楚洛子商會做什麼，但政事之上，顧九思比她敏銳得多，他說不能回，怕就是會有什麼阻礙。

顧九思見她沉默，抬手拍了拍她的手，勸慰道：「妳也別擔心，到時候我會有辦法。」

柳玉茹笑笑，抽出手繼續替顧九思揉著腦袋，搖頭道：「我不擔心，不是有你嗎？先睡吧，」柳玉茹勸他，「別想這些有的沒的，你都想了好一陣子了。」

顧九思點點頭，沒再應聲，其實他是真的累了，幾日守城都沒睡好，早已經疲憊不堪。

馬車搖搖晃晃，顧九思靠著柳玉茹，迷迷糊糊睡了。等一覺睡醒，已經到了顧府。柳玉茹扶著顧九思進了屋讓人放了水，顧九思便自己下水洗了澡，等洗完澡出來，柳玉茹幫他擦了頭髮，他便先去睡了。柳玉茹見他熄了燈睡下，這才去洗漱，等她洗漱完回來，掀了被子，往床上躺去，便覺得有了幾分不一樣。

床下似乎墊了什麼東西，她下意識摸了摸，隨即反應過來，是一方白帕。

她忽地緊張了起來，顧九思見她突然僵了身子，便握住她的手。

他的手掌很熱，紋路分明的掌心貼在她的手背上，他沒動，只是同她面對面，握著她的手，一直沒說話。

這樣僵持了片刻後，柳玉茹慢慢放鬆下來。

其實是早晚的事情，她沒什麼好緊張的。可是心跳得飛快，忍不住面紅耳赤。

他們兩個人都覺得自己的心跳聲大得奇怪，感覺整個房間裡都是心跳聲，顧九思有些尷尬，他小聲道：「妳別這樣，我害怕。」

聽到這句話，柳玉茹忍不住「噗嗤」笑出聲，竟不緊張了，小聲道：「你怕什麼？」

顧九思在黑夜裡抬眼，有些無奈道：「怕妳不樂意。」

「說實在的，」顧九思嘆了口氣，「我知道妳的性子，妳心裡認定妳是我娘子，所以這事，我什麼時候做，妳都不會拒絕。可妳不拒絕，又不是喜歡。我總想著，這事得妳高高興興的，願意予我，那才是我想要的。」

柳玉茹靜靜聽著，顧九思將她的手放在自己心口，定定瞧著她：「妳告訴我，妳是願意的嗎？」

柳玉茹紅著臉，感覺到手心下這個人飛快的心跳聲，她垂著眼眸，珍而重之的點了頭，點完頭，又怕他沒瞧見，小聲重複道：「願意的。」

顧九思輕笑出聲，他的笑聲在夜裡，彷彿夾雜了花香的夜風，輕撫過她的心田。他伸出手，將人攬到懷裡。

他什麼都沒說，低頭吻在她髮間，她顫抖著閉上眼睛，像是晨間含露盛放的梨花，在晨光輕撫而過的那一刻，微微發顫。

顧九思的動作很柔和，他似乎也在害怕，卻還在故作鎮定，偽作坦然。

他努力讓她適應了所有，才終於道：「我也是第一次，若是有什麼不舒服，妳得同我說。」

柳玉茹紅著臉點頭，他抬手撩過她面上帶了香汗的頭髮，溫和道：「別忍著。」

柳玉茹抓住他的衣袖，顫著聲：「好。」

她沒有忍耐。

其實在遇到顧九思後，她就很少忍耐。只是因為真的沒有她預想中的疼，也沒有她預想中的難受。

遇見顧九思之後的一切，都莫名其妙變得更加容易起來，她每一次以為自己要承擔更多痛苦的時候，都發現這份痛苦比預料中少太多了。

她覺得一切不如年少時想像的可怕，甚至還有幾分美好。

她看見窗外雪花簌簌落，聽見燭火驟然炸開的聲音，閉上眼睛，抱著顧九思。

她突然有了那麼幾分哽咽，而在她出聲的前一刻，顧九思卻是先一步抱住她，溫和道：「我愛妳。」

她的內心驟然平靜下來。

他們躺在床上，一直沒有動。顧九思枕著手，笑著看著她。兩人靜靜注視著對方，忽地就笑了。

「下雪了。」柳玉茹溫和出聲。

顧九思應了一聲，轉過頭，看著外面的天空，柔聲道：「快過年了。」

「咱們會在望都過年嗎？」

「大概會吧。」顧九思平淡道。

柳玉茹有些奇怪：「范大人這幾日會拿下東都吧，不讓你過去嗎？」

「望都還需要善後，」顧九思笑了笑，「年前大概不會召我過去。」

柳玉茹應了一聲，顧九思繼續道：「而且，周大哥在幽州，我也不確定，我會不會去東都。」

「怎麼說呢？」柳玉茹有些茫然，「周大哥與你有什麼關係？」

「周大哥在幽州，他說是因為周大人不願意他去東都往上升遷，若周大人的確是這麼想，在這時候防範周大哥，妳說他會讓我往上升嗎？」

顧九思眼神裡帶了幾分憂慮：「在所有人心裡，我與周大哥同氣連枝，除非我向周大人投誠，否則他若真存了防範周大哥的想法，是絕對不可能讓我在東都有什麼作為的。若是要在東都當蝦兵蟹將，倒不如讓我在望都當個縣令，至少還能做些實事。」

柳玉茹聽著，心裡盤算著，想了想，她忍不住道：「那你豈不是不能去東都了？」

「倒也未必，」顧九思說著，卻是皺起了眉頭，柳玉茹輕輕「嗯？」了一聲，顧九思思索了片刻，終於道：「我這話也就是隨便想想，妳別當真，也絕不能說出去。便就是周大哥、妳娘這些親近的人，也不能說的。」

「我明白。」柳玉茹點頭。

顧九思嘆了口氣，有些憂慮道：「周大人讓周大哥留在幽州，若不是防範他，就只能是另一種可能，是在防著范大人了。」

聽了這話，柳玉茹愣了，顧九思繼續道：「范大人若在東都稱帝，按照規矩，像周大人這樣的高官，親屬都必須留在東都以防萬一。周大哥不是周大人的親子，又有官職，外放在外，倒是可以。到時候范大人和周大人都去了東都，周大哥留在幽州，假以時日，妳說這幽州誰說了算？」

柳玉茹聽明白顧九思的意思，繼續道：「那你的意思就是，周大人覺得，范大人未來可能對周家動手，所以提前讓周大哥留在幽州，若是出了事，還能留個星火，等著東山再起？」

顧九思點點頭：「若周大人是這個意思，就一定會讓我入東都，不僅入東都，還會扶我在東都往上爬。」

「但若周大人是真的存了這樣的心思，」柳玉茹抿了抿唇，「這天下，怕是難以安定了。」

「安不安定，就看范大人如何想了。」顧九思低頭握著柳玉茹的手，把玩著她的手指，慢慢道：「周大人估計並無反意，他只是狡兔三窟罷了。若是范大人什麼都不做，這大榮也就安安穩穩下去了。可若是范大人想不開……」

顧九思說著，苦笑起來：「那也不是我們能管的了。」

「那也沒關係了。」柳玉茹看顧九思苦惱，趕忙握住他的手，笑著道；「反正生生死死都走過來了，不管什麼時候，我都會賺錢養你的。」

顧九思被柳玉茹這話逗笑了，看著面前帶著些茫然的姑娘，笑得停不下來。

他們就在一夜大雪裡說著話，聊著天，迷迷糊糊睡過去。

第二日清晨起來，顧九思沒有叫醒柳玉茹，他讓她繼續睡著，自己先去處理公務。走到門口的時候，看見滿地大雪，下人正要掃開，他趕忙叫住對方，想了想，叫了木南過來，讓人拿了工具，在雪地裡忙起來。

等忙完了，他才離開。柳玉茹一覺睡醒，發現身邊的人已經離開，她還有些不舒服，但不好意思賴床。她出聲叫了人，印紅便端著洗漱的東西進來，還順便端了碗燕窩，同柳玉茹歡喜道：「姑爺走的時候吩咐的，讓您先起來喝點東西。」

柳玉茹抿唇笑了笑，不知道怎麼，聽見顧九思的名字，她就覺得高興。

她先喝了燕窩，而後洗漱完畢，拉開大門，便看見晨光直刺而來，她抬起手，遮住自己的眼睛，適應許久，才放下手，然後就看見庭院裡堆著兩個雪人。雪人一個高一個矮，還煞有其事穿了衣服，有鼻子有眼。兩個雪人手把手連在一起，看上去有些好笑。

柳玉茹忍不住笑起來，旁邊印紅走上來，提醒道：「今早姑爺堆了大半天，沈明來催了好幾道，才把人催走。」

「頑劣。」

柳玉茹笑著輕叱，然而她還是讓人拿了她的唇脂，走到了雪人面前，她用手沾了唇脂，在那個矮一點、帶著花的雪人上，用唇脂畫了唇。

等畫完之後，她轉頭看了旁邊一眼，見眾人都笑著看著自己，覺得有那麼幾分不好意思，便趕忙去了飯廳。

飯廳裡，江柔、顧朗華、蘇婉一行人正吃完飯，還在聊著天。他們今日格外高興，柳玉茹總覺得他們似乎知道了什麼，一時有些忐忑。她走進飯廳裡，同所有人行禮，江柔趕忙起身拉著她，讓她到飯桌邊上來，同她道：「我們都等著妳呢，一起吃吧。」

柳玉茹有些不好意思，趕忙道：「若是早知道你們在等，我便起早一些。」

「不妨事，」顧朗華擺擺手，「妳多睡睡，睡夠、吃飽，剩下的事都讓九思去操心。」

柳玉茹和江柔對視一眼，江柔推了顧朗華一把，小聲道：「你還好意思說？怎麼不見得你不讓我操心。」

顧朗華有些訕訕，蘇婉柔聲道：「顧老爺已經很好了。」

大家坐下來，讓丫鬟上了菜，一路上江柔都在囑咐柳玉茹吃這樣吃那樣，柳玉茹便清楚知道，大夥兒都知道他們圓房了。

這事彷彿沒有半點隱私。

柳玉茹一開始臉紅著不敢應話，大家也不明說，等到後面，她也坦然了，等吃完飯，同江柔商量起過年的事，再有三天就過年了，本來早該準備的，但是這一路到處是事，先是她在揚州逃亡，後來又是望都被圍，一樁接一樁，全然沒有喘息的機會。

如今終於停下來，柳玉茹便忙著和江柔商量著如何籌備。江柔給了她需要購置的單子，柳玉茹記下來後，才去了店裡。

店裡經過了王梅的事，大家都戰戰兢兢的，柳玉茹到了之後，將所有人叫來，柳玉茹坐在位子上，所有人沉默著，柳玉茹喝了口茶，過了片刻後，她突然笑出聲：「你們這是在做什麼？」

說著，她抬眼看向所有茫然的人，柔聲道：「嚇唬我呢？」

沒有人敢出聲，柳玉茹讓所有人坐下來，慢慢道：「過去的事，就過去了，在這裡，我得先同大家道個歉，過去的事情，是我不對，我沒有花費太多精力在店裡，一心一意只想著外面的事情，沒有關心你們。以後我會改過，多多和大家交流，有任何問題，都可以同我說。」

「過去許多決定都沒有考慮周到，大家有什麼想法，可以直接同我說，以後我會在門口放個信箱，鑰匙只有我有，你們若是有任何意見，又不好說，寫封信給我，放在那箱子裡，也不需要署名。我不會追查是誰說的話，大家有想說的都能說。」

「以後店裡會分工得更細，我會挑選出一些管事出來，設計流程，分開管理，芸芸負責統籌，剩下的各部管各部的事。以後所有新品的研製和舊貨的製作，都由宋香宋師傅負責分管，剩下管理貨品售賣的人選大家可以推選給我。把名字寫進信箱裡就可以。」

大家聽著柳玉茹的話，雖然沒有出聲，但心都慢慢放了下去。柳玉茹同他們細細說著花容的未來，許久後，她終於道：「未來花容會售賣給整個大榮，乃至西羅、北梁、百川等所有我們知曉的地方。各位，」她笑起來，「要有點幹勁啊，現在才是開始。」

聽到這話，宋香最先笑了，她朝著柳玉茹躬身，柔和道：「聽東家的。」

有了宋香帶頭，大家都鬆了口氣，氣氛活躍起來。柳玉茹安排了剩下的事，終於將人散開，她單獨留下芸芸，芸芸站在她面前，有些忐忑。似乎預料到什麼，咬著牙沒說話。

柳玉茹笑了笑：「芸芸，妳以為我要同妳說什麼？」

柳玉茹剛出聲，芸芸的眼淚就落了下來，她慌忙抬手擦了眼淚，著急道：「夫人，我不是……」

話沒說完，芸芸就看見遞到面前的帕子，柳玉茹靜靜看著她，柔聲道：「妳別怕，我不是來讓妳走的。」

聽到這話，芸芸愣愣抬頭，她看著柳玉茹的笑容，眼眶更紅了，慌忙低下頭，用柳玉茹的帕子擦著眼睛，沙啞道：「夫人，您不用照顧我為難的。其實那天王梅的話我仔細想過，她說的也對，是我沒做好。我給夫人帶來了麻煩，根本沒資格當這個管事……」

芸芸說著，說不下去，低低哭了起來。

柳玉茹靜靜看著她，許久後，她嘆了口氣，伸手抱了抱她，柔聲道：「莫哭了。這事不能單怪妳，要怪也是怪我，我把妳匆匆推上管事的位子，卻什麼都沒為妳想過。芸芸，我是把妳當家人的，我信任妳，所以讓妳幫我，人都會犯錯，我會，妳也會，咱們都得原諒自己。錯了就錯了，我們都是吃著虧長大的。」

芸芸聽著，哭得更厲害。

「小姐……」她不自覺叫出以前的稱呼，彷彿還是以前一般，小聲哭著道，「我對不住您。」

「怎麼會？」柳玉茹笑起來，她認真道：「妳已經很努力，很對得住我了。以後凡事多想想，妳想想，我也多想想。別總為我想，總想著怎麼對我好，妳是花容的掌事，以後花容都是要歸妳管的，得方方面面都考慮，從別人角度多想想。凡事都先想，如果妳是她會怎麼辦。」

「咱們做生意，就是吃做人這碗飯，其他都不重要，先學會做人。」

芸芸聽著，擦著眼淚點著頭。柳玉茹看著她笑起來，柔聲道：「莫哭了，過兩日回家裡來，同我一起過年吧？」

芸芸愣了愣，抬起頭，「我能同您一起過年？」

「我將妳帶到望都來，自然是將妳當成家人的，以後咱們都一起過年。」說著，柳玉茹嘆息，「以後我再找找，看看能不能幫妳把家人找到，還有我的家人。」

柳玉茹苦笑：「終歸要有個影子。」

和芸芸談完，柳玉茹去宋香那裡看一下她做出來的新品。花容售貨的範圍越發廣泛，柳玉茹看過新品之後，走出門，便聽印紅上前同她道：「芸芸方才將所有人叫起來，也不知道是說了什麼，一群人抱著在屋裡哭。出來後個個說說笑笑，看上去感情挺好的。」

柳玉茹聽了這話，笑了笑：「她是把我的話聽進去了。」

花容裡的人只要不出事，便不會再出事了。

柳玉茹放下心來。

後續忙了兩日，等到除夕當天，柳玉茹才放了假。顧府開始忙著備年，柳玉茹親自下廚，去廚房裡準備飯菜。而顧九思則帶著人，沿著長廊掛燈籠貼春聯。

顧府上下熱熱鬧鬧，等到飯時，柳玉茹在廚房讓人端菜出去，詢問印紅道：「我感覺今個兒沒看到沈明啊，他人呢？」

「聽說和姑爺鬧脾氣。」印紅將菜端到其他人手裡，小聲道，「我聽說，前兩日，他當著姑爺的面問姑爺，他什麼時候和您和離，他覺得自己還有機會。」

聽到這話，柳玉茹抿了唇：「是不是九思又讓他做什麼不高興的事了？」

「聽說是讓他去軍營裡陪人喝酒喝了兩天。」印紅努了努嘴：「他那個大爺脾氣給人陪酒，他能樂意嗎？」

「這是為他好，」柳玉茹哭笑不得，「他如今有了軍功，不在軍營裡待著，還打算做什麼？他呀，就是這張嘴。」

柳玉茹搖搖頭，有些無奈。

兩人正說著話，就聽外面一聲巨響，竟是沈明在外面一腳踹開顧家大門，他站在門口扛著刀，怒吼出聲道：「顧九思，你過年都不請老子來吃飯，算哪門子兄弟！」

顧九思背對著沈明貼春聯，擺了擺手，毫不客氣道：「我沒有這種天天覬覦我娘子的兄弟，把修理費留下，慢走不送。」

沈明脹紅了臉，他已經等了一日了，都沒等到顧九思叫他來吃飯，他在望都城無親無故，一個人過年，怪冷清的。

他想留著吃飯，但顧九思的態度又讓他覺得有些尷尬，好在這時候葉世安從院落裡走了出來，這些時日他都寄住在顧九思家裡，他提著燈籠，看見站在門口的沈明和倒在地上的大門，愣了愣，隨後反應過來，看了面無表情背對著沈明的顧九思一眼，又看了看沈明，輕咳了一聲，隨後道：「是沈兄啊，趕緊進來。」

聽到這話，沈明趕緊跨進門來，這時候柳玉茹端著最後一道菜從廚房走出來，顧九思看見柳玉茹端著菜出來，隨後就聽見沈明高興道：「哇，柳老闆……」

話沒說完，顧九思手裡的漿糊棍猛地砸了過去，大吼，「叫嫂子！」

沈明被漿糊棍砸愣了，下意識結巴著喊了出來：「嫂……嫂子。」

他喊出聲，顧九思終於高興了，將春聯最後一個角貼上，從凳子上跳下來，接過木南遞過來的帕子，頗為高興道：「行了，本官大人有大量，特此批准你小子在我家過年。」

說著，顧九思轉頭看向柳玉茹，臉上頓時堆起笑容，趕緊走過去，高興道：「娘子，我來端，別燙著妳的手……」

沈明和葉世安站在庭院裡，沈明面無表情，過了片刻後，他慢慢道：「我想娶個媳婦。」

葉世安看著柳玉茹和顧九思離開的方向，嘆了口氣道：「在下也是。」

「哪兒能娶到柳老闆這樣長得美、脾氣好、還會賺錢的媳婦？」

葉世安沒說話，過了片刻後，他慢慢道：「這個問題我回答不了。」

說完，葉世安嘆了口氣，轉頭去掛燈籠了。

葉世安掛好燈籠，同沈明一起進了飯廳。飯廳裡人熙熙攘攘，坐了一大桌。一行人剛坐下，外面傳來一個詫異的聲音道：「這門怎麼沒了？」

一聽這聲音，顧九思趕忙站起來，高興迎出去，「周大哥。」

周燁領著秦婉之進來，有些不好意思地笑了笑道：「家裡沒有多少人，我和婉之合計了一下，決定來你這兒蹭個飯吃，不打擾吧？」

「怎麼會打擾？」

顧九思笑著迎著周燁進門來，柳玉茹重新安排席位，讓周燁坐進來。

等大家坐下之後，柳玉茹看了一圈，轉頭同葉世安道：「可惜韻兒不在。」

「她快到了吧。」葉世安笑了笑：「夜裡應當就到了。」

外面戰亂，葉世安當時是自己跑過來的，將葉韻安置在半路，如今望都危機解除，才讓葉韻重新啟程。按照距離來算，應當要等到夜裡了。

大家一起吃過飯，沈明和周燁等人約著去院子裡喝酒，一群人喝得醉醺醺的，柳玉茹聽到葉韻入城了，趕忙提了燈籠，一路小跑著出去，她跑到巷子口，就看見葉韻的馬車，葉韻讓人停下來，捲簾看她。

柳玉茹穿著狐裘，喘著粗氣，葉韻坐在馬車裡，靜靜注視著她，許久後，兩人緩緩笑開，柳玉茹放輕聲音，溫和道：「我聽說妳到了，便過來接妳。」

葉韻抿唇笑了笑，果斷捲起車簾，從馬車上跳了下來挽住柳玉茹的手，高興道：「妳這樣趕著來接我，那我便給妳個面子，陪妳走進去吧。」

柳玉茹聽到葉韻的話，一時有些鼻酸，她感覺身邊這個人，還像小時候一樣，大小姐脾氣。

兩人手挽著手，踩在白雪上，白雪嘎吱嘎吱的，柳玉茹沒有說話，葉韻也沒有，可是有許多話，似乎都踩在這腳印裡，無聲訴說而過。

等走到門口時，煙花突然爆開，兩個女孩子同時回過頭，看見煙花沖天而起，落在對方的眼眸之中。

「又一年過去了。」葉韻喃喃。

柳玉茹笑起來：「是啊，去年看煙火的時候，還在揚州城呢。」

「這一年太難熬了。」葉韻轉過頭看著柳玉茹，柳玉茹笑了笑：「以後不會了。」

以後不會了。

柳玉茹透過壞掉的大門，看見院落裡正和沈明打鬧著的顧九思，顧九思似乎拿了沈明什麼東西，沈明一路追打著他，氣急的模樣，所有人都笑著看他們，柳玉茹忍不住也跟著笑了。

親情、友情、愛情。

其實這是她過過的，最圓滿的年了。

她低頭笑了笑，同葉韻道：「進去吧。」

兩人一起進了屋中，加入人群中。大家一起打葉子牌，玩鬧到大半夜，才各自回了房。

顧九思醉得站不穩，葉世安和沈明幫著扶進房裡，柳玉茹讓所有人下去，她揉了帕子，替他輕輕擦著身子，顧九思在半醉半醒之間睜開眼，看見低頭幫他擦手的姑娘，忍不住輕輕笑了。

「我想每年都這麼過。」

柳玉茹聽見他說這話，抬頭笑了笑，顧九思閉上眼，迷迷糊糊道：「我想每一年，都和妳，和家人，和周大哥、沈明、葉世安幾個兄弟，一起過年。」

「睡吧。」

柳玉茹知道他說胡話，擦好了手，笑著吩咐了一聲，便打算將帕子放回水盆。她剛站起來，就被顧九思拉住手，顧九思笑咪咪看著她，朝著她拋了個媚眼。

「我好看嗎？」

柳玉茹笑出聲，抿著唇道：「好看。」

「我好看還是葉世安好看？」

「你好看。」

「再誇我一次。」顧九思揚了揚下巴，柳玉茹坐下來，好脾氣道，「怎麼誇？」

「妳還記不記得，咱們第二次見面，妳在胭脂鋪怎麼誇我的？」

柳玉茹愣了愣，認認真真思索著，顧九思見她記不大清楚，就提醒她：「我比他玉樹臨風英俊瀟灑才思敏捷人品端正。」

「你記的這麼清楚啊？」柳玉茹有些懵，顧九思認真點頭，湊過去道，「快，誇我。」

「無聊幼稚，」柳玉茹戳戳他的腦袋，抿唇起身，將帕子放回水盆，背對著他道：「趕緊睡吧。」

柳玉茹自己去洗漱，回來的時候屋裡熄了燈，她想著顧九思應當是睡了，結果剛上床，就被人拉住手，往裡面猛地一拖，然後翻身壓了上來。

「快，誇我。」

醉後的顧九思顯得格外固執，柳玉茹瞧著他的模樣，笑咪咪道：「我要是不誇怎麼樣？」

「妳若是不誇我，我就想辦法了。」

顧九思滿臉認真，柳玉茹有些好奇：「想什麼辦法？」

顧九思在壓在她身上，撐著下巴道：「來感受一下？」

「嗯？」

話剛說完，柳玉茹感覺衣衫被人拉開，她趕緊去阻止，卻是來不及了。

不似第一次那樣小心翼翼，這一次顧九思明顯熟練得多，也猛浪得多。

柳玉茹嗓子都喊啞了，等後面求饒著誇他，卻是沒用了。

她總算知道，這人如今是真的有其他法子逼她就範的。

等做完的時候，柳玉茹喘息著，完全動彈不得，顧九思卻是生龍活虎得很，他將她抱去洗了澡，然後抱著她一同睡了。

閉上眼睛之後，他們清楚知道，再睜眼，就是第二年了。

於是這一覺睡得格外漫長。不知道是因為冬日還是因為夜裡睡得太晚，他們起床的時間越來越晚。柳玉茹醒過來時，天已經大亮，顧九思還睡得香，柳玉茹想起今日要同江柔一起上山拜香，趕緊去推顧九思，顧九思哼哼唧唧，就是不起。柳玉茹焦急道：「快起了，不然婆婆要罵人的！」

「我再睡一刻……」顧九思抬手用被子蒙住腦袋，撒著嬌道：「我好睏……」

柳玉茹拿他沒辦法，自己先起來，回來看顧九思還睡在床上，她咬咬牙，用冷水揉了帕子，往顧九思臉上一蓋，顧九思被冷水激得從床上驚坐起來，驚恐道：「怎麼了！」

帕子從他臉上滑落下來，柳玉茹坐在他面前，滿臉嚴肅。

顧九思立刻道：「出事了？」

柳玉茹點點頭。

「可是前線出事了？」

柳玉茹搖頭。

「是北梁打過來了？」

柳玉茹繼續搖頭。

「那還有什麼事？」

顧九思有點懵，他不知道還有什麼事會讓柳玉茹這麼嚴肅。柳玉茹抓起他的袖子，趕緊道：「今日上香，全家等著，趕緊。」

聽到這話，顧九思舒了口氣，他一面往床上倒，一面道：「我不去了，我好睏，我好累，我好疲憊……」

柳玉茹站起來，立刻道：「我去挖點冰。」

顧九思當即從床上彈了起來，精神抖擻道：「我覺得我可以堅持！」

柳玉茹拖著渾渾噩噩不大情願的顧九思出了門，這時候顧府上下已經在門口等著了。柳玉茹拖著顧九思到江柔和顧朗華面前，有些不好意思道：「公公婆婆……」

「無妨，」江柔擺擺手，笑著道，「年輕人嘛。」

柳玉茹的臉更是紅得不行。

江柔看了旁邊打著哈欠的顧九思一眼，笑了笑道：「這麼多年了，這是九思第一次隨我們初一上香。」

柳玉茹：「……」

這人過去是有多懶啊。

顧九思打著哈欠，跟著柳玉茹，顧府上下一起去了城郊寺廟拜神，祈禱新的一年順利平安。

除了初一上香，後續整個春節，顧九思都沒怎麼出過門。

新婚燕爾，顧九思每天跟在柳玉茹身後，柳玉茹做什麼他做什麼，做不了的就看著。

柳玉茹教他做飯、陪他練字、甚至還教他繡花。他拿劍是一把好手，繡花針拿在手裡，卻是將十指扎得都是傷口。

他哄著柳玉茹含一下，柳玉茹其實不太明白手指頭被扎了，她含一含有什麼用。等明白的時候，也來不及了。

渾渾噩噩過完了年，東都傳來了消息。范軒大獲全勝，已經平定了整個北方，這時候大榮有實力的諸侯國，只剩下了范軒掌握的北方、洛子商的揚州、以及劉行知掌握的荊益兩州。揚州富饒，荊、益兩州地廣且肥沃，尤其是益州，歷來都是供糧之地，所以劉行知雖然只有兩州，卻足夠和范軒抗衡。

顧九思接到調令時，范軒已經在東都登基，他看著調令文書，心裡有些不安。柳玉茹收拾著行李，看他站在窗口，不由得道：「想事情也別站在窗口，冷風吹多了，怕頭疼。」

顧九思嘆了口氣，關上窗戶，回到柳玉茹身邊，陪她一起收拾東西。

柳玉茹抬頭看他一眼：「你疑慮什麼呢？」

顧九思苦笑了一下：「這次我要調回東都，妳可知我是什麼職位？」

「這我怎麼知道？」

「戶部侍郎。」顧九思折著衣服，嘆了口氣：「連越五級，是個大官啊。」

柳玉茹愣了愣，卻是迅速反應過來。

能入戶部直升侍郎，這中間周高朗必然沒有阻擋。周高朗將周燁留在幽州，卻讓顧九思入東都成為戶部侍郎，那麼他防範的便不太可能是周燁了……

柳玉茹明白顧九思在擔心什麼，抬頭看了他一眼，面前的人折著衣服，似乎在思慮著什麼。過了許久後，柳玉茹平和道：「若你不樂意，不如把官辭了，我養你也是可以的。」

「說什麼胡話。」顧九思聽這話，抬頭瞪了面前的人一眼，抬手捏了捏柳玉茹的臉頰，「妳的誥命不是得靠我嗎？」

「我就知道，」柳玉茹笑著開口，「你就是想替我掙個誥命，好和我和離。」

聽到這話，顧九思動作頓了頓，片刻後，他抬頭看她，柔聲道：「不和離，除非妳休了我，不然咱們這輩子，都會一直在一起。」

顧九思的調令下來之後，楊主簿被升任成為新一任縣令，顧九思和楊主簿做好交接，而柳玉茹也和芸芸吩咐好花容的事之後，一家人便裝點了行李，啟程往東都去了。

周燁葉世安等人同他們一道前往東都，周燁的任命文書還沒下來，雖然大家心裡都知道他將要去哪，但是場面還是要走的，至少得進東都恭賀過范軒，才會被任命到其他地方。

大傢伙一路搖搖晃晃，折騰了將近一個月，終於到了東都。

以前在揚州的時候，若是說揚州人瞧得上哪裡的人，也就只有東都了。

傳說那是個富貴之地，天底下權勢的核心，在東都這個地界，天上掉一塊板磚，砸死的都是個五品官。

而東都的貴族女子們，重禮儀，講規矩，尊卑分明，秩序井然。

他們講著大榮最標準的官話，沒有半分口音，用著大榮最高規格的禮儀標準，沒有任何瑕疵。

到東都前一日，整個隊伍的人歇了下來，下意識梳理自己的妝容，換上了最好的衣服。柳玉茹早在幽州就備好了兩件好衣裳，就等著來東都穿，第二日早上幫顧九思穿上衣服時，顧九思嘆了口氣道：「咱們這麼慎重，到顯得像土包子進城了。」

柳玉茹抿唇笑了笑，抬頭看了他一眼：「咱們頭一次來都城，不就是土包子嗎？」

「哪能這麼說，」顧九思頗為驕傲，「咱們揚州多風流，這些北方的蠻子能比嗎？」

然而事實證明，能比。

隊伍進入東都時，大家就發現了。

東都的城池比普通城池高，護城河也要寬上許多，街上人來人往不見流民，街道清洗得乾乾淨淨。哪怕剛經過戰亂，女子們卻都穿著時下最好看的衣衫，男子也都身著長衫，手持摺扇，笑著從他們身邊走去，沒有被戰亂影響半分。

路上熙熙攘攘，柳玉茹好奇地挑了簾子，看見路上有各種各樣的人，甚至有藍眼睛的胡人頻頻走過，但大家似乎都見怪不怪了。

柳玉茹覺得東都的一切新奇極了，顧九思撐著下巴，靠在車上，吃著盤子裡的水果，有些不滿道：「有這麼好看嗎？」

「你來瞧啊，」柳玉茹高興道，「那個，那個人會噴火！」

「揚州以前也有。」

顧九思拍拍手，直起身，將下巴擱在柳玉茹肩頭，看著外面的景色，慢慢道：「唔，比我以前來又熱鬧些了。」

「你以前來過？」柳玉茹詫異。

顧九思皺了皺眉，不是很高興，輕哼一聲，「以前舅舅接我來過。」

柳玉茹見他面上沒什麼喜色，小心翼翼道：「來了受人欺負了？」

「東都人啊，」顧九思倒茶，感慨道，「空有一身華麗皮囊，骨子裡卻齷齪得很。以後咱們待在東都，就關上大門別理會外面的事，妳也少理他們。」

柳玉茹直覺顧九思在東都有什麼不愉快的經歷，但她沒問，反而道：「咱們初來乍到，對東都不甚熟悉，我便沒有先買一套宅子，只是讓人先過來租了一套。東都物價也真是貴了，這套宅子一個月租金就得十兩銀子，我得早點找事做，不然還真養不起家裡了。」

顧九思聽到這話，有些不好意思，輕咳了一聲，同柳玉茹道：「住宅的事，我會問問同僚，看他們是怎麼解決的。」

柳玉茹笑笑，柔聲道：「不妨事，這事我已安排好了，咱們只管住進去就是。」

兩人說著話，便到了柳玉茹租下的房子。

這宅子位置不錯，距離宮城很近，以後顧九思早上能多睡一會兒，柳玉茹為了照顧顧九思是花了大錢的。

一個月十兩銀子，快趕得上顧九思的月俸了，柳玉茹想著，這樣一個宅子，無論如何，應當算不上差了。結果一行人停在宅子門口的時候，都看傻了眼。

宅子不算小，可是看上去門就是兩扇木板搭著，牆也黑漆漆的，牆頭長著野草，看上去彷彿已經許久沒住過人了。

一行人站在這破爛宅子門口，都呆了，顧九思是最先反應過來的，他看了柳玉茹一眼，怕柳玉茹不高興，趕忙道：「這屋子，不錯。」

旁邊葉世安也緩過神來，輕咳了一聲，趕緊道：「小徑幽處人家，別有一番風味。」

葉韻也連忙點頭，她詞窮，只能道：「很好，我覺得很不錯。」

柳玉茹黑著臉沒說話，片刻後，她低頭再看了位址一眼，咬了咬牙，上去敲門。

開門的是柳玉茹派來租房的人，看見柳玉茹黑著的臉，那家丁立刻道：「夫人！我可以解釋！」

「十兩銀子，」柳玉茹咬牙切齒，「你就給我找了這麼一個地方？」

「夫人，」家丁哭喪著臉，「東都的房子都太貴了，真的找不到更好的了！」

「你……」

眼看著柳玉茹要發火，顧九思趕忙上來一把將柳玉茹攬在懷裡，誑哄道：「挺好的，不錯了，我覺得很可以了，」顧九思對家丁使眼神，同時道，「咱們先瞭解一下情況，瞭解了再罵，嗯？」

柳玉茹知道這話挺有道理的，可是在這麼多人面前失了面子，她有些難以控制情緒。僵著臉點了頭以後，一夥人終於進門。

院子是挺大的，但整個屋子黑漆漆的，庭院裡野草叢生，看上去荒涼無比，沒一點人氣。家丁帶著柳玉茹一行人先進了飯廳，飯菜已經做好了，家丁提前打掃出屋子，讓這個陰森的屋子看上去至少要乾淨些。

柳玉茹氣壓極低吃了飯，將家丁單獨叫了過去，面無表情道：「我給你一個解釋的機會。」

「夫人！」家丁當場跪了下去：「真的是房租太貴，租不起的啊。您要一個離宮城近的地方，這裡一套宅子就沒有低於二十兩一個月的了。您還要大，因為家裡有這麼多人。又大、地段又好、還要布局好裝潢好樣樣好的房子，那都貴啊。」

柳玉茹聽著家丁的話，皺起眉頭：「東都的房子，有這麼貴的嗎？」

「不是房子貴，」家丁嘆了口氣，「是什麼都貴啊。」

柳玉茹聽了家丁的話，抿了抿唇，也不再追究了。

顧九思見她不高興，不敢煩擾她，就領著葉世安將東西安置下來。等安置好後，已經是晚上了，顧九思見柳玉茹拿著算盤啪嗒啪嗒響，小心翼翼上去規勸：「玉茹，別想了，先睡吧？」

柳玉茹嘆了口氣，抬眼道：「郎君，我覺得我得努力一些。」

「妳已經很努力了！」顧九思趕忙勸道，「妳不用給自己太大壓力。」

「不，我沒有太大壓力，」柳玉茹搖搖頭，眼裡帶了光，「我就是覺得，東都人太有錢了。郎君，你明日進宮去是嗎？」

柳玉茹猝不及防問起這個，讓顧九思愣了愣，茫然地點頭，柳玉茹高興道：「那太好了，我就上街去逛了。」

顧九思看著柳玉茹興高采烈的模樣，也不知她是被氣瘋了，還是真的高興。

一路舟車勞頓，他們這一夜睡得很香。等第二日，顧九思換了官服，便領著沈明、葉世安一起入了宮。

這一次望都一戰，顧九思提前寫了摺子上報，沈明和葉世安都有功，要跟著他一起領賞。沈明少有的穿上了正兒八經的廣袖袍子，帶上玉冠，和葉世安顧九思一起，恭恭敬敬站在大殿門口等著召見。

他們三個人都是頭一次上殿，大理石地板光可鑒人，柱子高聳而上，旁邊的太監挺直了腰板站得規規矩矩，讓氣氛變得格外莊重緊張。

顧九思其實內心也慌，但他畢竟出身富貴，小時候進過宮廷，面上倒是鎮定。而葉世安從小和官家人打交道，雖然也是頭一次上殿，但這一天他準備許久，並沒有太過失態。只有沈明這個一直立志當土匪的二流子，頭一次面臨這種情況，他才堅持不到一刻鐘，就忍不住靠近顧九思，小聲嘀咕道：「陛下怎麼還不宣我們啊？」

「等著就是了，」顧九思壓低了聲，除了嘴什麼地方都沒動，手持笏板，靜靜看著前方，甕聲道，「話說多了，小心掉腦袋。」

東都是隨時可能掉腦袋的。

這一點沈明已經在來之前被教育過了。

沈明趕緊住了嘴，現場又安靜下來。過了許久後，裡面傳來唱和聲，顧九思三人終於被宣了進去。

此刻殿中站滿了新舊貴族、朝廷官員，他們注視著進來的三個人，因為所有人都知道，這三位中有一位，是如今新帝讚不絕口的政治新星、天子寵臣，這個國家最年輕的戶部侍郎，也是未來戶部最有可能的掌權者。

顧九思感覺到所有人的目光，他踩在紅毯之上，如踩在權力雲巔。他看著范軒坐在金鑾寶座上含笑看著他，顧九思有那麼一瞬間突然感悟到，人為什麼都要往上爬。

為的不僅是錢、不僅是名、不僅是權，還有這一切所附帶來的，他人的認可和期許。

顧九思撩起衣擺，恭敬跪下去，在范軒面前叩首，朗聲開口：「臣顧九思見過陛下，陛下萬歲萬歲萬萬歲。」

葉世安和沈明跟著他跪下，一起行禮。范軒笑了笑，抬手道：「顧侍郎，請起吧。」

第三十章　太子太傅

聽到范軒這句話，顧九思懸在空中的心突然定了下去。

他不能肯定其他東西，但有一點卻是清楚知道，至少在此時此刻的范軒心裡，他還是個好苗子。

顧九思認認真真躬身叩首，心裡盤算著如今范軒和周高朗之間的關係。

范軒並不是傻子，他能以文臣之身走到今日的位置，至少證明在人心這件事上，范軒是有所把握的。如此精明之人，怎麼可能看不透周高朗放周燁在幽州的意圖？可既然知道，為什麼又願意讓周燁留在幽州，順著周高朗的意思讓他進入戶部呢？

顧九思一時有些想不明白，他神色恭敬道：「謝陛下。」

隨後同葉世安和沈明一起起身。

旁邊太監笑著提醒范軒：「陛下，還沒給顧大人宣布聖旨呢，您叫早了。」

「是了。」范軒笑起來，抬手拍了拍自己腦袋，搖頭道，「糊塗了，我記掛這事許久，一時竟忘記還沒宣旨了。王弘，宣旨吧。」

叫做王弘的太監笑起來，安撫道：「陛下是太記掛顧大人了。」

顧九思抬頭瞧了王弘一眼，這人看上去和范軒差不多年紀，快五十歲的模樣，有著太監特有的陰柔，因為長期低頭躬身，肩頭往前，自然而然形成了卑微的姿態。他面上笑意盈盈，白白淨淨的臉，瞧著生得喜慶，看著難有惡感。他從旁邊小太監手裡接過聖旨，站在范軒身後，大聲宣讀了嘉獎的聖旨，冊封顧九思為戶部侍郎，葉世安為正七品右司諫，沈明為從六品殿前司騎軍指揮使。

冊封完後，三人又領旨謝恩，范軒將三人誇讚了一番，這才開始商議接下來的事。

新朝初立，百廢待興，內要安撫戰爭留下來的後續事宜，外要準備應對還沒有歸順的諸侯。三個人的官，說大不大，說小不小，放在其他地方是能炫耀的大官，但在這朝堂之上，卻不過只是剛入深海的小蝦米，於是三人聽著所有人嘰嘰歪歪爭執著，一言不發。

如今最關鍵的問題，一來是對內修生養息，要如何休養。征戰這一年，良田多荒廢，如何在最快速度裡恢復糧產，是重中之重。二來是揚州和劉行知的問題如何解決，是和解還是攻伐，所有人都沒有個準數。劉行知沒有什麼好說的，以劉行知如今所作所為，這一仗不過是早晚的問題，但揚州卻不大一樣。

揚州如今的主人，在王善泉死之後，對外依舊是王家掌控，由王善泉的兒子王思水繼承了節度使的位子。可實際上所有人都知道，如今揚州說一不二的，應當是那位王家座上賓，洛子商。

王思水如今年不過十二歲，只是個稚子，他的母親是王善泉家中娘家最不得勢的一個妾室，歌姬出身，以色侍人。王善泉死後，他其他孩子一夜之間離奇暴斃，最後只剩王思水，可以說，王思水的位子，是洛子商送給他的，他不過就是洛子商的傀儡罷了。

揚州富庶，雖然兵力不強，但也在這些時日自己靠著錢砸出了一支軍隊。說他們無心，他們前些時日，才北吞滄州南侵交州。可若說他們和劉行知一樣野心勃勃，但在范軒登基時候，洛子商又讓人送上了一份禮物，看上去有歸順之意。

於是揚州伐與不伐，就成了朝堂爭論焦點。

顧九思聽著所有人在朝堂上亂哄哄吵成一片，整個人游離在外。

說真的，他有點睏，起太早了。

領完旨後，發現整個朝堂和他沒多大關係後，他就像以前上課時候聽夫子講話那樣，有點控制不住的神遊。

一路神遊到結束之後，直到葉世安站在他身旁，輕咳了一聲，顧九思才回過神，發現周邊的人都散了，范軒意味深長地看了他一眼，這一眼看得他冷汗直冒，隨後王弘便走了下來，笑著道：「顧大人。」

「王公公。」顧九思趕緊向王弘行禮，王弘是范軒貼身的人，這可是絕對不能得罪的。

王弘笑了笑：「頭一次見面，大人不必這麼客氣，前些時日聽陛下對大人多有誇讚，如今真見著了，才知道陛下所言不虛，當真是青年才俊啊。」

「王公公謬贊了。」顧九思趕忙道，「都是承蒙陛下抬愛罷了。」

王弘笑著同顧九思寒暄了幾句，又轉頭看向葉世安，面對葉世安，他明顯恭敬許多，面上笑意更深，高興道：「葉大人，陛下想邀您一道吃個午飯，問您方便嗎？」

葉世安愣了愣，下意識看了顧九思一眼，王弘卻沒多說，於是葉世安便明白，這是單單只叫了他。天子有命，葉世安趕緊應了聲，王弘便同顧九思和沈明告別，領著葉世安往外走去了。

等他們走了，沈明跟著顧九思往外走，出了大殿，沈明小聲道：「哥，你說范……哦不，陛下召見世安哥做什麼？」

聽著沈明改的稱呼，顧九思下意識瞧了沈明一眼，將笏板抱在手裡，有些好笑道：「你怎麼突然叫我這個？」

「我想過了，」沈明認真道，「來到東都，還叫你九爺，聽上去太不像正道了。我看出來了，以後你們都是大腿，我得抱緊些，所以我趕緊先叫個哥，方便你以後替我養老送終。」

「養老送終是這麼用的嗎？」顧九思挑了挑眉。

沈明趕緊道：「不重要，這都不重要。你先回答我的問題啊。」

「我又不是神仙，」顧九思和他慢悠悠往宮門外走去，淡道，「等他出來了，你問他啊。」

「我不是心急嗎？」沈明嘆了口氣：「這是好事還是壞事，我心裡得有個底。」

「好事。」顧九思肯定地開口。

沈明有些疑惑：「你怎麼知道？」

「他爹和陛下以前關係就好，如今陛下怕是對他爹的事愧疚著，加上他叔父之前提早入了東都，如今已經在東都扎根了，昨日我們還沒來得及找人，今日陛下怕是打算親自為他尋親。你以為是個人，打場勝仗，就能進中書門下當官的嗎？」

顧九思聲音平淡，明顯在想什麼。沈明愣了愣，片刻後，他猛地反應過來，下意識道：「他的官是不是比我大？」

顧九思被沈明的關注點逗樂了，忍不住調侃：「沈明，你以前不是要殺盡天下狗官嗎？現在還在意官職大小？」

「我想明白了，」沈明嘆了口氣，「以前年紀小不懂事，你也別笑話我了。落草為寇始終是寇，遇到的全是鷹爺這種人，自以為為民除害，其實自個兒就是大害。倒不如當個好官，還更實在些。」

聽到這一番話，顧九思抬手拍了拍沈明的肩，語重心長道：「長大了。」

沈明將他的手打下去，不高興道：「滾！」

顧九思笑著收回手，沈明眼睛轉了轉，湊上前道：「我這官到底大不大？」

「殿前司騎軍，上四軍之一，是個好地方。」

顧九思認真開口，沈明正要樂呵，就聽顧九思繼續道：「騎軍內部共有二十四指揮使，每個指揮使手下兩千人，是個不錯的位子。」

沈明的笑容僵住了。

兩千人。

還不如他在幽州混得好呢。

沈明有些氣悶，兩人聊著天走到宮門口，剛出城門，就看見周燁站在門口，顧九思愣了愣，隨後高興起來，詫異道：「周大哥？」

「九思。」周燁笑了笑，看了他身後的沈明一眼，行禮道：「沈明也在啊。」

「周大哥。」沈明高興道，「我當官了，那個什麼……」

「殿前司騎軍指揮使。」顧九思在旁邊解釋，沈明趕緊點頭：「對對對，就這個。」

「我知道。」周燁笑著，「昨夜我已經聽范叔叔說過了。」

說著，周燁看向顧九思道：「今日可有時間，去我家吃個便飯？」

「我也去。」沈明高興出聲。

周燁笑了笑，「今日我邀九思有事，改日再請你。」

沈明聽了這話，有些無奈，擺了擺手道：「罷了罷了，你們都有人請吃飯，我自己喝酒去。」

說完，沈明和兩人隨口說了一聲：「走了。」便轉身離開。

周燁有些不安：「我沒想到阿明也在……」

「無妨的，」顧九思知道，周燁這樣處處照顧著人的性子，是怕沈明想太多，他將手往周燁肩上一搭，扯著周燁往車上走去，「他心大著呢，我讓木南過去幫他買單就是了。」

說著，顧九思轉頭同跟在身後的木南道：「去，跟著沈明，把他喝酒的錢付了。」

送走了沈明，顧九思和周燁一起上了車，上車之後，顧九思直接道：「是周大人找我吧？」

周燁愣了愣，隨後不由得笑起來：「你可真是太聰明了些。」

「剛好，我也有事想找周大人。」

顧九思笑了笑，他轉過頭看著街上人來人往，神色間帶了幾分憂慮。

周燁不由得道：「你可是遇到什麼事？」

「的確是，」顧九思轉過頭，看著周燁，嘆了口氣，「這事我還在斟酌，是不是該說。」

「你先說來與我聽聽。」

「你應當知道，我舅舅是原吏部尚書江河。」

聽到這話，周燁的神色頓時認真起來。

江河是因為梁王獲罪入獄的，入獄之後的情況，顧九思就不清楚了，可他與梁王牽扯頗深，如今顧九思若是想要出面撈他，多少都會引起范軒的不滿。

「過去我不懂事，胡作非為，就是想著有舅舅當我的靠山，人在時我靠著人家作威作福，如今他落難，我沒有就這麼乾看著的道理。」

顧九思打量著周燁的神色，慢慢道：「我對新朝絕無二心，想找我舅舅，也不過只是親人之情，與立場沒有半分關係……」

「我明白，」周燁點頭道，「你不用同我說這麼多，你我是兄弟，我對你沒有半點猜忌。我只是擔心，你如今貿貿然問出去，會耽誤你的仕途。」

「可我不問，他人就想不起來了？」顧九思苦笑：「倒不如坦蕩一點，至少還落個君子名聲。」

周燁不說話了，許久後，周燁道：「這事你先不要同別人提，我替你去打聽，摸準如今大家對江尚書的態度後，你再看如何行事。」

顧九思等的就是這句話，他點點頭，拱手道：「謝過了。」

「有什麼要緊？」周燁笑了笑：「都是應該的。」

兩人說著話，便到了周府。周高朗的府邸是范軒賜下的，原為一個高官的家宅，東都城破的時候這家人舉家逃了，人沒抓到，便封了宅子上繳了國家。

這院落修建得極好，一路亭臺樓閣，顧九思走了將近一刻鐘才到了書房，顧九思站在周高朗面前，周高朗正在看著一張地圖，上面還是大榮過去的版圖，周燁將人帶到，便不出聲地離開了，顧九思站在周高朗身後，恭敬道：「周大人。」

周高朗應了一聲，轉過頭來，上下打量顧九思一眼，笑起來道：「升官了，精氣神都不一樣。」

說著，他走到桌邊，撚了一顆棋子，敲了敲棋盤道：「來坐吧，我們手談一局，隨意聊天。」

顧九思恭敬上前，坐在周高朗對面，周高朗提子先行，棋子落下的時候，外面最後伺候著的人也離開了，從房間到院落空無一人，外面烏雲滿布，周高朗淡道：「看來是要下一場大雨。」

「應當是。」

落棋的聲音在房間裡響起來，一下接一下。周高朗看著棋盤，淡道：「之前我與范大人圍困東都，本是打算打下東都，再派人回望都救援。燁兒在我門口跪了一晚，他同我說，與你相交時間雖然不長，但你與他卻不是兄弟，勝似兄弟。」

顧九思沒敢說話，他看著棋盤，神色不動。

但其實他內心是有些擔心的，他不清楚周高朗說這些話是為著什麼。

「我答應他派人增援，但也要求他之後留在望都。在此之前，老范本來打算讓他在京城，給他一個大官。自從梁王入東都之後，他一直忙前忙後，以功勞來說，他的確該在東都有立足之地了。可我沒有讓他留下，你可知是為什麼？」

顧九思拿棋的手頓了頓，他垂下眼眸，沒有說話。

「為何不說？」周高朗的目光落在他指尖的棋子上。

「下官不敢。」顧九思放下棋子。

周高朗笑出聲：「看來你是明白，我留他在望都，是希望給周家留個根基。所以我同老范說，我擔心燁兒日後壓過平兒，故意這麼安排。老范信了，便給了兩萬軍，替我解決這個家事。」

「您同大哥說過嗎？」顧九思平淡開口。

周高朗搖搖頭：「沒有。這話若是說了，他沉不住氣，怕是會讓老范看出破綻。」

「那您告訴我這些，是打算讓下官做些什麼呢？」

周高朗沉默不語，片刻後，他淡道：「你知道，下棋這種事，有時候棋子得提前放，放得晚了，就沒用了。燁兒得對我心生不滿，老范才覺得正常。可若等以後真出了事，我再同燁兒解釋這些，他會信嗎？」

周高朗嘆了口氣，似是無奈：「我今日同你說這些，便是指望著，等日後真走到了那一步，這些話，得由你說出來。不僅得由你說，你還得讓他信。」

顧九思聽了這話，算是明白了，周高朗這是讓他平日就得多暗示，但又不能讓周燁真的看出來，可是等話說出來的時候，周燁得覺得，的確是如此。

顧九思苦笑起來：「您太為難下官了。」

「你是個聰明孩子。」周高朗抬眼看他，「我覺得這對你來說，是小事，不是嗎？」

顧九思有些無奈，但他只能勉強道：「下官盡力。」

周高朗點點頭，見他沒有繼續說話，便道：「還有什麼要問的？」

「下官不明白，」顧九思直接開口，「大人為何這樣信得過下官？」

猜忌天子這種事，怎麼會這樣同他一個在政治上只是毛孩子的人說？

周高朗挑了挑眉，有些奇怪道：「信不過你，我送你坐到這位子上？」

顧九思啞口無言，周高朗下著棋，淡道：「我知道你不會背叛燁兒，燁兒不會背叛周家，也就等於你會一直站在周家的立場上。」

「大人說錯了，」顧九思神色平淡，抬眼看向周高朗，眼裡全是認真，「九思站的不是周家，九思站的是百姓，是公正。」

周高朗沒說話，他看著顧九思。

這個年輕人的眼睛裡一片清明，帶著他們這些中年人難有的執著。

周高朗笑了笑，「那就是周家的立場。」

顧九思心裡鬆了口氣。

他這話，本就是敲打。他與周燁是兄弟不錯，但他並不願意被周高朗綁定。

得了周高朗這句話，顧九思終於放下心來，問了最後一句：「下官最後還有一個疑惑。」

「你說。」

「我想確定，您防範的，是陛下嗎？」

顧九思定定看著周高朗，他沒有忽視周高朗臉上任何神情。

他詫異地發現，在他說完這句話的瞬間，周高朗的面容呈現出極其短暫的、近乎於難過的表情。

只是這情緒一閃即逝，周高朗又恢復了平日的模樣，苦笑起來：「我與老范幾十年生死兄弟之情，是不會防範老范的。我的命當年是他保下來的，他若要砍了我的腦袋，砍了就砍了，我沒什麼好說。」

聽到這話，顧九思有些奇怪，緊接著，就聽周高朗嘆息道：「我防的，是范玉啊。」

顧九思愣了愣，片刻後，他腦子嗡的一下。

他知道自己不該衝動，可是那一瞬間，卻下意識脫口而出：「陛下如今身體可是有礙？」

屋外有了悶雷聲。

周高朗沒有說話，顧九思問出聲後，頓時被自己的大膽驚了。無論范軒身體好或者不好，在這新朝初建的時候，都必須是好的。

他趕忙離開位子，跪了下去，急道：「下官胡言亂語，還望大人恕罪。」

「這是做什麼？」周高朗苦笑一下，轉頭看向外面的天，神色平淡，「起來吧。外面也要下雨了，你先回去吧。」

顧九思連忙應聲，叩首行禮後，便從周高朗的房間裡退了出來。

今日周高朗這一番話，除卻范軒的身體之外，大多在他預料之中，他在長廊外站著定了定神，剛走出周高朗的書房，就看見周燁負手站在長廊上，見他走出來，周燁轉頭看他，笑著道：「你嫂子留你吃飯，我便在這裡等著你出來。」

顧九思聽這話，抬頭看了看天色，搖頭道：「不了，今日出來時還同玉茹說過要回家的，便先告辭了。」

周燁聽了這話，倒也沒有為難，只是道：「剛到東都，你也沒幾個同僚，趁著這個機會多和玉茹吃吃飯，以後怕是沒這麼多時間了。」

顧九思聞言笑了笑，搖頭道：「我以往在外喝酒喝夠了，日後非必要，還是要回家吃飯的。」

說著，顧九思想起柳玉茹，有些不好意思道：「家總得有個家的樣子，我想同她每日一起吃晚飯。」

周燁點了點頭，送顧九思出去，笑著道：「這我倒是要同你多學學。」

顧九思沒有多說什麼，看了周燁一眼。

周燁打小是在外奔波的，周高朗兩袖清風，不善錢帛之事，又沒有什麼家底，全靠朝廷那點薪水。故而周燁十幾歲的年紀就出來經商，後來長大，在幽州也多是經手錢帛之事，例如周燁初次到揚州，就是為了採購軍需。

小小年紀就操持著這些，待人接物一事上，周燁的分寸都拿捏得極好，無論貧富貴賤，他都處理得恰到好處。

要留顧九思吃飯，就會一直等候在外，顧九思要回去，也沒有半分慍色。送顧九思到了門口，周燁囑咐道：「不久怕是會有大雨，路上小心。」

顧九思笑了笑：「放心吧。」

說完，他想了想，又道：「周大哥，今日真是對不住，讓你白等我了。」

「不妨事，」周燁笑道，「婉之還沒讓人做飯，沒浪費。」

顧九思知道他是說笑，笑著同周燁行禮，便放下簾子，讓木南駕馬走了。走出沒有幾步，顧九思突然撩起簾子，詢問道：「夫人現在在哪兒？」

「就知道您會問。」木南笑著道：「方才我差人去問了，少夫人應當在九方街那一路喝茶。」

木南昨夜花了一晚記下東都的地圖，顧九思也大概記了幾條主要的街道，九方街是東都最繁華的一條主道。

「我們去接她。」

顧九思高興開口，木南有些無奈，但還是應了聲。

顧九思興致勃勃往柳玉茹的方向去時，柳玉茹正帶著印紅在茶樓裡喝茶，說書先生坐在大堂，講著揚州少有的故事，大多是東都的時談。

柳玉茹今日跑了一天，將東都各區的房價和房租都問了一遍，也看了幾套房子。

東都的房價是揚州的兩倍，房租更是不菲，主要是因為東都人員往來密集，來東都的人又都是各方當地的富豪，在這裡隨便花點錢住些時日，也是沒有關係的。

逛了一圈後，柳玉茹便發現，其實他們目前住這個地方，除了裝潢得不大好，其他都是不錯的，尤其是地段上，距離宮城極近，步行不過一刻鐘，顧九思日後就能在家裡多睡一會兒。

他慣來是個懶散的人，每日起床便是要了他的命，尤其是冬日的時候，更是難上加難。過往在望都，他是縣衙裡最大的，便宣布了每日辰時末開始辦公，如今到了東都來，每日卯時就要上朝，剛入東都，他還有些興奮，日後怕就是折磨了。

柳玉茹考慮了一日，便打算將這宅子買下來，雖然這筆數目不算小，但這半年來花容的收益加收糧那一趟的酬勞，買下東都一座宅子，還能剩下一半的餘錢。

定下這事，柳玉茹也有些疲憊，便隨意進了一家茶樓，打算休息一二再回家。

周邊的人都在聊天，說得無非是新朝的事情，如今新朝改國號為華，年號永福，大家私下議論著范軒和朝臣，說來說去，倒也沒有太大不滿。

范軒稱帝後第一件事，就是宣布降低賦稅，百姓倒是極為高興的。但柳玉茹想了想，范軒降低賦稅，那朝廷裡的錢哪裡來？必然是要從其他地方來的。

柳玉茹坐了一會兒，便見天色有些暗了，她轉頭看了外面一眼，問印紅，「快下雨了吧？」

印紅倒著茶，抬頭看了外面一眼，應聲道：「快了，要不咱們回去吧？」

柳玉茹點了點頭，吩咐印紅去叫馬車，他們的馬車停在隔壁三條街外，印紅去也得有一段時間。

柳玉茹慢慢喝了口茶，站起身招呼人結了帳，便往樓下走去。

外面悶雷轟響，豆大的雨點往下落下，等柳玉茹下樓站在門口時，外面已經下起大雨來，雨順著屋簷落下，讓天地變得朦朧起來，柳玉茹站在門口，心裡盤算著，這個時間印紅應該到不了馬車的位置，怕也是被雨攔在路上，在哪個屋簷下避雨了。

柳玉茹倒也不著急，就站在門口，瞧著外面的雨簾。

她靜靜立在門口，而茶樓對面的酒樓之中，有個衣著華貴的男子正靠在椅子上，靜靜看著街上四處奔跑著躲雨的路人。

他生得極為俊美，鳳眼薄唇，面上線條乾淨俐落，便顯出了幾分刻薄。可這也擋不住生來好看的五官，瞧著便帶了幾分邪氣的漂亮。

他坐在酒樓窗前，轉動著手指上的翠綠扳指，慢慢道：「沒想到，東都也會有這樣的大雨。」

跟在他身後的侍從沒有說話，房間裡格外沉默，洛子商端起旁邊的酒杯，抿了口酒，目光透過雨簾，落到對面茶樓門口的女子身上。

那女子身著輕紗大氅，白色內衫，梳著婦人的髮髻，站在茶樓門口，似如揚州三月垂柳，柔軟又美麗。

洛子商靜靜端望片刻，突然開口道：「顧九思是不是來東都了？」

站在他身後的侍從終於開了口，極為簡短道：「應當是。」

洛子商抬了頭，自言自語道：「年前傳的信，如今三月多了，應當來了。」

說著，他笑了笑，忽然道：「羽南，去拿把傘給我。」

被叫做羽南的侍從沒說話，走了出去。洛子商起身撣了撣衣袖，左右看了一眼，見佩飾端正，衣服上沒什麼褶皺，便走下樓去。

羽南已經結了帳，拿了把傘立在門口。洛子商從羽南手中拿過傘，吩咐道：「你在這兒等著吧。」

說完，洛子商便撐開傘，步入雨簾之中。

此刻顧九思在馬車裡，正靠著車壁有些睏頓。

早上起太早，一大早緊張著，便沒什麼感覺，此刻放鬆下來，睏的感覺立刻湧了上來，他靠著車壁打著盹，任由外面雨聲鋪天蓋地，也沒有察覺。

走了不知多久，馬車突然停了，依稀聽見外面傳來了交談之聲，他迷迷糊糊睜眼，便見車簾一掀，印紅捲簾走了進來。

她身上有些濕潤，但也還好，顧九思突然清醒了，忙道：「怎麼就妳一個人，少夫人呢？」

「夫人叫奴婢去喚馬車，她在茶樓等著，但突然下了大雨，奴婢被攔在了路上，剛好遇見姑爺。」

印紅趕忙開口解釋，顧九思捲簾看了看外面，見大雨滂沱，背對著印紅道：「她一個人在等妳？」

「是。」印紅也有些著急，「今日只有我和少夫人出來。」

顧九思皺了皺眉頭，本來還想著，這樣的大雨讓木南在外駕馬車太過分了些，但念著柳玉茹一個人，他又有些不放心，便道：「妳同木南說了茶樓的位置沒？」

「說了，」印紅回到，「近得很，很快就到了。」

顧九思遇到印紅的時候，柳玉茹等得有些無聊。

帳已經結了，再回去她也覺得麻煩，便靠在門邊等著人，後面的說書先生不講時政了，講起了白娘子的故事。斷橋大雨，許仙撐傘而來，那是八十四骨紫竹柄的油紙傘，上面繪了正盛開的玉蘭，雨珠順傘而下，迎風浥露，銜珠垂首。

柳玉茹閒來無事，伸手去接飄過來的細雨，而後便見空蕩蕩的大街突然出現一個人影。起初看得不大清楚，她也沒在意，但對方行到路正中時，她突然看清了對方的面貌。

柳玉茹收回手，不由自主繃緊了身子，面色平靜坦然。

而對方見她的動作，便輕輕一笑，他從容而來，持傘站在柳玉茹身前，含笑道：「柳老闆。」

柳玉茹笑起來，彷彿什麼都不知道一般，恭敬回道：「洛公子。」

兩人沒有說話，其實雙方心裡對所有事一清二楚，然而卻都裝作什麼都不知道一般，洛子商沒有提顧九思，只是道：「柳老闆也來東都了？」

「我來東都正常，」柳玉茹平和道，「卻不想，洛公子在揚州日理萬機，也來東都？」

「東都繁華之地，天下人都嚮往，洛某自然也不例外。」洛子商看了周邊一眼，接著道：「柳老闆打算去哪裡，洛某送妳一程？」

「不必了，」柳玉茹轉頭看向雨幕：「我在這裡等一會兒，家人很快就來。洛公子若是有事，妾身就不打擾了。」

「倒也沒什麼事。」

洛子商走到柳玉茹身旁，收起傘，聲音平和道：「初來東都就遇故人，在下心中喜不自勝，便陪著柳老闆等著家人，聊上兩句吧。」

「我與洛公子，似乎沒什麼好聊。」柳玉茹收起笑容，靜靜看著雨幕：「洛公子不如進屋去喝兩杯茶，看看這東都大雨，也比乾站在這兒，陪著我一個婦道人家得好。」

「怎麼會沒什麼好聊呢？」洛子商輕笑，他聲線極低，帶了種難以言說的低沉：「咱們聊聊柳老闆在揚州是如何避開我的禁令哄抬糧價的，這樣也好啊。」

聽到這話，柳玉茹沒有做聲，她扭頭看向洛子商，平靜地注視著他，洛子商笑意盈盈，笑容裡不見半分惱怒，繼續道：「在下誠心請教，絕無問責之意。」

「洛公子既然問出這話，想必一切都是清楚的，」柳玉茹神色平靜，「我走之後，把留下的人抓來拷問一下，不就清楚了嗎？還問我做什麼。」

「畢竟不是本人，有諸多細節，怕那些人不大清楚。」

洛子商低頭看了看手中的雨傘，傘上蘭花還帶著水珠，他抬手從袖裡拿了絹帕，輕輕擦過蘭花，開口接道：「不過柳老闆不願意說，也就罷了。不若聊些其他吧，聽聞柳老闆在找柳家人？」

「沒有。」聽到洛子商提及家人，柳玉茹頓時冷了聲，洛子商低笑，「不必緊張，我也就是隨口一問，若是柳老闆需要，我說不定也能幫一幫忙呢？」

「不必了。」柳玉茹冷聲道：「我與家人不合，沒什麼好找的，勞煩洛公子操心了。」

「那就罷了。」洛子商聲音裡似是遺憾。

話音剛落，遠處顧九思的馬車噠噠而來，柳玉茹老遠見了馬車，見到馬車上的花紋，便認出是顧家的馬車，面上頓時帶了喜色。洛子商不著痕跡地看了她一眼，慢道：「說來與柳老闆緣分也不算淺了，見了這麼幾次，卻還不知柳老闆名字，敢問柳老闆芳名？」

「我與洛公子不算熟識，閨中名字，洛公子不必知曉。」

說話間，馬車停在門口，顧九思從馬車裡拿了傘，撩起簾子從馬車上跳了下來，疾步來到柳玉茹身前，將傘撐在柳玉茹面前，高興道：「玉茹，今日好大的雨，還好我來接妳，不然可不知道妳怎麼辦。走，我帶妳回家。」

柳玉茹笑咪咪聽著他邀功，也不說話。顧九思見柳玉茹眼裡全是了然，也不大好意思，輕咳了一聲，便替柳玉茹撐著傘，抬手攏在柳玉茹肩上，用袖子為柳玉茹遮著雨，護著她往馬車走去。

顧九思沒注意到洛子商，柳玉茹也刻意沒同洛子商告別，洛子商看著他們的背影，瞇了瞇眼，等兩人走到馬車前時，洛子商突然出聲：「柳玉茹！」

所有人停下來，顧九思這才注意到洛子商的存在，他回過頭去，有些疑惑地看向洛子商。洛子商的目光放在柳玉茹身上，柳玉茹皺眉看著他，洛子商笑了笑，撐傘走到兩人面前，而後收起傘來，整個人淋在雨裡，卻全然沒有半分在意，只是將傘遞給柳玉茹，笑著道：「送傘之恩，沒齒難忘。」

柳玉茹沒有說話，洛子商見她不接，便從容抬手，將傘放在馬車上，而後躬身行禮，彷彿第一次見面般，恭敬道：「柳小姐，在下洛子商。」

顧九思神色驟凜，洛子商轉過身朝著酒樓走去。

「公子……」木南有些擔心地出聲。

顧九思沒說話，他轉過身，替柳玉茹撐著傘，平和道：「別站在雨裡，進馬車去。」

柳玉茹知道顧九思是不高興了，她也不敢多說，只能點頭應聲，順著顧九思的話上了馬車。

顧九思撐著傘讓她進了馬車，自己跟著站上去。

他站到馬車上時，覺得腳踩到了什麼，低下頭便看見腳下放著的雨傘，上面的蘭花繪得栩栩如生，在雨中開得正好。

顧九思沉默片刻，突然彎下腰，撿起了雨傘，然後在所有人猝不及防間，將傘往洛子商的方向猛地一扔！

這傘被他扔得猝不及防，「哐」一下砸在洛子商頭上，洛子商被砸得腳步晃了晃，隨後冷著臉色回頭，就看顧九思站在馬車上，撐著雨傘，含著笑道：「洛公子，下次見了面，麻煩叫顧夫人。」

洛子商沒說話，神色冷然，顧九思沉下臉，驟然低喝：「下次再給我夫人送什麼亂七八糟的東西，我見一次打一次！」

說完，顧九思收了傘，低頭掀簾子進了馬車。

印紅和柳玉茹都坐在裡面，方才的動靜她們都聽到了，兩人抿著唇，壓著笑。

顧九思坐進來，滿臉氣呼呼的模樣，扭過頭去沒有說話。

馬車動了起來，顧九思似乎是覺得砸那一下不太夠，想了想，他把自己的雨傘抓起來，又掀了簾子想扔。

柳玉茹趕忙抬手握住顧九思的手，勸道：「好了好了，砸一下得了，再砸就不占理了。你剛當上官，可別今日當官，明日就收別人說你當街打人的摺子。」

說著，柳玉茹將傘從顧九思手裡拿走，遞給印紅，繼續道：「何況，砸他的傘也就罷了，這傘咱們自家的，是好傘，買得可貴了。」

「妳瞧瞧他那小白臉的樣子！」顧九思越想越氣，「我還在呢，他就敢做這些，他當我是軟柿子啊？妳不知道他叫洛子商？還需要他這麼介紹自個兒啊？我看他就是心存不軌，不懷好意，當著我的面占妳便宜！」

柳玉茹被顧九思逗笑，她從旁邊拿了帕子，幫顧九思擦著手上的水，勸著道：「我和他就見過兩面，算上今日第三面，我還嫁了人的，他能看上什麼？」

柳玉茹低著頭，溫和道：「他這是衝著你來的，你以為他不認識你？就算不認識你，也肯定知道我相公是你，你一出現，他便知道了。他這是故意氣你呢。」

「管他是因為什麼，」顧九思立刻道，「下次他再找妳麻煩，這官我不當了，明個兒就劃了他的臉把他打包送回揚州！我看他還拿什麼在這裡浪！」

旁邊印紅忍不住，壓著聲音笑，柳玉茹有些埋怨地看了印紅一眼，印紅趕緊低頭倒茶，顧九思抬頭瞪她：「笑什麼笑？很好笑嗎！妳把妳家少夫人一個人留在那裡，遇到這種登徒浪子，還好意思笑？」

「姑爺對不起，我錯了。」印紅趕緊認錯。

柳玉茹見顧九思要把火發在印紅身上，趕忙道：「今日朝上如何？陛下對你怎樣？」

說到這個，顧九思的氣終於緩下來，喝了口茶，帶了些止不住的小驕傲道：「陛下對我挺好的，他身邊大太監王弘還特地來恭喜我，我也算個天子寵臣了。」

柳玉茹看顧九思的樣子，抬手戳了戳他的腦袋：「別太驕傲了，不過是小小成績，日後的路還長著呢。」

「這哪裡是小小成績？」顧九思不滿了，「妳見過我這麼年輕的侍郎嗎？我這成績，」顧九思努力張開手，比劃著道：「是大大大大的成績了！」

柳玉茹有些無奈，看了低著頭瘋狂壓制著笑的印紅一眼，一時又不好當著人的面訓顧九思，外面雨聲小了，印紅趕緊道：「姑爺，夫人，我先出去，你們聊。」

說著，印紅便出了車廂，等馬車裡剩下柳玉茹和顧九思，柳玉茹才道：「莫太張狂了，這天下厲害的人可多著呢。」

「我知道我知道，」顧九思嘆氣，「我不就是和妳嘚瑟一下，希望妳誇我嗎？」

柳玉茹聞言，頓了頓，反思了一下，覺得顧九思說得也對，他在外向也是有分寸的。於是她笑了笑道：「那是我的不是了，我本只是怕你太過驕傲自滿，你若是心中有數，那我當誇你的，如你這樣本事的人，的確是人中龍鳳了。」

「真的？」顧九思挑眉，似乎是不信，柳玉茹喝了口茶，笑著道：「我說你不是，你不高興。我誇你，你又不信，你要如何？」

「我就是想知道，如今這樣好，」顧九思探過頭來，湊在柳玉茹面前，「妳可還覺得嫁給我是遺憾？」

柳玉茹聽了這話，抬眼看他，他離她很近，年輕的面容上看似是玩笑，但眼神中卻滿是認真。

柳玉茹靜靜注視著他，片刻後，柳玉茹慢慢笑起來：「哪怕你沒有如今這樣好，我也不覺得是遺憾。」

「這段婚事，」柳玉茹握著杯子，認真想了想，「似乎打從嫁給你後沒多久，我便覺得不是什麼遺憾了。」

「原來妳喜歡我喜歡得這麼早！」顧九思恍然大悟。

柳玉茹哭笑不得：「你又往自己臉上貼金了。」

顧九思瞧著她笑，見她的模樣，猝不及防往前湊過去親了一口，柳玉茹已經習慣這種偷襲，有些無可奈何地看了他一眼，顧九思這才收回身子，坐著道：「得了妳這話，我放心許多了。」

「你有什麼不放心的？」

柳玉茹有些奇怪於他的不安，於她心裡，成了親，哪裡還有其他多餘的？且不說別人不會看上她，就算看上了，她又怎麼可能回應？

顧九思見柳玉茹一派懵懂，嘆了口氣道：「其實這話我不當同妳說，我當多同妳說說妳不好，那妳就肯定不會離開我了，可是我想想吧，還是得同妳說實話的。」

顧九思這話說得正經，倒讓柳玉茹有些緊張了，顧九思伸手拉過她的手，看著她，認認真真道：「會很有很多人喜歡妳的。」

柳玉茹愣了愣，看著顧九思，顧九思的眼裡沒有半點吹捧，他靜靜注視著她：「妳這麼好的姑娘，長得漂亮，性格又好，會賺錢，有自己的想法，誰見著了，都會忍不住側目，不管過去有沒有人喜歡妳，或者是有沒有人對妳說過，但我知道，以後一定會有很多人喜歡妳。」

柳玉茹聽著顧九思的話，心裡有點難過，又有些歡喜。

從小到大，頭一次有人這麼認真地誇她，這麼坦率地同她說她好，說喜歡，這讓她忍不住有些鼻酸。

「我哪兒有你說的這麼好？」柳玉茹低頭笑起來：「也就是你情人眼裡出西施了。」

顧九思笑笑，握著她的手，低頭親了親她的手背，柔聲道：「妳現在還不懂，以後妳就明白了。」

「說得好像你比我大多少一樣。」柳玉茹嗔了他一眼。

顧九思笑著坐到她身邊，將她攬到懷裡，抱著她戲弄道：「大兩歲也是大，來，叫九思哥哥。」

柳玉茹脹紅著臉不理他，顧九思去抬她的下巴。柳玉茹便伸手推攘他，顧九思乾脆抓了她的手，攬了她的腰，將她壓在車壁上，低頭吻了上去。

他輕輕舔舐著她的唇，啞著聲：「乖一點，叫哥哥，嗯？」

柳玉茹起初還掙扎一下，後來發現兩人實力差距實在太大，又怕動作太大驚了外面的人，便不敢動了。

她心跳得飛快，只聽見馬車噠噠之聲。本來只是戲弄著親一下，但這麼對抗掙扎後的服軟，便讓溫度變得有些灼人起來。

顧九思捨不得放，柳玉茹不敢出聲，只是僵著身子，等著顧九思。

顧九思也覺得有些過了，不敢做太多，但又放不開，便乾脆將人撈過來，放在腿上抱著親。

柳玉茹心裡害怕，總擔心印紅或者木南捲簾子進來，眼睛一直盯著馬車車簾，而顧九思卻是不管不顧，只是閉著眼睛，用舌尖去感受著這個人的溫熱甜美。

在這種時候，兩人清晰感覺到男女的不同，這一刻的柳玉茹柔軟又嬌弱，似如嬌花一般顫顫巍巍盛開在風雨裡，努力承接著來自於對方的一切。

這副模樣，讓顧九思更是愛不釋手，顧九思感覺唇舌有些疼，本該停了，但他往後退的時候，柳玉茹忍不住輕輕哼了一聲，他腦子一熱，本來該停下的動作，下意識變成了伸手去拉扯她的衣服，柳玉茹察覺到顧九思的意圖，頓時清醒過來，抬手一把握住他的手，緊張地看著顧九思。

顧九思被這堅定的阻攔喚回幾分神智，他抬眼看向柳玉茹，柳玉茹眼睛還帶著幾分水氣，含著春意的神色中帶了幾分驚慌。顧九思知道嚇到她了，他僵著身子，好久後，才用理智控制住自己，放下手抱著人，將頭埋在她的肩頭，不再說話。

好久後，他才緩過來，啞著嗓子道：「不該同妳這樣耍鬧的。」

柳玉茹低著頭，小聲應了一聲：「嗯。」

她抬手給顧九思順著背，見他一直低著頭不動，不由得有些心疼道：「難受？」

顧九思小聲應了一聲，過了片刻，他抬起頭來，深吸一口氣，苦笑道：「佳人在懷，神仙也把持不住啊，這柳下惠做得太不容易了。」

柳玉茹紅了臉，小聲道：「淨胡說八道。」

顧九思輕嘆口氣，沒有多說。柳玉茹見他有些頹靡，沉默片刻後，附在他耳邊，小聲說了幾句。

顧九思的眼睛頓時亮起來，他一把摟緊了柳玉茹的腰，小聲道：「玉茹，妳可真好。」說完，顧九思就探出頭同木南道：「你先趕回家裡去，燒了熱水，回去讓少夫人洗澡換身衣服。」

木南應了聲，倒也沒多想，只以為柳玉茹淋了雨，便停了馬車，同印紅吩咐了一聲，自己先跑回去了。

木南離開後，柳玉茹小聲道：「你這是做什麼啊。」

顧九思笑著不說話，看上去格外興奮。

馬車行得平穩，自然要慢上許多。等到了顧府門口，顧九思立刻掀了簾子出去，此時雨已經停了許久了，他從馬車上跳了下來，隨後伸出手，扶著柳玉茹下來。

他的眼睛亮晶晶的，高興遮遮掩不住，柳玉茹下來後，顧九思就拉著她直接往臥室走去，一面走一面高興地同印紅道：「妳去同我爹娘說，讓他們別等我們吃飯，我們有點事要商量，誰都不要打擾。。」

柳玉茹聽他這麼前言不搭後語的說話，低著頭完全不敢出聲了，印紅有點懵，柳玉茹看印紅不動，便揮了揮袖子，小聲同印紅道：「去。」

印紅這才反應過來，趕緊離開了。

顧九思拉著柳玉茹進了臥室，一進去就將人按在牆上，一面親一面落鎖，隨後拉扯著往浮室去。

柳玉茹一路勸阻著道：「你別著急，慢著些，不忙……」

印紅回來回稟的時候，走到門口就停了。她愣了愣，隨後猛地反應過來，趕緊退了出去，堵在院落門口，再不讓人進去。

江柔和顧朗華等人在飯廳吃著飯，顧朗華皺著眉頭，有些疑惑道：「什麼重要的事，不能吃了飯再商議？」

江柔也有些奇怪，便詢問下人道：「公子回家的時候，心情看上去怎麼樣？」

下人笑起來，老老實實道：「高興極了。」

顧九思孩子脾氣，喜怒都不藏著，江柔聽了，便知不是什麼大事，笑著道：「那便不用管了，大約是好事了。」

「或許是九思當了個大官呢？」蘇婉柔聲開口。

顧朗華輕哼了一聲，江柔笑著道：「應當是了。」

顧九思一直折騰到深夜，柳玉茹全然沒了力氣，她睡了一覺，肚子咕嚕咕嚕餓著醒了過來。

她想起身，又覺得疲憊，顧九思迷糊著醒過來，見柳玉茹醒著，含糊道：「怎麼不睡？」

柳玉茹靠在他身旁，抬眼看著他，有些委屈道：「我餓了。」

這是她以往未曾做過的事，此刻卻自然而然就做了，竟像個什麼都不會的小姑娘一樣，和另一個人說自己餓了，然後就眼巴巴看著顧九思。

顧九思愣了愣，看著柳玉茹有些委屈的眼神，下意識道：「我也是。」

柳玉茹：「……」

這話讓柳玉茹清醒了一些，她怎會像個孩子一樣，居然在這一瞬間指望著顧九思去弄吃的給她？

她有些臉紅，低聲道：「我去煮碗麵吧。」

說著，她便要起身，聽到柳玉茹這話後，顧九思才後知後覺反應過來，柳玉茹方才那句話，其實是盼著他給點行動上的回應的。顧九思趕忙按住她，彌補道：「我明白了，妳且歇著，我去弄點吃的給妳。」

柳玉茹也覺得累，他一攔，便覺得起不來了，躺在床上，小聲道：「如今什麼時辰了？」

顧九思抬頭看了外面一眼，想了想道：「外面沒什麼聲音，我想著應當不早了，大家都去睡了。」

「大家都去睡了，我們現在把人叫起來，是不是不太好？」

「沒事，」顧九思擺擺手，「我去廚房看看，瞧瞧有沒有什麼可以吃的，直接拿回來就是了。」

柳玉茹點了點頭，靠在床上道：「那我再瞇一會兒。」

顧九思應了聲，拿了外袍，披上後走了出去。

此時已經是深夜了，長廊裡一個人都沒有。顧九思進了廚房，左右翻了一下，發現什麼都沒有。他琢磨了片刻，不能餓著柳玉茹，總得弄點東西給柳玉茹吃，把人叫起來也不知道是什麼時候了，他想了想，看一下櫃子裡放著的麵條，琢磨著煮碗麵條回去吃。

煮麵首先要做的就是生火，柴就在灶臺旁邊，乾草也在不遠處，火摺子放在櫃子裡，顧九思心裡一合計，便行動了。

首先是準備材料，麵條、水、雞蛋。

然後是生火。之前他們一路逃回幽州的時候，這個技能他是學會了的，輕車熟路架起了柴，然後用火摺子點了乾草，沒一會兒火就燃了起來。他蹲在灶臺下面搧風，濃煙燃起來，顧九思趕緊加了水。加水之後，顧九思拿著麵條就塞了進去，麵條在冰冷的水裡毫無動靜，顧九思看了片刻，皺了皺眉頭，覺得這和他記憶裡看到的麵條在水裡的模樣有點不一樣。

但他覺得可能是還沒煮好，於是他又轉頭去拿雞蛋，拿了雞蛋後，他開始犯愁，雞蛋在什麼時候下？怎麼下？

他猶豫片刻，決定不多想了，把雞蛋砸開弄進去就行了。

他抬手將雞蛋往灶臺上一砸，雞蛋當場碎開黏在灶臺上，弄了顧九思一手。

顧九思嚇了一跳，明白是自己力氣太大了。於是又拿了一個雞蛋，輕輕的敲了敲，沒碎，他再加大了力氣，還是沒碎，他多用了點力氣，一敲。

碎了。

蛋清流出來，嚇得顧九思趕緊往鍋裡倒。蛋清混雜著蛋殼流進鍋裡，凝固成了白色，但蛋黃還出不來，顧九思趕緊捏碎了蛋殼，雞蛋零零散散流下去，顧九思看麵條凝在一起，趕緊拿了筷子開始攪和。

在一陣雞飛狗跳之後，顧九思看著麵條有了幾分自己過去吃的麵條的樣子，他怕沒煮熟，就一直等著，沒多久試一試，終於煮熟了麵條。煮熟之後，他猶豫了一下，放了點鹽，加了湯，便端著回了房間。

柳玉茹在饑餓的等待中睡了過去，聽見門開的聲音，她睜開眼睛，便見顧九思開了門，端著一碗麵條，拿了兩雙筷子和一個小碗擠進門來，用腳踢上了門，然後看向柳玉茹。

「呀，」他有些詫異，「醒了？」

柳玉茹含糊著應了一聲，直起身來，顧九思站在桌邊，將麵條夾進小碗裡，一面夾一面道：「廚房裡沒人，我就煮了碗麵條。」

「你還會煮麵條？」柳玉茹詫異。

顧九思有些心虛，小聲道：「應該算會吧。」

柳玉茹看著顧九思分麵，便從床上起來，走到桌邊。

這一碗麵看上去極其可怕，蛋清蛋殼混雜著麵條，可以說是柳玉茹見過賣相最不好的麵條。

可她什麼都沒說，顧九思從來都沒做過家務事，能在半夜搗騰出一碗麵條給她，已經是極其不易了。

顧九思分好了麵，招呼著柳玉茹坐下來，有些忐忑道：「我第一次煮麵，以後會煮好的。」

柳玉茹笑了笑：「沒事，要是不好吃，以後我煮。」

顧九思聽到這話心裡美滋滋的，卻還是道：「我可以學，我學什麼都很快。」

兩個人說著話，分了筷子，夫妻倆坐在桌邊，一起吃顧九思煮的麵條。

麵條其實算不上很難吃，就是普通麵條煮了，帶了點鹽味。但不管怎麼說，至少是熟的，柳玉茹已經很知足了。

「好吃嗎？」顧九思有些忐忑。

柳玉茹吃著，抬眼看他，高興道：「好吃，我天天吃都使得。」

顧九思聽了這話，大受鼓舞，一時間覺得自己或許極有下廚的天賦，當即道：「這不算什麼，以後我學幾道大菜，讓妳開開眼。」

柳玉茹笑得不停，兩人就一面吃東西，一面說話，一碗麵條，一盞燈，便覺得高興極了。因為先睡了一覺，兩人精神好得很，柳玉茹便乾脆同他說起自己的打算：「我打算將這房子買下來，修整一下，便住下了。花容的店我已經開始著手讓人搬過來。」

「我有什麼幫得上忙的嗎？」

「也沒什麼了，」柳玉茹搖搖頭，想了想，抿唇笑道，「以後麵條裡別放蛋殼了。」

「行，」顧九思有些臉紅，擺了擺手道，「小事，我知道了。」

「哦，還有，」柳玉茹想了想，接著道，「洛子商這次來東都肯定是來找朝廷談什麼事的，你別衝動。」

「嗯，好。」顧九思點點頭，應聲道，「妳放心吧，這事我心裡有數。」

兩人聊了一會兒後，又躺下去睡了，過了一個時辰，顧九思便得起身入宮了。

他剛睡熟，又被人叫醒，便有些不樂意，嘟囔了一聲，翻過身抱著柳玉茹繼續睡。

木南不敢叫他，在外面輕聲喚了他一次，他不理，木南有些為難，沒多久，顧九思就聽見門毫不客氣地敲響，隨後葉世安溫潤的聲音傳來：「九思，起床上朝了。」

這聲音把柳玉茹驚醒了。

她猛地睜開眼，隨後便是沈明叫嚷著道：「顧九思，再不起床可就要掉腦袋了！」

「九思，」柳玉茹開始搖顧九思，「起床了，快！」

顧九思蜷在一起，捂住耳朵將自己埋進了被子裡。

柳玉茹想了想，乾脆起身，趕緊換上衣服，便開了門。

葉世安和沈明站在門口，看見柳玉茹出來愣了愣，柳玉茹急促道：「你們進去把他架出去，現在還讓他磨蹭怕是來不及了。」

葉世安猶豫片刻，沈明卻是果斷進去，將被子一掀，就把顧九思拖了起來。

葉世安見狀，也乾脆進去，兩個人將顧九思直接架起來，木南幫顧九思洗漱，然後將官服往他身上一套，顧九思閉著眼，還在掙扎，葉世安和沈明一左一右架著他，同柳玉茹道：「玉茹，我們上朝了。」

「去吧，別讓他耽誤了你們的時間。」柳玉茹趕緊說。

顧九思終於睜開眼，開口道：「玉茹，我會早點回來……」

「走了！」

沈明扯著顧九思，三個人一起拖拖扯扯往外走。

顧九思有些不滿，嘟囔道：「不還有一刻鐘嗎？你們急什麼急？」

「別架我！我自己走！」

「我走得快！走得快的！」

三個人吵吵嚷嚷出了家門，柳玉茹看著，不免有些好笑。

印紅走過來，端了水道：「夫人，是洗漱還是睡會兒？」

柳玉茹笑了笑：「洗漱吧，今日去看看房子，替花容選個位置。再看看有沒有什麼其他好做的生意。」

印紅應了聲，端著水進了屋裡之後，詫異道：「夫人，昨夜裡你們煮麵吃了啊？」

柳玉茹聽到這話，就想起夜裡兩個人一起吃麵條的樣子，不由自主抿了唇，笑道：「嗯。」

「哦，」柳玉茹想起來，吩咐道，「以後夜裡睡前放些食材在廚房裡，方便煮麵用的。」

柳玉茹和印紅聊著天，顧九思一行人則是上了馬車。

這裡距離宮門極近，沒一會兒就到了皇城，三個人下了馬車，步行走向大殿。

冷風吹得顧九思清醒了許多，卻還是哈欠連連，他一面打著哈欠，一面詢問葉世安道：「昨日陛下留你說什麼啊？」

「帶我見了我叔父。」葉世安笑起來，眼裡卻是帶了幾分苦澀：「三個人吃了頓飯。哦，九思，」葉世安突然想起來，有些不好意思道，「過一陣子，我可能就要帶著韻兒搬回葉府了。」

「明白。」顧九思點點頭，「既然你叔父還好，自然是要回去的。」

「這才告知你……」

「沒什麼，」顧九思擺擺手，「也不耽擱我什麼。哦，有個事，我得和你說，」顧九思猶豫片刻，葉世安好奇地看過來，顧九思琢磨了一下，終於道，「洛子商來了。」

葉世安頓住腳步，轉頭看向顧九思，眼中帶了幾分震驚。

顧九思抿了抿唇，有些憂慮道：「我昨日遇到他了。」

「他還敢來！」葉世安冷聲開口，說完，便往大殿門口衝去，冷聲道：「我這就去找陛下。陛下正愁著揚州怎麼辦，剛好，他來東都，我們便此了結了他！」

「你別衝動。」顧九思一把拉住葉世安的手，有些頭痛道，「我就是擔心你失了分寸，這才提前同你說。洛子商不可能是來送死的，他來必然是帶著陛下不可能殺他的理由。」

葉世安愣住了，顧九思分析道：「陛下如今拿揚州沒辦法，洛子商必然是送辦法來的。今日朝會咱們可能就會見到他了，我便是提前同你說一聲，讓你到時候心裡有個準備，不要衝動。」

葉世安沒有說話，顧九思知道他心裡不服氣，饒是誰見著殺父仇人，都不可能泰然處之。葉世安再少年老成，也不過是個十八歲的少年。

顧九思嘆了口氣，拍了拍葉世安的肩膀道：「陛下若是打算保他，你別和陛下對著幹，給他下不來臺。路還長，以後有的是報仇的機會，你先顧好自己，別惹怒陛下。千萬別衝動，衝動輸的就是你了。」

葉世安依舊不出聲，顧九思正打算再說什麼，便見王弘走了出來，唱喝著讓所有官員列好隊，隨後宣布朝臣入殿。

顧九思和葉世安因為官職不同，分開列隊站著，顧九思不好再說什麼，心裡卻是放心不下來。

朝會照例先是東都的地方官員報告日常的情況，隨後將需要討論的事一件一件拿出來談。而這一日首要之事，便聽范軒道：「昨日與眾愛卿聊了揚州的事，今日便有了著落。昨個夜裡，揚州節度使王思水大人派了信使過來與朕商議，願歸順我朝，條件是三年內不動揚州上下官員職位，給大家適應時間。朕覺得這個條件不錯，諸位愛卿覺得如何？」

沒有人說話，片刻後，周高朗出列，高聲道：「陛下，臣也如此以為。揚州本不是必須攻伐之地，只要揚州願意給華國支持，暫時不管，對我們也沒什麼損失。」

「朕也是如此作想，」范軒高興點頭，隨後道，「昨日與朕談話的信使洛子商，在此事中出了不少力，朕覺得，如此人才，不該埋沒，想留洛公子在東都，任太子太傅，各位覺得如何？」

太子太傅。

這位子說重要不重要，但若說不重要，又絕對不是如此。

這是一國天子的老師，這個國家未來如何，很大程度與太子太傅如何有關。

顧九思皺起眉頭，稍微想了想，便明白過來，這個位子絕對不可能是范軒主動給的，應當是洛子商與范軒的協議，作為揚州歸順的條件之一。

如果是這樣，再爭執就沒了意義，於是顧九思乾脆沉默不語，假作什麼都沒聽見。

「那好，」范軒點點頭，看著沉默的所有人，高興道，「既然沒有人有意見，那就……」

「陛下，臣覺得不妥！」

范軒話沒說完，就被人驟然打斷，所有人朝著那聲音看過去，卻見葉世安一身湛藍色官袍，手持笏板，站在大殿之上，認認真真道：「陛下，臣以為，洛子商此人，決不可用！」

第三十一章　戶部

聽到這話，顧九思覺得有些頭疼。

不僅他頭疼，在朝堂上所有人，都覺得頭疼。

范軒出聲，周高朗附和，當權的人物都默不作聲，你一個七品官出來攪和什麼？

洛子商不適合當太傅誰不知道？可是范軒既然開了口，自然是有他自己的交易在的，這必然不是什麼能明晃晃放到檯面上來說的事情，葉世安這麼一阻礙，所有人都尷尬了。

范軒坐在高坐上，許久沒有說話，繼續問下去不是，不做聲也不是。而葉世安站在朝堂上，倔強著沒有動彈，一副拚死血濺大殿也要諫言的模樣，看得顧九思和沈明的心都揪了起來。

許久後，顧九思輕咳了一聲，走出來道：「陛下，臣與葉大人都出自揚州，自問對洛公子有幾分瞭解，洛公子才學有餘，但委任太子太傅，怕還有些不妥，還望陛下多加斟酌，不過臣與葉大人都還年輕，不如陛下思慮深遠，不過只是建議，望陛下考慮。」

這話雖然看上去是將自己和葉世安放到一起，可卻給了范軒一個臺階，將決定權放在范軒手裡，范軒面色稍緩，正打算說什麼，便見葉世安要再次開口。可這一次顧九思十分果斷，抬腳就踩到葉世安腳上，葉世安痛得差點叫出聲，卻又因儀態下意識緊閉了嘴，就這麼片刻之間，范軒便出聲道：「顧愛卿說得極是，這事朕再考慮一下。」

說完之後，范軒不讓所有人再議，揮了揮手，宣布下朝。

葉世安被顧九思踩瘸了腿，顧九思和沈明扶著他，一瘸一拐往外走去，等上了馬車，顧九思扶著葉世安坐下，勸著葉世安：「洛子商現在後面是揚州，陛下如今一心放在劉行知身上，肯定想著只要穩住揚州就可以了，不可能對洛子商做什麼，我知道你對洛子商心有芥蒂，可如今的確不是什麼出頭的好機會……」

「那什麼時候是？」葉世安突然出聲。

顧九思沉默不言，片刻後，他慢慢道：「世安，要有耐心。」

「我已經很有耐心了！」葉世安猛地提高了聲音，怒喝道：「我爹死的時候，我沒有說話，」葉世安紅了眼，盯著顧九思，「韻兒被小轎從後門抬進王家的時候，我也沒衝動。可如今不是在揚州，我不受他轄制，我身在東都！我叔父任御史大夫，我中書門下官員，你還同我說我要有耐心？這到底是耐心還是懦弱？我今日不阻他，日後又能阻他了？」

「他要做什麼你不清楚？我不清楚？太子太傅？他這是將賭下在了范玉身上，司馬昭之心路人皆知！他若真成了太子太傅，輔佐范玉登基，你我還能扳倒他？休想！」

馬車裡誰都沒說話，過了許久後，沈明慢慢道：「其實……我覺得世安哥說得挺有道理的。」

「那你們打算怎麼辦？」顧九思抬眼看向他們，平靜道：「陛下已經做了決定，你如今這樣當眾打他臉，今日沒丟官就是不錯的了，還想妄談其他？」

「那就眼睜睜看他如願以償平步青雲？」葉世安盯著顧九思：「顧九思，我以為你是血性男兒，沒想到懦弱如斯。」

顧九思被這話懟得哽了哽，隨後解釋道：「我不是……」

「對，你不是。」葉世安脫口而出，「因為死的不是你爹。」

話剛說完，馬車裡就安靜了下來。

沈明直覺覺得氣氛不對，葉世安也覺得不妥，他沉默下來，許久後，只是說了句：「對不住。」

馬車停了下來，葉世安捲起簾子，提前下了馬車。

沈明和顧九思坐在馬車裡兩兩相望，過了半天，沈明慢慢道：「我覺得吧……葉大哥，也不是什麼不好的意思。他只是氣狠了……」

顧九思聽了，笑了笑：「不用你說。」

他平和道：「我明白。」

說完他靠在車壁上，想了想，嘆息道：「他腿腳不方便，你先去扶他回房，我再想想。」

沈明應了聲便跳下了馬車，顧九思靠在車壁上，思索片刻，同外面駕車的木南道：「去周府。」

木南在外面回了聲「是」，馬車便重新動了起來。沒了多久，顧九思便聽木南道：「公子，到了。」

顧九思讓木南去遞了拜帖，很快周府就有了回應，顧九思跟著管家，熟門熟路到了周高朗的書房。

周高朗正在喝茶，見顧九思過來，周高朗笑了笑道：「我知道你今日要來。」

顧九思愣了愣，隨後趕忙行禮道：「屬下唐突了。」

「不妨事，」周高朗擺擺手，「坐吧，是為了洛子商的事吧？」

顧九思聽周高朗的話，坐到位子上，抿了抿唇，點頭道：「洛子商此人，大人應該有所耳聞。」

周高朗點點頭：「他的為人，我和陛下都清楚。」

「那將洛子商放在太傅的位子上，」顧九思斟酌道，「陛下是出何考慮？」

「這是洛子商的要求。」周高朗倒了茶給顧九思：「他成為太傅，三年不動揚州。這便是他的要求。」

「太子交給這樣的人，陛下不擔心嗎？」顧九思皺起眉頭：「那畢竟是一國之本。」

「陛下……」周高朗猶豫片刻，許久後，還是道，「陛下信得過太子。」

顧九思沒有說話，誰都覺得自己兒子是個寶，當年誰要和顧朗華說他廢了，顧朗華估計也得把對方廢了。

周高朗垂下眼眸，淡道：「而且，如今根本沒有時間考慮未來。就在十日前，劉行知已經自立為王，立國號為『漢』，昭告天下了。」

聽到這話，顧九思豁然抬頭。他突然明白范軒不惜一切代價穩住揚州的意圖了。

周高朗平靜道：「劉行知自詡漢室正統之後，以討賊之名四處徵兵。劉行知的土地幾乎沒經過戰亂，益州產糧沃土，荊州兵強馬壯，比起劉行知，如今我們北交北梁，南臨劉行知，滄州剛剛大旱而過，之前的戰局又都在大夏的國土之內，可以說是內憂外患，根本沒有同時對戰揚州和劉行知的能力。」

「所以，陛下是打算穩住揚州三年，等平了劉行知，再回頭收拾洛子商？」

顧九思思索著開口，周高朗點了點頭：「而洛子商估計也是想著，用這三年控制住太子，替自己鋪一條光明大道。」

「那陛下，是打算和洛子商賭太子了？」顧九思苦笑起來，周高朗也有些無奈，「正是如此。」

「下官明白了，」顧九思嘆了口氣，「陛下的心思，下官理解，可下官有句話，怕是有些大逆不道，但卻不得不問。」

「你說吧。」周高朗似乎是知道顧九思要問什麼。

顧九思盯著周高朗：「陛下的身體，撐得過劉行知嗎？」

周高朗沒說話，好久後，他慢慢道：「有太子。」

顧九思聽到這話，沉默片刻，許久後，他道：「能否請周大人幫個忙？」

「你說。」

「太子乃一國之本，所謂術業有專攻，只有一個老師，怕是不太合適。還請周大人同陛下說明，安排幾位太傅。」

周高朗愣了愣，顧九思認真道：「下官斗膽，想請周大人舉薦葉大人。」

周高朗聽到這話，轉念便明白了顧九思的想法。洛子商當太傅是攔不住，那乾脆大家一起當。其他大臣對洛子商可能不會這麼嚴加防範，但顧九思這邊的人卻是會嚴防死守，絕不讓范玉對洛子商有什麼好感。

本來這個最合適的人選是顧九思，可是顧九思的學問實在拿不出手，洛子商人品雖然差，但是也是章懷禮的關門弟子，而且文采斐然，頗有盛名。那唯一能和洛子商旗鼓相當的，就只有同為名師弟子、前朝新科狀元的葉世安了。

周高朗想了想，笑起來道：「你說得不錯，我會同陛下說的。」

顧九思從周高朗家中出來，已經是正午。他回到屋裡，柳玉茹正帶著人在看房子。

柳玉茹打算翻新房子，她審美一般，便找了葉韻陪她看著，葉韻打小教養長大，對所有東西都很挑剔，她跟著柳玉茹一路指指點點，給出了房屋翻新的法子。

柳玉茹和葉韻合計了一下，葉韻畫了圖紙，兩人便跑到市場上去，找到專門的人，領著到家裡來看怎麼修改。

柳玉茹見顧九思回來，同葉韻說了一聲，讓葉韻帶著人繼續看院子，便追著顧九思走了過去。

顧九思進臥室，柳玉茹上前去，從他手裡拿了衣服，溫和道：「我見葉大哥和沈明一早就回來了，你這是去了哪裡？」

顧九思有些疲憊：「去找了周大人。」

「可是發生了什麼事？」柳玉茹有些疑惑。

顧九思點了點頭，將事情說了一遍，說到後面，他嘆著氣道：「我突然明白以前為什麼總有人來勸我爹再生一個，說真的，我現在真的很想勸陛下再生一個。再生一個，我就不用這麼愁了。」

柳玉茹被他逗笑：「你也別這麼說，人總是能教的，你真當了太傅，說不定也覺得太子是個可造之材呢？」

顧九思聽得到話，輕嗤一聲，卻是沒有多說。他和范玉雖然交流不多，但揚州那狼心狗肺的少爺模樣，他可是記在心裡。

柳玉茹見他不喜范玉，也不再多談，只是道：「周大人說如今內憂，是不是糧食上的問題？」

說到這個，顧九思便認真起來，點了點頭道：「之前妳去滄州、青州、揚州收糧，固然解決了幽州的問題，可如今這些都是大夏的領地，便都成了問題。」

柳玉茹沒有說話，顧九思嘆了口氣：「未來和劉行知必然還有一戰，糧食怕是長久都是問題。」

柳玉茹想了想，猶豫道：「那我再去荊州和益州收一次糧？」

聽到這話，顧九思忍不住笑了：「如今妳柳老闆的名聲遍天下，怕是難了。」

柳玉茹知道顧九思說得沒錯，現下國家安定下來，她當初低價收糧的事情，大家也慢慢回過味來。

雖然還不清楚具體是誰，但所有人都知道，當初青滄揚三州的糧價動盪，都起於一個姓柳的年輕女商人。

她有了名聲，再想重複當初的行為去荊州益州收糧，怕到時候糧價一動，官府就要有所行動了。

柳玉茹沉默著，慢慢道：「也不能總是如此投機，我得想個長久的法子才是。人都上了前線，後面總得有人種地供應糧食。」

「這事妳慢慢想。」顧九思笑道：「想不出也沒關係，天塌了高個子頂著。」

柳玉茹笑了笑，片刻後，突然想起來：「望都那邊收成如何？」

去年顧九思到望都，安置了流民種地，冬日播下的冬麥，再過一個月也到了收割的時候，如今應當已經看得出長勢。提到這個，顧九思有些高興：「楊主簿寫了信，說比以往要產得多。之前我降低了望都的稅賦，但今年糧倉怕是要比以往要滿了。」

柳玉茹思索著，沒有說話，片刻後，她笑了笑，溫和道：「那我倒是得到望都買糧食了。」

兩人聊了一會兒，便一同去吃飯。

吃過飯後，柳玉茹回了書房，寫信給芸芸。

如今她正在安排將花容總部搬到東都來，同時也在和其他幾州聯繫，派人出去合作，將花容交給當地代理。

芸芸和花容裡的員工澈談了一次後，花容上下一心，效率高上很多，倒也沒有什麼讓人操心的。

柳玉茹聊完花容的問題後，想了想，又吩咐芸芸，讓她去打聽望都的糧價和地價，同時讓芸芸準備了好幾套花容的特製禮盒。

做完之後，她又去找葉韻，忙活著翻新這個房子。

顧九思看她忙忙碌碌，一直忙到夜深，不由得有些無奈，覺得這個夫人怕是比他還忙。

等到第二日，顧九思被沈明拖起來上朝，進了馬車，就看見葉世安坐在位子上。

他的神色比昨日平靜了許多，三個人的氣氛有些尷尬，等馬車動起來後，葉世安率先開口，有些尷尬道：「昨日……是我衝動，還望見諒。」

「不用這麼說，」顧九思笑了笑，「其實你說得也不錯，我們總不能什麼都不做。」

聽到這話，葉世安亮了眼，忙道：「你說的是，我昨日想過了，我該迂回一些的，洛子商當太傅，有他的理由，我們既然攔不住，不如不要攔，就給他當太傅，日後暗中下絆子。」

「你說得極是。」顧九思點頭道：「我昨日去找了周大人。」

「找周大人做什麼？」葉世安有些懵。

顧九思抬手，拍在葉世安的肩上，珍而重之道：「以後給洛子商下絆子這事，就交給你了。」

「什麼意思？」葉世安皺起眉頭。

顧九思將昨日的話說了一遍，葉世安愣了愣，片刻後，反應過來，有些激動：「這……這不好吧。」

顧九思擺擺手：「放心吧，看在你爹和你叔父的面上，這個面子，陛下會給。」

「我只有一個問題。」

沈明小心翼翼開口，顧九思和葉世安轉頭看過去，沈明慢慢道：「他的官，是不是比我大了？」

葉世安、顧九思：「……」

三個人到了宮裡，等到了早朝，果然如顧九思預料，宣布了洛子商作為太子太傅、葉世安是太子少傅的旨意。

這次葉世安沒有衝動，和洛子商一起領了聖旨。只是出乎意料的是，除了葉世安，范軒還安排了顧九思也作為太子的老師，同葉世安、洛子商、以及另外三位名師一起教導太子。

這個消息讓顧九思有些懵，等出了大殿，忍不住問葉世安，「你覺得我能教太子什麼？」

沈明趕緊舉手：「這個我知道。」

顧九思迷惑地看著沈明：「什麼？」

沈明一臉認真：「賭錢。」

顧九思哽了哽。

他已經許久沒有賭錢了。

「你別胡說了。」顧九思輕咳一聲，忙道：「我戒賭許久了。而且怎麼可能教太子這個？」

「那就真的沒得教了。」沈明嘆了口氣，「可憐啊，我們顧大人竟是一無所長，還不如讓玉茹嫂子過來，至少能教著打個算盤。」

「這你倒是說得沒錯的。」顧九思淡道，「我們玉茹幹什麼都好。」

「你真的沒救了。」沈明滿臉憐憫。

顧九思嗤笑：「連個媳婦都說不到的人怕才是真沒救。」

「你說誰？」沈明聽到這話，頓時來了氣。他捲了袖子便道，「你再這麼欺負人試試？」

「喲，打我呀？」顧九思挑起眉頭，「來啊。」

沈明聽不得他激，抬手就是一拳砸了過去。

顧九思手裡拿著笏板，也不還擊，只是一味躲閃，一面躲一面退，同時道：「真的，一無所長的哥讓著你你都碰不到我衣角。」

沈明更氣了些，出拳速度更快。顧九思往轉角處一躲，猛地撞上一個人，對方驚叫出聲，顧九思看著沈明拳頭過來，下意識一躲，沈明收拳不及，一拳砸到了對方臉上！

隨後只聽一聲驚叫，而後是呼啦啦一片：「公主！」

「殿下！」

「來人啊！」

整個場面亂成一片，顧九思和沈明嚇得趕緊跪在地上，而面前站了一個身著鵝黃色宮裙的女子，她青了一隻眼，眼裡含著眼淚，捏著拳頭，看著跪在地上的顧九思和沈明，一面哭一面道：「你們……你們誰是顧九思？」

顧九思聽到這話，心裡「咯噔」一下，下意識就道：「殿下，妳不是我打的！」

這話出來，沈明就慌了。

他拚命思索著，范軒是哪裡來的女兒，這又是哪裡來的公主？

侍女忙上來幫這位公主按住被沈明打青了的眼睛，怒道：「你們走路不長眼睛的嗎？衝撞了公主，還不趕緊謝罪！」

「對不住，」沈明趕緊開口，果斷道，「殿下，下官方才沒注意，妳打我一拳吧，對不起了！」

「你……」侍女還要說什麼，公主抬手按住侍女的手，目光卻是落在顧九思身上，遲疑了片刻，慢慢道，「你……你就是顧九思？」

顧九思皺了皺眉頭，跪在地上，恭敬道：「下官正是顧九思。」

公主沒說話，她打量著顧九思，饒是沈明這麼大大咧咧的人，也覺得氣氛有些不對。葉世安追了過來，看見這個場景，不由得愣了愣，侍女當場大喝：「大膽，見了公主還不行禮！」

葉世安聽到這話，趕緊跟著跪了下來，公主的目光落在顧九思身上，上上下下打量許久，顧九思有些忍不住了，出聲道：「公主殿下可是有事要問下官？」

聽到顧九思出聲，公主的臉紅了紅，鼓足了勇氣，張口道：「我……我叫雲裳。」

顧九思有些茫然，他看了葉世安一眼，眼睛裡寫滿了「她這是幹什麼」的詢問。而葉世安比他更茫然，回以「她這是幹什麼」的詢問。

雙方茫然片刻後，公主輕咳一聲，隨後道：「顧大人，本宮想與您單獨談一談。」

「殿下……」侍女出聲，有些擔心。

李雲裳抬手，止住侍女的話，小聲道：「就在這裡，我不走遠。」

說著，她看了顧九思一眼，便走到一旁。

顧九思猶豫片刻，終於還是站起來，跟著李雲裳走到邊上。

兩人距離旁邊人不遠，但壓低了聲說話，旁邊人聽不見。顧九思有些不自在，李雲裳站他面前，小心翼翼打量著他，慢慢道：「顧大人來東都，可知江尚書如何了？」

聽到這話，顧九思頓時凜了心神，他看著李雲裳，笑了笑道：「公主問這個做什麼？」

「你不用擔心，」李雲裳慢慢道，「我問這個，並沒有什麼惡意。以前……以前江尚書和我母妃關係很好的。」

顧九思愣了愣，他對江河在東都的關係網並不清楚，躊躇了片刻，斟酌著道：「殿下的母妃，是西宮太后？」

范軒繼位是在前朝太后的支持下繼位的。梁王幾乎殺盡了所有李氏繼承人，反而是公主並沒有什麼大事。而范軒入東都之後，也是得了太后支持，才能登基稱帝。太后如今只有一個女兒，那是放在眼珠子上疼愛，於是如今雖然改朝換代，但是范軒仍舊留住了前朝皇室的地位和稱號。

從李雲裳報出自己名字開始，顧九思便知道她是誰，卻還是詢問了這一遭，彷彿對東都的一切不清楚。而李雲裳不疑有他，點頭道：「對，以往江尚書常來同我哥哥還有母妃議事，我們常見。」

顧九思點了點頭，沒有多說。公主猶豫片刻，接著道：「我知道他如今在獄中，不知顧大人可有搭救的意思？」

顧九思聽到這話，終於正視李雲裳。李雲裳極不習慣被男子這樣看著，臉有些紅了起來，她扭頭看向旁邊，故作鎮定道：「我知道顧大人如今不信我，但我的確是有心幫助江尚書。」

「公主為何……」顧九思遲疑著，慢慢道：「如今和我舅舅沾上關係，可不是什麼好事。」

「你若沾上關係，那自然不是什麼好事。」李雲裳笑了笑：「可若是我母后出面，便不一樣了。但如果我母妃特地出面也不太好，所以這次要勞煩顧大人想個法子，讓陛下能夠重審江尚書的案子。我會和母后證明，江尚書當年的確沒有和梁王謀逆。」

聽到這話，顧九思皺起眉頭：「若太后能證明此事，當初為何不早些證明？」

李雲裳嘆了口氣：「顧大人，這罪有沒有，看的並非能不能證明，而是陛下的心思。」

顧九思明白李雲裳的意思，當初江河可能真的並沒有參與梁王的案子，但是先皇一心想要扳倒梁王，自然不會留下任何與梁王相關的人。江河的女兒是梁王的側妃，就算沒有實證，這樣的牽扯，也足夠讓皇帝警惕。

顧九思腦子轉了轉，便明白過來。如今李雲裳來找他，必然是受了太后的指使，而太后來找他，看的怕是他顧九思的面子。

顧九思心裡捋清了因果，便放下心來，恭敬詢問道：「那太后的意思，是希望下官做什麼呢？」

「陛下得重審江大人的案子，可是這個由頭不能單獨提出來，得由陛下自己主動提起江大人的案子。陛下提了，來宮中詢問母妃，母妃自會作答。」

顧九思明白李雲裳的意思，點了點頭：「下官明白了。」

說著，顧九思躬身道：「下官先謝過公主。」

「不必的，」李雲裳忙道，「本也是應該的。」

聽到這話，顧九思輕笑起來，溫和道：「公主本不用理會此事，這份恩情公主不必多說，下官明白。」

話說到這份上，李雲裳也不多說，看了看旁邊等著的人，小聲道：「顧大人明白，那我也不多留了，顧大人慢走。」

顧九思點了點頭，和李雲裳恭恭敬敬行了禮，便轉身離開了。

這次顧九思不和沈明鬧了，三個人規規矩矩出了宮，李雲裳紅著臉回頭，看了三個人的背影一眼，侍女看著李雲裳笑著道：「公主莫看了，三個都俊得很。」

李雲裳聽到這話，用扇子敲了敲侍女的頭，柔聲道：「滿口荒唐話，也不知慎言。」

侍女笑嘻嘻沒說話，李雲裳卻不見惱怒，她手裡持著團扇，轉頭瞧向天邊浮雲，抿唇輕輕笑了笑。

顧九思三個人出了宮裡，葉世安便道：「公主方才同你說了什麼？」

「你猜。」顧九思挑了挑眉，不說出來。葉世安皺了皺眉頭，片刻後，他認真道：「九思，你不能對不起玉茹。」

「你可不能瞎說！」顧九思聽到這話，趕緊回頭，滿臉認真地解釋道，「我和公主談的是正事，你可別給我胡說八道，尤其是別在玉茹面前胡說八道！」

「那你方才到底是在說些什麼？」沈明疑惑。

顧九思這次不藏了，趕緊將事情原原本本解釋了一番。葉世安明白過來，點頭道：「太后也是有心了。」

「早不有心晚不有心，」顧九思撣了撣衣袖，「我一來東都就想起我舅舅，的確是有心了。不過人嘛，也沒誰就得對誰好，人家願意幫你就是情分，這個情分我記得。」

顧九思同葉世安說著，葉世安放下心來，點了點頭，卻是道：「那你可想好了法子？」

顧九思沒說話，他想了想道：「且不急，我去看看什麼個情況吧。」

三人一行回顧府，葉韻正帶著人刷牆，柳玉茹在屋裡，看著從望都寄過來的帳目。

柳玉茹拿著算盤，啪啪盤算著什麼，顧九思進了屋，聽著算盤聲，高興道：「我家柳老闆又在算什麼啦？」

「今年望都冬小麥產量好，望都的糧價怕是要降，我打算收一批糧，往滄州和東都這邊送過來。」柳玉茹說著，低著頭道：「還有花容，如今我去問了，在東都貴族圈裡賣得不錯，我打算將花容總店搬遷到東都來，今日我去看好了鋪面，交了定金。」

顧九思聽她說著，坐到她身邊，柳玉茹一心沉浸在自己的世界裡，接著道：「我還琢磨著，想在東都買幾套房子，讓葉韻打整一下，專門出租出去。如今東都剛經歷戰亂，我去問過之前的價格，現在的房價還算便宜，等以後東都恢復了過往的人口，怕是更難買了。」

「嗯。」顧九思靠著她，懶洋洋道，「都聽妳的。」

柳玉茹抬眼看他，有些無奈道：「哪兒能都聽我的，你可是一家之主。」

「我不是。」顧九思果斷開口，「我是吃軟飯的。」

軟飯吃得這麼理直氣壯，柳玉茹也是生平僅見了。

柳玉茹抬手戳了戳他的額頭，低下頭沒說話，繼續算帳。顧九思靠著她，柔和了聲將白日裡的事情說了說。柳玉茹聽到他要將江尚書救出來，有些擔心：「這應當不會影響到你吧？」

「若是我刻意請陛下重審此案，怕陛下會疑心是我在這裡推動此事。我們需得想個法子，讓陛下主動問起來。」

顧九思皺起眉頭，說了這話，便沒再多說了。

柳玉茹認真想著，夫妻倆陷入了僵局。這時外面傳來敲門聲，印紅站在門口，恭敬道：「夫人，有拜帖送進來。」

「拿過來吧。」柳玉茹回頭，朝著印紅伸了手。

印紅拿著拜帖送了過來，柳玉茹一面拆著帖子，一面道：「是誰送來的？」

「是個太監，說什麼公主舉辦了一場宴席，希望夫人出席。」

「是哪位公主？」柳玉茹打開了帖子，心裡卻是有了底。

果不其然，印紅開口道：「說是雲裳公主。」

柳玉茹轉頭看向顧九思，顧九思盯著拜帖，他察覺到柳玉茹的目光，下意識回頭道：「妳看我做什麼？」

片刻後，他猛地反應過來柳玉茹的意思，睜大眼道：「和我沒關係，我和她真的沒有半分關係！」

柳玉茹看見顧九思像一隻被踩了尾巴的貓一般跳起來，不由得笑了：「我都還沒說什麼，你這麼激動幹什麼？」

顧九思被這麼說，頓時有些氣短，他訕訕地坐下來，低聲道：「妳這眼神看得我發毛，我不是害怕嗎？」

柳玉茹抬手戳了他：「做賊心虛。」

「我真沒有。」顧九思有些委屈。

柳玉茹不和他多做糾纏，同印紅回話道：「妳回去同來使說一聲，我過些時日會去的。」

印紅應聲下去，柳玉茹轉過頭盯著顧九思看，顧九思鼓著眼睛看她，兩人對視許久後，柳玉茹「噗嗤」笑出聲，留了句「做賊心虛」，便起身去做事了。

顧九思念著江河的事，不敢冒進，只是托了葉世安，偷偷去牢獄裡打聽了一下。江河如今被關在裡面，因為沒有人注意，也就正常過活，沒有什麼刑罰，日子過得還行。顧九思讓人送了銀子給獄卒，往牢房裡帶了些被子，改善一下伙食，顧九思才放下心來。

江河的事情必須要提，但不能他提，得皇帝主動問。顧九思白日裡盤查了帳目，帶著帳目去了戶部尚書陸永那兒時，還在惦記著這事。

如今新朝初建，一切都還在重新清點，戶部的任務是最重的，當務之急，一方面清點庫存，另一方面就是要安撫戰後的百姓。安撫百姓這件事，各地方縣衙有了自己的應急預案，清點庫存變成了戶部最緊要的事。

前朝的帳本，顧九思和所有人一一清點，時至今日才清點清楚，他抱著帳本，站在陸永面前，認認真真彙報結果。

陸永看上去年近七十，頭髮花白，但精神卻是極好。他是范軒手下的能臣，過往在幽州主管財稅之事幾十年，極受范軒信任，如今范軒培養顧九思，其實就是為了接陸永的班。

這人不僅是顧九思的上司，更要算半個師父，畢竟范軒多次說過，要他「帶一帶」顧九思。

所謂帶一帶，便就是該教的都得教到。

但陸永在范軒面前滿口應是，回頭便彷彿什麼都忘了，和顧九思幾乎沒什麼交流。

顧九思將帳目彙報完畢，陸永一頁一頁翻看過去，最後慢慢道：「點清楚就好，你也累了，先下去吧。」

顧九思愣了愣，帳點清楚了，下一步就該拿著這些帳目去查庫房盤點了，他已經做好準備，沒想到陸永就讓他回去了？

顧九思有些茫然，抬頭看向陸永，疑惑道：「大人不去盤點庫房？」

陸永拿著帳本，皺了皺眉頭，抬眼看向顧九思，不滿道：「我既沒讓你查，你多問這些做什麼？」

「顧大人果然想的多些，」倉部司郎劉春笑起來，但眼裡卻沒有半分笑意，只是道，「陸大人都沒想起來，倒是顧大人先想到了。顧大人要查倉部，也該提前說一聲才是。」

顧九思聽著劉春的話，明白劉春這是在找他麻煩。

陸永沒想到，他卻想到了，這明顯是說他的不是了。

他沉默片刻，慢慢笑起來：「替大人分憂，本來就是下屬該做的，難道一定要打一下才動一下，陸大人得多累啊？人畢竟是人，又不是騾子，不罵不動，這不是賤得慌嗎？」

「你說誰是騾子？」劉春沒想到顧九思卻是半點顏面都不留，張口就懟，不由得有些氣急敗壞。顧九思一臉迷茫道：「我說騾子，又不是說你，劉大人你激動什麼？」

「你……」

「顧大人這樣好的口才，留在戶部可惜了。」陸永終於說了話，他放下帳本，抬起眼來，平靜地看著顧九思，慢慢道：「陛下常誇顧大人天資聰慧，乃可造之材，日後戶部棟梁，可我瞧著顧大人在戶部不大合適，去御史臺倒是極好的，不如我同陛下諫言，讓顧大人去御史臺吧？」

顧九思聽到陸永的話，終於沒有出聲。

他靜靜看著陸永，迎著陸永平靜的眼神，許久後，顧九思輕笑起來：「勞煩大人費心了。大人確定今日不去庫房盤點了？」

「去，」陸永淡道，「但這與顧大人沒什麼關係，本就是倉部的事，老朽帶著劉大人去就行了。」

「下官明白。」顧九思恭敬道：「那下官告辭了。」

顧九思作揖離開，等他走後，劉春「呸」了一聲，朝陸永道：「什麼玩意兒，看他那得意樣，不就是仗著陛下寵愛，你看看他，還把您放眼裡嗎？」

陸永沒說話，他起身淡道：「去盤點庫銀吧。」

說著，陸永神色裡帶了幾分警告：「都吩咐下去了嗎？」

「都準備好了，」劉春低聲道，「就等您去查銀。」

陸永點點頭，領著劉春離開去。

顧九思回到自己桌邊，低下頭去，原本還在看下面傳上來需要處理的文書，看了片刻後，他心裡憤憤，抓了紙來畫了兩個大王八，寫了陸永和劉春的名字，總算消氣了。

因為畫王八的時間長了些，耽擱了做事，等入夜後，他才從戶部離開，出門的時候發現同僚都走了，不由得詢問守門的太監道：「陸大人今日不是盤點庫銀去了嗎，這麼快就走了？」

「早回去了。」守門的太監擺擺手：「就您最晚了。」

顧九思點點頭，始終覺得有些奇怪。

回到家裡的時候，柳玉茹也才剛回來。芸芸即將帶著花容的人來東都，柳玉茹和葉韻開始尋找店鋪、裝潢，忙得不亦樂乎。

顧九思夜裡洗著腳時，和柳玉茹說了這話：「這糟老頭，每日來的時候就說自己年紀大體力不濟，起的晚些，走的時候又比誰都跑得快。事做得最少，話說得最多，這麼大把年紀了，不好好養生續命，跑來摻和年輕人的事做什麼？」

柳玉茹聽著他抱怨，遞了帕子給他，顧九思擦了腳，感慨道：「不過老頭子還是厲害，四千萬兩庫銀，一下午就清點完了。也不知道是什麼法子。」

「你說什麼？」柳玉茹對錢向來敏感，聽到這個數字，不由得驚詫出聲，「四千萬兩一下午就點完了？」

「啊，對，」顧九思點點頭，「妳這是什麼神色？」

「不可能，」柳玉茹皺起眉來，「就算把你們整個戶部的人加上，也不可能一下午清點完四千萬，他這是忽悠別人沒盤點過銀子呢。」

顧九思聽到這話，心裡咯噔一下，停住了動作，抬頭道：「妳確定？」

「絕對不可能。」柳玉茹翻了個白眼，「你不知道那時候我從揚州裝錢上船，清點了多久。」

顧九思沒說話，他皺眉想著什麼，柳玉茹低頭折著東西，一面折一面同他嘮叨些瑣事。

顧九思懷揣著事，等第二日，他早早去了戶部，便去找了陸永。

陸永見到他沒什麼好臉色，進屋道：「顧侍郎有何貴幹？」

「大人，」顧九思笑著道，「昨日盤點可還順利？」

「嗯。」陸永應聲，「順利，顧侍郎有事？」

「庫銀四千萬呢。」顧九思提醒道，「就昨日一天時間，下官怕您沒盤點完，想問今日可有什麼能效勞的？」

「沒有。」陸永果斷道，「回去做事吧。」

顧九思笑著退下，等出了門，他就冷下臉來。

等到下午，范軒單獨召見陸永，詢問此次戶部查帳之事，等陸永回來之後，顧九思左思右想，下午回家時，便同葉世安道：「世安，你不是經常見著陛下嗎？」

葉世安在中書門下，因為文采出眾，時不時會幫范軒起草一些文書。

葉世安聽到顧九思的話，皺眉道：「你打算做什麼？」

「你找個機會，幫我問問，」顧九思看了看周邊，「咱們國庫還有多少銀子。」

「這你不最清楚嗎？」葉世安笑起來。

顧九思也不答，只是道：「幫我問問，謝了。」

葉世安雖然沒答應，卻放在了心上，他知道顧九思不會無緣無故就來問這些話，第二日便同范軒說起來。范軒淡道：「咱們國庫還剩三千萬兩白銀，得省著些花了。」

葉世安將數報給顧九思，顧九思皺起眉頭，他沒說什麼，只是等到回家時，他沒走，就在戶部來回晃悠。看著大家都走了之後，趁著夜色，趕緊繞到國庫門口。

顧九思本想，依照著他的身手，進入國庫看看，豈不是易如反掌？

他這麼想，也這麼做，甚至還帶上了沈明和葉世安，三個人一路小跑攀爬躲避守門的人，衝到國庫旁邊。

他讓沈明去吸引守門人的注意，隨後一路狂奔，即將衝到國庫門口時，突然被兩個衝出來的壯漢一左一右抓住手架了起來。

「顧大人，」其中一個壯漢道，「您這是要做什麼？」

顧九思被兩個人架在半空，擠出笑容，勉強道：「我，溜達溜達。」

說著，顧九思推開兩人，陪笑道：「二位好好看守，在下先走一步了。」

顧九思一面退一面說，見兩人沒有反應，他便趕緊回去了。

回到家裡，他一直惦記著這事，同柳玉茹一面抱怨，一面嘀咕道：「他們肯定有貓膩，但陸永是皇帝面前的寵臣，我得拿著證據。」

柳玉茹看著他志在必得的模樣，不由得笑了：「你這是在報復他說你？」

「我是這麼小氣的人嗎？」顧九思果斷開口，他甩著懸在腰間的玉佩，琢磨著道，「我只是覺得，這個案子若要查，我舅舅，自然是關鍵了。」

「如何說？」

「我舅舅是從戶部調入吏部的。原戶部尚書人已經從城樓上跳下去了，只有我舅舅對庫房最清楚。」

顧九思思索著，突然想起什麼來：「妳明日是不是要參加公主宴會？」

「是啊。」

柳玉茹隨口應聲，顧九思猛地拍掌，高興道：「我明白了，明日妳去和陸夫人聊聊。」

第三十二章　公主宴

於是這場宴會便帶著任務了。

柳玉茹讓人準備好禮物，第二日便領著人去了宴席。

她隨意讓人駕了馬車過去，宴席設在城郊，那裡有一片當年皇帝御賜給雲裳公主的園林，柳玉茹出城時，便注意到城門口陸陸續續有華貴馬車往城外而去，平日東都鮮少有這樣的馬車出行，馬車鑲金嵌玉，又或是做了特殊的浮雕，看上去又大又平穩，帶著主人姓氏的木牌在車頭懸著，每個木牌都有著獨特的設計，線條流暢漂亮，似乎也是一種無聲的比拚。

到了宴席地點門口，便都是這樣的馬車排著隊了，柳玉茹的馬車普普通通，看上去沒有任何特別之處，也就是比平民人家的馬車大上一圈，夾在這些馬車裡，便顯得有些寒酸。

旁人早早看見這輛馬車，許多夫人小姐被攙扶著從馬車上下來時，不由自主看過去，小聲詢問一句：「這是哪戶人家？」

然後看見車頭木牌上的「顧」字之後，露出了然的神情，抿唇笑笑，也不多說。

柳玉茹剛到馬車隊伍裡，便察覺到問題，她皺了皺眉，沒有說什麼，拿著團扇有一搭沒一搭搧著風，掀了車簾看著外面。

印紅後知後覺察覺情況不對，等接近門口時，印紅小聲道：「夫人，咱們今日來，是不是寒酸了些？」

柳玉茹搖著扇子，平靜道：「別慌，假作什麼事都沒有就是了。」

印紅應了聲，見柳玉茹鎮定，心裡便安定了些。

其實柳玉茹也有些不安，但是大風大浪過來了，這樣的場面，只需少說話、少做事，靜靜坐上一日，便可回去了。

她觀察起這些東都女子的衣著打扮。

這些貴族女性，她們時間多、錢多，恰好是東都最優質的一批客戶，只是她們不大出門，少有接觸她們的機會，柳玉茹怎會放過？

想到這些人的銀子，先前那份不安突然消失了，轉而是心中一種難以言說的躍躍欲試。

馬車到了大門口，柳玉茹掀了簾子，從車裡走了出來。許多人都挑了簾子探出頭，想看看這馬車裡的主人是誰。

柳玉茹穿著淺藍色的春衫，儀態從容，倒是半點沒得挑，但所有女子一眼就能看出來，這全身上下，沒有半件值錢的東西，於是哪怕容貌姣好、儀態端方，在眾人眼裡，便成了小門小戶費盡心機養出來的姑娘了。

再加上那馬車上的姓氏，少不了就多了句，「幽州那地界來的，果然還是登不上檯面。」

柳玉茹從馬車上下來，由侍女領著往院子裡走去，坐到宴席上。宴席的位子是按照這次來的女子身分所安排的，顧九思作為戶部侍郎，算不得低，於是柳玉茹的位子也就在前面些。柳玉茹讓印紅給侍女二兩銀子，侍女這才笑起來，朝柳玉茹福了福身子道：「夫人有事可以喚奴，奴婢思雨，在宴席上當職。」

柳玉茹笑了笑：「今個兒得勞煩您了。」

思雨現下心情極好，恭恭敬敬和柳玉茹說了幾句，這才下去。

等思雨走後，印紅替柳玉茹倒著酒，小聲道：「這東都的奴才，都見錢眼開。」

柳玉茹用團扇敲一下印紅的頭：「休要胡說這些。」

印紅撇了撇嘴，柳玉茹掃了周邊一眼，便看見了周夫人。周高朗如今在朝中任樞密使，掌全國軍權，周夫人的位子自然是在最前排。周夫人身邊還有一批幽州來的高官家眷，柳玉茹便起身，先問候了周夫人。

周夫人看見柳玉茹，笑了笑道：「玉茹也來了？今日公主這宴席，人是齊全了。」

柳玉茹笑著應了聲，被周夫人招呼著坐過去。

她在幽州時，原本就同這些夫人關係好，這些夫人見她來，便同她聊起花容新出的香膏。柳玉茹跟她們介紹了花容新的產品後，又道：「花容很快就要在東都開店了，這次我請了些師傅，還做了些飾品，今日帶了些，等走的時候，讓人來送給夫人們。」

這些夫人聽到這話，喜笑顏開，隨後道：「玉茹做生意也不容易，哪裡有白白送的。」

「能送給夫人，為夫人所用，我都恨不得去當盒香膏了，這是福氣。」

這話讓所有人笑起來，吹捧自然是讓人舒坦的。柳玉茹坐了一會兒，見人來多了，便起身同周夫人告退下去。

印紅有些疑惑：「您不再聊一會兒？」

柳玉茹笑了笑：「咱們畢竟是在東都生活的。」

「嗯？」印紅有些不明白。

柳玉茹搖著扇子：「一個人若是固定了圈子，圈子外的人自然會主動遠離，覺得妳排斥他。同周夫人在一起久了固然好，但也就融不進東都了。」

印紅有些懂了。

兩人說著話，人越坐越多。

沒多久，一個身材豐滿的女子坐到柳玉茹身邊的位子，一面坐下，一面和旁邊侍女抱怨著，「這位子怎麼安排的，我要和張夫人坐一塊兒。」

柳玉茹轉過頭去，看見那女子似是神色不耐，柳玉茹笑了笑，朝那女子道：「夫人可是有熟悉的朋友？」

「妳是？」對方疑惑。

柳玉茹抿唇道：「我姓柳，夫家是戶部侍郎顧九思。」

對方聽這話，愣了片刻後，便笑了起來，只是笑容裡帶了幾分譏諷，「原來是大紅人顧大人的夫人，久仰。妾身夫家您大概不知道，他姓劉……」

「可是倉部司郎劉春劉大人？」柳玉茹笑咪咪出聲。

劉夫人笑起來：「您竟也是知道的。」

「劉大人為官勤勉做事精幹，深得同僚稱讚，我也有所耳聞。」

聽得這些誇讚，劉夫人面上神色好上許多，也不提換位子的事情了，只是和柳玉茹閒聊。

柳玉茹存著向劉夫人打探消息的心思，便同她聊起她身上的衣服來：「您身上這布料，應當是上好的絲綢了。」

「雪蠶絲，」劉夫人嗑著瓜子，眼裡帶了幾分炫耀之意，「聽過嗎？」

柳玉茹聽到這話，眼裡滿是震驚，高聲道：「竟是百兩一匹的雪蠶絲！」

劉夫人很高興看到柳玉茹這土包子樣，便同柳玉茹誇讚起來：「其實也就這樣吧，這一身都是雪蠶絲的布料做的。我皮膚薄，怕了那些粗布，劃得皮膚疼。」

「那您真是天生的貴人命了。」柳玉茹趕緊道，「註定要穿這樣好的綢緞的。」

「也就一般吧，」劉夫人高興起來，她抬起手，「見這鐲子了嗎？」

柳玉茹故作不識：「這是？」

旁邊一位夫人一直聽著兩人說話，實在有些忍不住了，用團扇遮著臉，低低笑出聲。

柳玉茹和劉夫人一起看過去，柳玉茹滿臉疑惑，劉夫人卻是有些不滿了，怒道：「妳笑什麼？」

那夫人擺擺手，忙解釋道：「只是想起些趣事，姐姐莫要誤會。」

「妳分明是笑話我！」劉夫人不高興起來，那夫人見狀，趕忙道，「誤會，真的是誤會。」

旁邊一個看戲的瘦臉夫人插嘴，笑著道：「劉夫人，她不是笑話您，是笑其他人呢，您別誤會了。」

劉夫人聽到這話，明白了，柳玉茹笑著沒說話，假裝沒聽懂這些人的意思，接了劉夫人的話頭道：「是暖玉吧？」

「喲，」旁邊的瘦臉夫人有些驚訝，「還知道暖玉呢？」

柳玉茹看過去，疑惑道：「這位夫人是？」

「這位是葉夫人，」劉夫人解釋，「御史中丞葉大人的妻子。」

柳玉茹聽到「葉」姓，不由自主多看了一眼，點了點頭行禮之後，便不再多說。

後續夫人們加進來，便個個同柳玉茹炫耀起來，彷彿她真的是個幽州來的土包子，尤其是劉夫人，時不時夾槍帶棒針對一番，而旁邊的葉夫人便跟著說上幾句。

「妳從幽州來的，應當知道花容吧？」劉夫人說著。

有些驕傲地開口，柳玉茹愣了愣，隨後溫和地笑起來：「知道的。」

「那妳有用嗎？」

「用一些。」

「花容今年新出的那款黃金牡丹的香膏很好用，妳可以試試。」

劉夫人剛說完，旁邊的夫人們都笑起來。

「這可就為難顧夫人了，」葉夫人笑起來道，「這可是花容今年最貴的一款了吧，顧大人剛擔上戶部侍郎，聽說之前家裡在揚州也是居家逃亡而出，怕是沒這個銀子讓顧夫人享這種富了。」

這話說出來，眾人就笑出聲，就在這時候，外面傳來喧鬧聲，是李雲裳來了，所有人站了起來，給李雲裳恭敬行禮。李雲裳一路同所有人說著「都是姐妹，請起吧」，一面朝著周夫人等人疾步走去，隨後給周夫人等人行了禮。

公主來了，這宴席總算正式開始了。

東都貴族圈的宴席和揚州比起來，富麗有餘，趣味不足，熟悉的人各自坐一塊說話，柳玉茹在坐位上聽著。酒席到了下半場，劉夫人喝了些酒，正同陸永的夫人說著話，突然笑道：「您瞧顧夫人那身衣服，您家下人都比她穿得好呢。」

她喝了酒，這話聲音不小，話出來，宴席上突然安靜了，柳玉茹抬眼看過去，劉夫人有些尷尬，這時候陸夫人輕笑出聲，拍了拍她的肩道：「妳醉了。」

說著，陸夫人看向柳玉茹：「她醉了，說話不當事兒，顧夫人別放在心上。」

旁邊的人陸陸續續笑出聲，都不當回事，周夫人皺起眉頭，正想說什麼，就聽柳玉茹一臉豔羨地看著陸夫人道：「這倒是沒什麼的，玉茹只是想著，陸夫人家中的僕人都過的這樣好，陸夫人一定是極其和藹善良之人了。」

聽到這樣的吹捧，陸夫人放下心來，語氣好了許多，心裡對柳玉茹的軟弱帶了幾分輕慢，應聲道：「倒也沒有妳說得這樣好，只是給他們穿得好些，他們也會盡心盡力做事。」

「那陸大人真是豪氣啊，」柳玉茹感慨道，「我這一件衣服便是二兩銀子，陸家下人都能有這樣的衣著，想必陸大人的月俸，一定很高吧？」

聽到這話，陸夫人的臉色頓時變了。柳玉茹低頭喝茶，慢慢道：「不過也不怪，陸大人在幽州還是有些產業的，這些我們都知曉。不過劉大人家中算不上什麼豪門大族，全靠自個兒走到今日，想來倉部司郎的的月俸一定很高，方才這一身行頭，」柳玉茹上下笑咪咪看著劉夫人，彷彿盤點倉庫一般，慢慢道，「金釵、暖玉、雪蠶絲，花容最新的香膏……這一套下來，幾百兩銀子，怕是少不了吧？」

所有人不說話了，目光都落在劉夫人身上。

這裡在座許多人，都是出自豪門大族，有錢無甚稀奇，但是劉春卻是實打實從底層自己爬上來的官，以往大家不說，是都給了面子，這畢竟是女人的聚會，不是朝堂政客間的廝殺。可柳玉茹卻是不給半點面子，一雙眼裡含著笑，卻彷彿帶著刀一般，瞧著劉夫人，柔聲道：「我夫君雖是戶部侍郎，但遠沒有劉大人這樣的闊綽，不知劉大人有什麼生財之道，還請劉夫人賜教一二，不然我一件衣服還沒陸夫人府上一個侍從貴那也太不體面了不是？」

劉夫人不敢應話。

她酒醒了，腦子清醒無比，迎著所有人——尤其是周夫人的眼神，她立刻知道，自己惹了大禍。

陸夫人趕緊朝她使眼色，她冒著冷汗，過了許久，終於想出應對來，勉強笑道：「顧夫人說笑了，哪兒有這麼貴？」

「沒有？」柳玉茹笑起來：「花容黑金香膏，一盒便是二十兩銀子了，您這一身行頭，」柳玉茹抬手掃了一下劉夫人全身，「總不至於都是假的吧？」

劉夫人有些掛不住笑了，還是得艱難道：「竟是讓您看出來了。」她脹紅了臉：「其實說起來也怕人笑話，但如今顧夫人誤解了，我也只能解釋了，這一身的確是我吹噓的，沒想到顧夫人這樣較真……讓大家見笑了。」

聽到這話，柳玉茹恍然大悟，忙道：「那著實對不住姐姐，我不知道啊。」說著，柳玉茹嘆了口氣：「您也是，銀錢都是身外之物，我們身為大人的女眷，有，那是福分，就像諸位夫人出身好，命好，這些衣服首飾配著，都是錦上添花。可是我們這樣的普通人，何必強爭這個面子呢？」

「顧夫人說的是。」劉夫人咬牙道：「是我錯了，讓大家誤會。」

「也是我錯了，」柳玉茹忙道，「我當先問清楚姐姐的。」

這一聲姐姐叫得劉夫人犯噁心，但她還是強撐著賠著笑。

「好了好了，」座上李雲裳終於出聲，「都是來耍玩的，何必這麼認真呢？顧夫人也不必太過追究了。」

李雲裳開口說了這話，柳玉茹不由得轉過頭去，坐上女子生得極為美麗，似是冰雕玉琢，因為身居高位，少了幾分她這樣市井摸爬滾打出來的世俗氣。

她看過去時，李雲裳正巧瞧了過來，兩人對視之後，靜靜看了對方片刻，李雲裳率先點了點頭，扭過頭去。

柳玉茹有一種說不出來的感覺，那一瞬間，她突然感受到難以言喻的，自己似如塵埃的感覺。

這種感覺讓她有些低落，但她沒有說出來。

她只是坐下來，沒再出聲。

等宴席完畢，柳玉茹陸續認識了幾個人，終於離場。

早春還有些寒冷，柳玉茹驅車回去，坐在馬車裡，有些睏頓。馬車行了一半，突然停了，她有些迷惑怎麼停了，正要開口，就看見一個白衣公子突然捲簾進來。

寒氣讓她清醒幾分，不由得詫異，「郎君？」

顧九思坐到她身邊，同外面駕車的人道：「回家吧。」

馬車重新噠噠而行，顧九思回過頭，同柳玉茹道：「我今日事少，早早回了家，妳又不在，我心裡就掛記著，左想右想，就想來接妳。直接去公主府吧，我又擔心人家笑話妳，便在半路等著，我等啊等，等了馬車一輛又一輛，可算把妳等來了。」

柳玉茹聽到這話，不知道怎麼的，白日裡委屈也好、憤怒也好、感慨也好，突然都消散了，她抿唇看著面前人，笑著道：「那你等多久了？」

「說久不久，說不久也挺久。」

「怎的呢？」柳玉茹眨眨眼。

顧九思笑起來，他一手撐在馬車車窗上，手虛握成拳，頭輕輕靠在那拳頭上，另一隻手轉動著手上紙扇，似是哪家浪蕩公子一般，含著滿是春意的笑容道：「等得不久，可妳不在，一刻也覺得似如天長地久。」

他說這話的樣子沒有半點正經，柳玉茹忍不住推了推他道：「你就知道說這些話哄我。」

顧九思抬手握了她的手，放在自己心口道：「是哄妳還是真心，妳來摸摸？」

「我摸不出來。」柳玉茹笑著回答。

顧九思探過身子，瞧著她，放低聲道：「衣服遮著了，妳探進去摸摸？」

柳玉茹愣了愣，片刻後，她反應過來，不由得道：「顧九思，你真是太過猛浪了。」

「這句話妳說太多遍了，」顧九思撇撇嘴，「我也沒否認過啊。」

柳玉茹推了他一把，顧九思握著她的往衣服裡探，耍著無賴道：「來來來。」

「顧九思！」

柳玉茹哭笑不得，顧九思和她耍鬧著，將人抱過來，擁抱在一起之後，兩人便不再出聲了，過了片刻後，顧九思慢慢道：「為什麼不開心？」

「嗯？」柳玉茹有些疑惑：「我怎麼不開心了？」

「方才我進來，覺得妳不高興。」顧九思認真開口。

柳玉茹詫異於這個人的敏銳，瞧了他片刻，慢慢笑起來，柔聲道：「沒有不開心，只是在想一些事情。」

顧九思見柳玉茹不說，不再問，等回到家裡，顧九思趁著柳玉茹洗漱的時間，將印紅攔了下來，站在門口問了一遍：「今日宴席上怎麼了？」

印紅本就氣惱著，聽到顧九思問，忙將白日裡的事說了一遍。顧九思皺眉聽著，末了，印紅嘆了口氣道：「夫人就是脾氣太好了。」

顧九思應了一聲，隨後道：「好好跟著。」

而後他沒多說，便轉身離開了。

他自個兒在院子裡站了片刻，也沒回去，沈明大半夜逛院子溜達著過來，看見顧九思站在院子裡，不由得道：「喲，我的親哥哥，你大半夜站這兒做什麼？」

顧九思抬眼看著沈明，沈明被他盯著，有些害怕，咽了咽口水道：「你……你想做什麼？」

顧九思琢磨片刻，拎著沈明就道：「你跟我走一趟。」

柳玉茹從淨室裡回來的時候，顧九思便不見了，她有些疑惑，但聽說是和沈明一起出去，猜想應當是有什麼事，便沒多問。她找了人，專門將劉夫人的名字找出來，清點了她在花容買過的東西，確認了數額。

光是劉夫人在花容購買的香膏胭脂的錢，就已經是劉春好幾年的月俸。她在家裡琢磨了片刻，便先睡下了。

顧九思是半夜回來的，回來的時候顯得極為高興，柳玉茹不由得道：「去做什麼了，這麼高興？」

顧九思笑咪咪沒說話，只是上了床，高興道：「睡了睡了。」

柳玉茹問不出話，只能同他道：「我讓人查了帳，找到劉春她老婆在花容花過的錢，你若是有需要，我可以立刻整理給你。」

「沒事。」顧九思幫柳玉茹掖了掖被子，「這事妳別管，管了以後花容的生意不好做，妳就好好做生意，別理我。」

柳玉茹聽顧九思這麼說，狐疑道：「那你打算怎麼開這個頭？」

顧九思笑了笑：「妳今日不是吵了架嗎？」

柳玉茹聽這話，便知道顧九思是知道白日裡的事了，連忙道：「我那算不得吵架。」

「這也無所謂了，不過妳說了，有心的人自然已經上心，我們不用多費事。」

柳玉茹應了聲。同顧九思一起睡了過去。

第二日醒來，柳玉茹洗過臉，便去她在街上盤下的店鋪。店鋪裡已經開始擺放貨物，後日便開始營業。

葉韻和柳玉茹一起看著貨，葉韻如今情況好了很多，平日雖然不愛說話，但是精神卻是在的。她已經風風火火改造完顧府，一個破落的院子，如今被葉韻這麼一改，頓時變得大器敞亮了起來。甚至有人喜歡葉韻的改動，專程上門來問願不願意賣。

葉韻也替花容的店鋪做了設計，東都的鋪子比起望都的，更是上了一個臺階。柳玉茹和葉韻看著貨物搬進店鋪裡，柳玉茹同葉韻講解這些胭脂，印紅突然進了屋，同柳玉茹小聲道：「夫人，喜事。」

柳玉茹有些疑惑地回頭，印紅看了周邊，見沒有其他人，便笑咪咪道：「夫人，今日早上發生了一件有意思極的事。」

「嗯？」

「昨個兒夜裡，劉大人逛青樓，被人從青樓拖出來，光著衣服掛在大門口。聽說劉夫人提了藤條過去，狠狠抽了一條街。」

「竟有這種事？」葉韻錯愕，柳玉茹卻是第一時間想起昨晚和沈明約著出去的顧九思，她遲疑片刻，慢慢道，「可知是誰做的？」

「現在還沒找到，」印紅笑著道，「聽說劉春今個兒醒來，昨夜的事都是不記得的，迎面就是藤條，怕是抽懵了。」

「可是，」葉韻有些疑惑，「劉夫人這樣半分情面都不留給劉大人的嗎？」

「昨個兒劉大人醉酒後寫了一首詩，傳到劉夫人耳朵裡了。」印紅湊上前，壓低了聲道，「我聽說是寫了什麼『豬蹄串暖玉，水桶罩蠶絲』，劉夫人怒了，才這樣做的。」

「那著實過分了。」柳玉茹點點頭，隨後道：「然後呢？」

「也沒什麼然後了，」印紅搖搖頭，「就聽說他這樣，御史臺想睜隻眼閉隻眼都不行。」這倒也是，大夏官員禁止出入聲色場所，他被扒光了吊出來，百姓早就議論紛紛了。再讓御史臺裝死，著實為難御史臺。

柳玉茹聽沒什麼嚴重後續，也就沒有再問，中午提前回家，看著顧九思興致勃勃回了家，她就站在長廊，靜靜等著顧九思。

顧九思一見柳玉茹的神色，便知不好，他下意識退了一步，柳玉茹淡道：「站住。」

顧九思不敢動了，柳玉茹手裡拿著團扇，從顧九思面前面無表情地走過去，淡道：「郎君進書房聊聊吧。」

顧九思聽了這話，知道聊不好了。

他們進了書房，柳玉茹讓所有人下去，而後關上了門。顧九思站在大廳裡，柳玉茹喝了口茶，什麼都沒說話。顧九思站在廳裡，一上午的得意都沒了，忙道：「妳放心，事情絕對不會查到我頭上。」

「你知道我要說什麼？」柳玉茹抬眼，似笑非笑，顧九思哽了哽，小心翼翼道，「不是同我說……劉春的事？」

「您也知道啊。」柳玉茹嘆了口氣，慢慢出聲：「九思，你也不小了，這種一句話不對頭就帶人去圍毆人家的事，以前冒失時候做做就好，現在還是要謹慎些，若是被人翻出來，你可就說不清了。」

顧九思低著頭，一副聽人訓誡的模樣。柳玉茹拿他沒有辦法，只能道：「我都是為你好。」

「我明白。」顧九思忙道，「我昨日和沈明做得乾淨，主要的事都是沈明做的。而且現下劉春已經去刑部了，更沒什麼威脅。」

「劉春去刑部了？」柳玉茹有些詫異，顧九思點頭道，「對，今日早上御史臺的人就上摺子參了他。他如今應當是去刑部待著，查一查他夫人的情況了。」

「御史臺的人竟是做得這樣迅速？」這超出柳玉茹的預料。

顧九思點了點頭：「御史臺如今是在葉世安他叔父手下管著，聽說做事是極快的，那邊自有一套法子，只要查到劉春貪污，他作為倉部侍郎，盤點庫房就成了必要，到時候就得找人對前朝的財務和如今的情況，自然要想起我舅舅。」

「你這一圈，繞得遠得很了。」柳玉茹感慨。

顧九思笑了笑：「若繞得不遠，事情是因為我起來，到時候怕陛下會多心。梁王畢竟是他一塊心病。」

柳玉茹點了點頭，顧九思抬眼打量她，小心翼翼道：「我這一關，算是過了吧？」

「以後別這麼魯莽，」柳玉茹嘆了口氣，「下次就別動手了。劉春早晚要送進去的，你又去惹這個麻煩做什麼？」

顧九思笑咪咪沒說話，目光落在柳玉茹身上，一動也不動。柳玉茹整理著書桌上的東西，察覺到他的目光，愣了片刻，隨後頗有些不好意思，低聲道：「行了，你趕緊該幹嘛幹嘛去吧。」

顧九思應了聲，轉身出去，到了門口，頓了頓腳步，背對著柳玉茹，小聲道：「玉茹，我不會讓人欺負妳的。」

柳玉茹手上動作頓了頓，小聲應了一聲：「知道了。」

顧九思出了門，便去了葉府，專程找葉世安。

葉世安搬回葉府好幾日了，找他還得專門下拜帖。顧九思同他喝了杯茶，便將自己對劉春和陸永的懷疑說了出來，同葉世安道：「四千萬兩白銀，他們清點一個下午就清點完了，這怎麼可能？這其中必然有貓膩。」

葉世安聽著這話，喝了口茶，慢慢道：「前朝的帳目是你清的？」

「是啊。」顧九思看葉世安皺眉的表情，有些奇怪，「是我清的。」

「四千萬？」

「四千萬。」

葉世安深吸一口氣：「你可知陸永同陛下報的是多少？」

顧九思愣了愣，片刻後，他驟然明白過來，震驚道：「國庫存銀的數量他都敢報假！」

葉世安搖搖頭：「不知道他怎麼說的，但陛下就是信了，如今一直以為前朝只剩下三千萬白銀。三千萬也不少了。不過我是擔心，查帳這件事，最後知道四千萬這個數額的人，除了你，還有其他人嗎？」

顧九思想了想，這件事幾乎是他一人經手的，最後這個四千萬，只有他知道。

他左思右想一番，突然明白了陸永的報假數字的底氣。除了他知道是四千萬，其他知道的人，或許都站在陸永這邊了。盤點時候搬走一千萬庫銀，便和帳目對得上了。

「不管如何，」顧九思深吸一口氣，隨後道，「還望您同葉御史說一聲，此事務必徹查。」

「我明白。」葉世安點頭，平和道，「放心吧。」

葉世安和顧九思商量著劉春的案子時，一輛馬車停在陸府後門，一張燙金拜帖從馬車裡送出來，裡面傳來男子帶笑的聲：「去告訴陸大人，救他命的人來了。」

陸永收到帖子，看到上面的「洛」字，皺了皺眉頭。

這是個棘手的人物，朝廷上下都摸不準范軒的意思，而且開口就說救他的命……

陸永聯想到白日裡劉春的事，猶豫片刻，讓人將洛子商領了進來。

洛子商穿著黑色燙金紋路的華服，頭頂金冠，手中小金扇打著轉，看上去盛裝而來。但哪怕與洛子商並不相識，陸永卻知道，洛子商是向來這個打扮的。

他站起身來，同洛子商行禮道：「洛太傅。」

「陸尚書。」洛子商笑著回禮。

陸永招呼著洛子商坐下，洛子商打量了陸永的書房後，笑著道：「陸尚書果然高風亮節，這書房布置簡潔，和我過去認識的官員，倒是大不一樣。」

「洛太傅過去認識的官員是怎樣？」陸永倒了茶，洛子商笑了笑道，「在下過去認識的人，要是挪了銀子，至少會在家裡掛兩幅名家字畫。」

洛子商說著，用扇子指向牆上一片空白之處，笑著道：「在下覺得，那裡掛一副張老的山水圖甚好，陸尚書覺得呢？」

陸永聽著洛子商的話，面色不變，端起茶抿了一口，許久後，他慢慢道：「洛太傅說這些話，老朽怎麼聽不懂呢？」

「陸尚書，」洛子商用扇子敲著手掌心，眼裡似笑非笑，「劉春都進了刑部，您何必在這兒和我打哈哈呢？」

陸永不說話，洛子商靠在椅子上，慢慢道：「天下沒有不透風的牆，戶部裡的倉部偷庫銀的事，早已經是慣例。劉春打從前朝就任這個位子，一條老泥鰍，什麼都清楚得很。知道得越多，到時候吐得就越多。」

洛子商看著陸永緊捏茶杯的手，伸出手將茶杯抽了出來，溫和道：「陸大人，不必緊張。我今日來，不是來嚇唬您，是來救您的。」

「洛太傅說笑了，」陸永面色鎮定，「劉大人進了刑部，與老朽有什麼關係？」

「陸大人，」洛子商瞇起眼，「您真是不見棺材不落淚，您和劉春合夥私吞庫銀這事，還用我給您說清楚嗎？您要是覺得還不夠清楚，要不要我點一點趙構這些人是怎麼和您合夥的？」

趙構是庫房一個看守，這人的名字點了出來，陸永的臉色終於變了。

洛子商見陸永反應過來，笑起來道：「陸大人，現在咱們可以開誠布公地談了吧？」

「你要怎樣？」陸永終於說道。

洛子商高興道：「陸大人這個態度就對了。我今日來，就是想和陸大人結盟。」

「結盟什麼？」

「如今劉春被關進了刑部，庫銀這事是一定會查的，您有沒有想過後面怎麼辦？」

「你怎麼知道庫銀一定會被查？」陸永皺起眉頭，洛子商撐著下巴，撚起了葵花籽道，

「您到是說說，除了庫銀這件事以外，一個倉部司郎的夫人能帶暖玉、穿雲蠶絲，還能因為什麼？」

陸永沒說話，洛子商將葵花籽扔進嘴裡，接著道：「總得有個人來揹這個鍋。」

「這不用你操心。」陸永冷靜道，「洛太傅做好自個兒的事就行了。」

「陸大人不必這麼見外，」洛子商笑著道，「我明白您的想法，到時候就推說是庫房裡的人私吞了就行了，死幾個下面人，事情就解決了。可問題是，這話您信，葉御史信嗎？」

「這又關葉御史什麼事？」陸永皺起眉頭，洛子商靠在椅子上，看著陸永，看笑話一般道，「葉御史的姪兒是葉世安，葉世安與顧九思是過命交情的好友，顧九思是最後清點帳目的人，而劉春被參則是因為顧九思的夫人與劉大人的夫人在宴席上起了衝突。」

洛子商笑咪咪道：「陸大人覺得，葉御史到底是為什麼參劉春？」

這話出來，陸永的臉色就變了。

如果說只是劉春被抓，那是簡單的小事，若此事是顧九思在背後設計，自然不會讓幾個下面的人搪塞過去。

陸永陷入困局，他思索了許久，終於道：「洛太傅既然知道陸某的難處，今日必然是有備而來。不知洛太傅高見？」

「倒也沒什麼高見。」洛子商笑著道：「只是一個建議而已，洛某年輕，也不知道這想法行不行得通。」

「洛太傅但說無妨。」陸永認真求教。

洛子商喝了口茶，房間裡極其安靜，依稀能聽到外面竹葉沙沙作響之聲。等喝了茶，放下茶杯，洛子商重新開口：「總該找個人揹鍋的。」

陸永不說話，洛子商看過來，用商量的語氣道：「顧九思如何？」

陸永皺起眉頭：「顧九思沒參與過這些，怕是不妥當吧。到時候劉春幾個人分開審訊，很容易就露出馬腳。」

「那就不審。」洛子商果斷地說。

陸永愣了愣，下意識道：「既然事關這個案子，不可能不審。」

洛子商聽了這話，抬眼看了陸永一眼，無奈道：「陸大人，活人能審，死人也審嗎？」

陸永臉色大變，洛子商知道陸永明白他的意思，看了看外面的天色，淡道：「要下雨了。」

說著，洛子商站起身，平靜道：「陸大人，在下先回去了，若是有事，大人可以讓人帶信給在下，有些事，大人不方便動手的，」洛子商回過頭來，看著陸永，溫和笑起來，「還有在下效勞。」

「你要什麼。」陸永盯著洛子商，面色帶了幾分慍怒。

洛子商張合著小扇：「陸大人，在下一個年輕人，在東都討生活不容易。我的意思，陸大人想必明白。」

陸永沉默片刻，便懂了洛子商的意思。

想必這位年輕人如今已經明白，讓他當太傅、留東都，都不過是范軒的權宜之計，而他入東都，何嘗不是他的權宜之計？

他要在東都這片土地生根發芽，而從范軒還在望都只是個小官開始就當著范軒謀士的陸永便是他的第一步。

許久後，陸永慢慢道：「我明白你的意思，可我不太懂。」

「不懂什麼？」

「你和顧九思，有什麼仇怨？」

聽到這話，洛子商詫異地回頭：「仇怨？」

他笑起來：「陸大人，你如今要殺劉春，這是仇怨？」

洛子商張開了扇子，遮住半張臉：「不過就是，擋了路的石頭，踢開而已。若說仇怨，」洛子商想了想，「應該是他們怨恨我才對。既然他們怨恨我，不可能當我的朋友，那就只能當敵人了。」

陸永沒說話，許久後，他應聲道：「我明白了。」

「需要在下幫忙嗎？」洛子商挑眉。

陸永神色平靜：「我要見劉春一面。」

洛子商「唔」了一聲後，慢慢道：「今晚？」

「越快越好。」

「好。」洛子商點頭，做出一個「請」的動作道，「那就請吧。」

陸永愣了愣，片刻後，他沉下臉來，跟著洛子商走了出去。等上了馬車，看到兩杯泡著的茶，陸永終於道：「你知道我今夜會跟你走？」

洛子商低笑：「陸大人，不必糾結這些。」說著，他將茶杯推到陸永面前，「喝茶。」

顧九思清晨醒得很早。

他夜裡沒睡著，一直想著劉春的事。

他琢磨了一下，想去刑部專門看看，第二日醒來，特地和柳玉茹要了一包銀子。

柳玉茹裝著錢，看著他吃東西，不由得笑著道：「我們九思長大了，也到會用錢的時候了。」

顧九思嘴裡含著餃子，瞪了她一眼。

而後他吃完餃子，從柳玉茹手裡領了錢袋，囂張道：「爺今日出去幹大事，不準備點銀子怎麼成？」

柳玉茹抿著笑，看他將錢袋子掛在腰上，隨後高高興興出了門。

等顧九思出了門，印紅和柳玉茹收著碗：「姑爺這麼大的人了，還像個小孩子似的。」

「這樣好。」柳玉茹笑著道，「我巴不得他一輩子是這樣的孩子心性。」

兩人正聊著，木南便急急忙忙衝了進來。

「少夫人，」木南衝進屋裡，著急道，「少夫人，不好了。」

柳玉茹回過頭，皺著眉：「發生了什麼？」

「少夫人，」木南穿著粗氣，「刑部的人、刑部的人在門口，把公子帶走了！」

第三十三章　貪銀

聽到這話，柳玉茹的臉色頓時沉了下來，她急急往外走去，忙道：「刑部的人是如何說的？」

「他們說公子與劉春一案有關，」木南跟在柳玉茹後面，一面走一面道，「其他的沒多說，就走了。」

柳玉茹到了門前，顧九思已經被帶走了，門口只留下顧九思的馬車和焦灼的沈明。沈明見到柳玉茹，即刻道：「嫂子，現在……」

「別多說，」柳玉茹跳上馬車，立刻道：「我們去宮門找葉大哥。」

柳玉茹讓車夫快馬趕到宮門，而後停在不遠處，等著看到「葉」家的馬車遠遠來了，讓木南去將馬車攔下來，吩咐道：「讓葉公子到我這裡一趟。」

木南急急跑了過去，攔下了葉家的馬車，葉世安探出頭說了幾句之後，便同葉御史道別，下了馬車，往柳玉茹的馬車走了過來。

他來時便知道不好，掀了馬車車簾，直接道：「可是出了什麼事？」

「刑部的人將九思帶走了，」柳玉茹簡明扼要，「說是和劉春的案子有關。」

葉世安聽到這話，愣了片刻，隨後沉聲道：「我明白，今日朝堂上應當會說此事，我下朝再去刑部打探，妳先別急，在家中等待，我們搞清楚了再有動作。」

柳玉茹點點頭：「多謝。」

確認葉世安無事，又知會葉世安後，柳玉茹讓沈明照常跟著葉世安上朝，隨後自己便掉頭離開。

等到了家裡，柳玉茹立刻差人去刑部，找了個老油條，帶了錢，將刑部的人打點了一番。又問了問情況。

刑部的人收了柳玉茹的錢，但都說他們不知道情況，只說若是人到了他們手裡，會照顧著些。

柳玉茹在家裡坐立難安，所有事都交給葉韻去安排，一直等著消息。等用過午飯，沈明和葉世安終於回來了。柳玉茹聽到他們回來，立刻站起身，趕著迎了過去，才見了人影，便急急忙忙道：「怎麼樣了？」

「妳先別急。」葉世安進了屋來，先給沈明和自己倒了茶。

沈明倒是比他著急很多，忙道：「這事我來說，劉春死了。」

柳玉茹愣了愣，站了起來，驚道：「劉春死了？如何死的？」

葉世安看了沈明一眼，有些無奈：「你這麼沒頭沒腦一句，她怎麼聽得明白？我來說吧。」

葉世安放下茶杯，正色道：「劉春的案子，刑部將他帶走之後，同時查了他屋中及其帳房等人。他家中的確藏了大量銀子，吃喝用度也是不菲，平日他都以他兄弟老家的生意作為遮掩，但現下都只是猜測，他自己沒招，他兄弟山高水遠，也還沒歸案。」

「但查出這些，也是早晚的事。」柳玉茹沉聲開口，葉世安點點頭：「的確是如此。其實他剛入刑部，就有人來疏通，只是我同叔父說了一聲，叔父特地到刑部打了招呼。御史臺盯上的案子，刑部多有顧忌，但是最後劉春後臺多厚，博弈結果如何，是未知數。」

柳玉茹點點頭，繼續聽著，葉世安喝了一口茶，繼續道：「然而就在昨日夜裡，不知道為什麼，他突然死在刑部大獄之中。」

柳玉茹抬眼看向葉世安：「這與九思又有何關係？」

「他是被毒殺的，」葉世安沉下聲，「辰時抓到了對他下毒的獄卒，對方熬不過逼供，招出了主謀。」

聽到這裡，柳玉茹明白了，她在袖下捏緊了拳頭，氣得有些發抖：「髒……」

她顫抖著聲，忍不住抬手，猛地掀翻了一桌茶具，怒道：「髒透了！」

「妳別激動，」葉世安站起來，安慰柳玉茹道，「這明顯是他們誣陷九思，只要是誣陷我們就能找到辦法。」

柳玉茹不說話，她捏著拳頭，急促喘息。

片刻後，她道：「我要見他，我得確保他的安危。」

「對啊，」沈明忙道，「我們能找到證據，可刑部那地方和縣衙門一樣，上來先打幾十個板子，把人打廢了怎麼辦？」

葉世安沒有說話，柳玉茹沉默片刻後，終於道：「這事你們不必管，我去想辦法。」

柳玉茹抬眼，認真道：「我拿錢買，也要買出一條路來。」

聽到這話，葉世安咬咬牙：「我去求叔父。」

「我去找周大哥！」沈明立刻開口。柳玉茹點點頭：「你去找周大哥，讓他探探周大人的口風，我們現在先別妄動，我去找九思，看看他怎麼說。」

三個人商量好後，分頭行動。

柳玉茹站在門口，同木南吩咐道：「拿一千兩去找關係，無論如何，我一定要見九思一面。」

木南應了聲出去，等到下午時分，木南走了進來，同柳玉茹道：「夫人，我找到一個人，他是今晚守夜的獄卒，他拿了五百兩，已經和其他獄卒分好了，他們會在今晚安排好，讓您進去悄悄見一面，但時間不能太長，只有一刻鐘，您看如何？」

「好。」柳玉茹果斷開口，隨後道：「他還好嗎？」

「我問過獄卒，說中午剛送進來，看上去還好，上面讓他們繼續審問，但咱們的錢到得及時，他們就裝裝樣子，不會為難。」

聽到這話，柳玉茹終於放下心來。

她準備了棉被等獄中要用的事物，等到了晚上約定的時間，柳玉茹驅車到了牢獄，在獄卒的安排下，終於見到顧九思。

顧九思正在牢獄裡睡得高興，他沒蓋毯子，背對著牢房大門，面對著牆，似乎睡得很是香甜。

柳玉茹走過去，焦急道：「九思！」

顧九思愣了愣，猛地翻身起來，詫異道：「玉茹？妳怎麼在這裡？」

「我找人買通了獄卒，」柳玉茹急急說道，「你還好嗎？有沒有過刑？」

顧九思搖了搖頭，走到柳玉茹面前，柳玉茹和他隔著監獄牢門，柳玉茹將他的手拉過去，低著頭查看，一面看一面啞著聲道：「今日早上你被帶走，我就去找了葉大哥，葉大哥去問了人，說是劉春被人投毒死了，投毒的人說是你指使的。我怕這事後面沒完，會牽連大家，就讓大家先別妄動，我自己花錢買通了獄卒，進來看看你。」

顧九思沒說話，他看著柳玉茹低著頭，紅著眼，一副要哭不哭的樣子檢查自己有沒有受傷。

柳玉茹見他不說話，抬眼看他：「你怎麼不說話？」

「我在想，」顧九思笑起來，看著柳玉茹的眼裡滿滿裝著這個姑娘，溫和道，「妳今日就是這麼去吩咐人的嗎？」

柳玉茹愣了愣，顧九思看她帶了幾分呆傻的模樣，忍不住低笑道：「那可不得讓人心疼死。」

「都什麼時候了！」柳玉茹聽著顧九思的話，頓時來了氣，委屈讓她再也維持不住冷靜，眼淚啪嗒啪嗒落了下來，她擦著眼淚，怒斥道，「你知道我花了多少銀子來見你，你還有心思和我開玩笑！顧九思，你是沒腦子還是沒心肝？看不見我擔心嗎？」

聽到柳玉茹的話，顧九思輕嘆一聲，他隔著木欄，伸出手將人攬入懷裡。

木欄很硬，隔在兩個人中間，可柳玉茹還是覺得，彷彿突然找到了依靠似的。

人就是奇怪，其實這人不用做什麼，不用說什麼，一個擁抱，就讓人覺得，比說什麼做什麼都重要。

柳玉茹靠著他，低聲抽噎道：「我知道你比我聰明，該做什麼不該做什麼，你得給我指條路出來。」

「我明白，」顧九思輕撫著她的背，「妳別擔心，這些我心裡有數。後面的人必定是陸永，這一次的數額肯定十分巨大，陸永才如此心慌，著急著拿我出來抵罪。我們知道後面的人是他，一切都好辦。」

「嗯。」柳玉茹靠著他，平和了許多，柔聲道，「那我後面該做什麼？」

「先別讓世安摻和下水。陸永想審我，第一步一定是要買通刑部的人，用他的人來審我，所以他一定會以葉世安和我是友人的名義，禁止世安及葉御史干涉此案。世安干涉越多，陛下越不會讓世安碰這個案子，所以世安不能碰這個案子。若是陸永還這麼說，妳就讓世安和陛下說明，他作為友人，朋友之誼，也要確認我安全。讓他作為督查，監督刑部合情合理合法審辦此案。」

「好。」柳玉茹果斷應聲。

顧九思想了想，接著道：「第二件事，此刻有至少兩個突破口，你們可以找他指使人殺劉春的證據，也可以找他貪污庫銀的證據，但是不管什麼證據，你們都要明白陛下的心思。」

「陛下的心思？」柳玉茹有些不明白。

顧九思嘆了口氣：「你們得搞清楚，陛下想不想保陸永。」

「如果陛下一心一意保他，你們還把案子翻出來，捅到明面上來，到時候陛下怕是會為了保住他，把我推到斷頭臺上抵罪。所以在動手之前，你們得搞清楚，陛下對陸永的態度，到底是想保，還是不想保。」

「陸永這樣的人，」柳玉茹聽到這話，頓時來了氣，「陛下還想保嗎！」

「玉茹，」顧九思無奈苦笑，「上位者比妳想像中更沒有底線。比起公正，他們更在意結果。」

柳玉茹沒有說話。

陸永打從范軒還只是個縣令的時候就跟著范軒，鞍前馬後這麼十幾年，不說陸永本身能力出眾，就算是這份情誼，如果沒有到特別的地步，范軒或許都會對陸永睜一隻眼閉一眼。

柳玉茹明白顧九思的意思，她沉吟片刻，應聲道：「如果陛下心裡存的是保他的心思，我要怎麼辦？」

「如果陛下存的是保他的心思，那咱們就不能往查案的想法去想。」顧九思果斷開口：「妳要做的，就是先給這個案子找出一個揹鍋的人，大事化小小事化了，但要處理。其次妳要去和陸永談，找到談判籌碼，想辦法讓陸永放棄把禍水引到我這邊的想法。」

顧九思沉默片刻，想了想後，他接著道：「或者是讓陸永身後的人，放棄這個想法。」

「陸永身後的人？」柳玉茹皺起眉頭，「陸永身後，還有人？」

顧九思點了點頭，思索著道：「如今劉春才進來，就直接被人殺了，然後嫁禍給我。這麼乾脆俐落的殺人手段，不像陸永。按照陸永的性格，他首先會想盡辦法把劉春撈出來，如今其實什麼都沒查清楚，他這麼果斷殺人，倒是讓我覺得，這一定是個大案了。」

「陸永不該這麼蠢，若說是他心裡慌了被人利用，我卻是更信一些。」

顧九思說著，想了想，片刻又道：「不過這也都是我的猜測，更多的，還要妳自己去看去聽。」

「我明白。」柳玉茹點了頭。

顧九思拉著她的手，又將他與陸永、劉春兩人所有有的糾葛都說了一遍，說完的時候，獄卒走了進來，賠著笑道：「顧夫人，時間到了，不能再多留了。」

柳玉茹點了點頭，同那獄卒道：「大哥您放心，我道個別，這就離開。」

「您快些。」獄卒倒也識趣，這就轉身離開。

等他離開了，柳玉茹轉頭看著顧九思，抿了抿唇，終於道：「我走了。」

顧九思垂下眼眸，遮住眼裡的不捨，低聲道：「嗯。」

柳玉茹見他的模樣，咬咬牙站了起來，讓自己別再看了，她轉身離開。剛走了沒幾步，顧九思突然叫住她：「玉茹。」

柳玉茹回頭看他，顧九思往前探了探身子，雙手抓在木欄上，嚴肅道：「我有話想同妳說。」

看顧九思的樣子，柳玉茹忙轉過身，蹲下來，認真道：「你說，我聽著。」

顧九思看她嚴肅的模樣，他沒說話，只是握住柳玉茹的手，捧在手裡，珍而重之地低頭親了親。

柳玉茹愣了愣，聽見顧九思道：「想親親妳，多的也親不到了，便先下個定金，等日後再補上全款。」

「胡鬧。」

柳玉茹慢慢反應過來，她紅了臉，看著握著手的人，小聲道：「心思盡放在這些事上，嘴裡沒個靠譜的。」

顧九思半蹲在她面前，仰頭瞧她，笑起來，「想妳這件事，怎麼就不靠譜了？」

「我聽你胡說。」

柳玉茹抬手戳了戳他的腦袋，顧九思笑著受了，柳玉茹這才收回手，隨後沒動，看著顧九思，許久後，小聲道：「那我真的走了。」

這次顧九思沒再攔，柔聲道：「去吧。」

柳玉茹出了監獄，進了馬車。

她不確定顧九思說的話有幾分真假，但她更傾向於顧九思的揣測是真的，比起陸永自己主動犯案，他被人利用，受人指使的可能性更大些。

可若是陸永，那他背後的人又能是誰？陸永如今已經是朝廷戶部尚書，比他的官還大，能夠指使他的，總不至於是周高朗。

柳玉茹腦中翻來覆去，名字漸漸指向一個人。她思索了一路，得了一個名單，這些名單上有太后、有公主，甚至有周高朗，但是名字最後，卻是一個旁人看來不太理解的人：洛子商。

雖然沒有直接證據，可是若是顧九思倒下了，會歡呼雀躍的，這怕是其中一個人物了。這人一手操縱了揚州當初的事，凡事揚州出來的，怕是和洛子商都要有幾分過節，尤其是葉世安等人，這輩子都不可能和他有什麼轉圜的餘地。

雖然不知道他為什麼首先向顧九思動手，可是能說得動陸永，又盼著顧九思落難的，洛子商怕是頭一號人物了。

柳玉茹有了目標，便派人去盯著，同時趕到了周燁家裡。

周燁如今正打算回望都，他被特批在東都留了幾個月，可他的調令是在幽州，無論如何都是留不住的。

柳玉茹上了門，周燁沒同她客套，直接道：「九思可有什麼說的？」

「有，」柳玉茹果斷道，「周大哥，陛下那邊的心思，就靠您來打聽了。」

柳玉茹將顧九思的話同周燁說了一遍，周燁便明白過來。他點了點頭，應聲道：「此事我會去找陛下說的，你們放心。」

柳玉茹應了聲，嘆息著道：「拜託你們了。」

周燁沒再耽擱，當下就去找周高朗。柳玉茹知道他們會找合適的時間入宮，倒不是很擔心，便自己主動回了顧府。

回到府邸之後，江柔顧朗華蘇婉一家子人都在屋裡等著，見她進了屋，顧朗華推著輪椅上來，焦急道：「九思如今怎樣了？」

「他在獄中還好嗎？」江柔追著詢問。

柳玉茹點了點頭，將情況如實回答，「我在刑部買通了人，暫時不會怎樣。九思讓我找人試探聖意，我也已經找了周家，如今我們便安靜等待著，我會及時打探消息，有任何情況，都會和公公婆婆先說。」

江柔聽了柳玉茹的話，內心焦急，她左思右想，終於道：「明日我和朗華帶些禮物上門，去找以往熟識的人幫幫忙吧。」

柳玉茹頓了頓，片刻後，才僵著身子點點頭，隨後道：「也不過就是希望他們能在刑部多關照九思，不要讓他吃苦，暫且不要到陛下那裡說什麼，等明白陛下的意思，再說也不遲。」

一家人商量好後，柳玉茹見所有人都沉著臉，便笑起來，吩咐下人上飯菜，同所有人道：「大家也不用太過擔心了，九思如今是陛下寵臣，周大人的得力幹將，周大人不會讓他這麼出事的，大家放心吧。」

話是這麼說，但所有人只是點點頭，桌上吃飯，誰都沒能多吃半口。一頓飯吃得異常壓抑，柳玉茹一面吃一面琢磨，等吃完飯後，她在門口站了一會兒，便叫了人過來，同其他人道：「派兩撥人出去，一撥去揚州順著之前葉大哥查出來的消息繼續查洛子商，順便把那個乞丐暗中護送到東都來。另一撥去泰州，查洛子商在泰州的行徑，細察章大師的死。」

吩咐完畢後，柳玉茹站在門口，許久沒有說話，一直看著刑部大獄的方向，直到印紅喚她，她才反應過來。印紅瞧著她的模樣，忐忑道：「夫人，您也累了，先回去休息一下吧。」

柳玉茹搖了搖頭，擺手道：「我再去店裡看看。」

柳玉茹忙活的時候，花容已經在東都開了店，柳玉茹到了店裡，花容裡的工人正闔上大門，看見柳玉茹，大家高興道：「東家來了。」

柳玉茹笑了笑，往店裡去，看一下店裡的情況。

如今東都的店鋪，主要是葉韻在打理，芸芸去洽談其他各州分店的事宜，柳玉茹進門之後，同葉韻詢問著近日生意狀況，葉韻耐心答著，柳玉茹面無表情聽完，同葉韻點了點頭道：「近日辛苦妳了，我去盤個帳吧。」

葉韻應了聲，讓人將帳本拿了過來，柳玉茹拿著帳本，坐進小屋裡。

小屋裡是她慣用的桌椅，葉韻將帳本放在她身旁，點了燈，隨後道：「那我先去帶人整理一下屋子。」

柳玉茹「嗯」了一聲，沒有多說，葉韻走了出去，柳玉茹聽見門關上的聲音，突然覺得非常安穩。這個地方彷彿是她一個人的避風港，她脫了鞋，坐在椅子上，蜷縮起來，將算盤抱在懷裡。

其實帳本她已經看過無數遍了，頂多是今日的帳還沒清理，可是顧九思入了大獄，她做完所有事，也就在這一刻，抱著算盤窩在自己的小房間時，終於有了些許安全感。

她聽著外面下起小雨，接近夏日，雨總是猝不及防就來。柳玉茹抱著算盤，慢慢閉上眼睛，打了個小盹。

葉韻在外面清點好了貨物，又讓人將貨物放好位置，回過頭才發現印紅還站在門口，她走到門口，看了看屋裡點著的燈，小聲道：「玉茹還沒出來？」

印紅搖搖頭，葉韻皺了皺眉：「她天天都來盤帳，應花不了這麼長時間才對。」

想了想，葉韻又道：「她吃過東西了嗎？」

「沒怎麼動過筷子。」印紅嘆了口氣：「葉小姐，您去勸勸她吧，姑爺出了事，她不能這樣的。」

葉韻沉默片刻，隨後道：「妳去準備一碗酒釀丸子，我送進去。」

印紅應了聲，葉韻在門口站了片刻，印紅便端了酒釀丸子過來，葉韻接過酒釀丸子，敲了敲門，見裡面沒反應，便徑直推門進去。

柳玉茹蜷縮著身子，抱著算盤，睡在椅子上，她的頭輕輕靠在椅子一個角，整個人看上去瘦瘦小小，讓人憐愛。

葉韻立定身子站了片刻，輕輕放下酒釀丸子，去旁邊取一方毯子，蓋在柳玉茹身上，隨後便從旁邊書架上抽了冊子，坐在一旁靜靜看著。等了許久後，柳玉茹迷迷糊糊醒過來，看見葉韻在一旁看書，她起身來，有些恍惚道：「什麼時辰了？」

「子時了。」葉韻笑了笑，放下書，將酒釀丸子推過去給柳玉茹，溫和道，「我聽印紅說妳沒吃東西，先吃些東西吧。」

柳玉茹看著面前酒釀丸子，靜靜瞧著，片刻後，她嘆了口氣，將算盤放在桌上，拿起勺子：「以往我若不高興，妳便送一碗酒釀丸子給我，如今我長大了，酒釀丸子也不能令我消愁。」

葉韻聽笑了，柳玉茹睡了一覺，終於能吃下些東西。葉韻靜靜看著她，慢慢道：「顧大人的事我從哥哥那裡聽說了，其實這事妳也不必太憂心，有周大人和我叔父作保，顧大人性命無虞。再差，也不過就是削官，如今家裡有妳這麼個女財神，削就削了，跟著妳經商，不也很好？本就是商賈出身，有哥哥照顧著你們，也不必執著要去當個官。妳說可是？」

柳玉茹聽著葉韻勸說，卻沒有半點鬆動，面上神色平靜，看不出喜怒，自己低著頭，小勺小勺吃著丸子，許久後，她放下碗，嘆了口氣道：「其實我也知道，這事不會有什麼太大的問題，可我難受的是自己。」

「以前吧，我以為自己賺的錢夠用了，以為自己已經很有能耐了，」柳玉茹苦笑了一下，面上無奈，「在望都時候，覺得自己上天入地無所不能。可現在我卻突然有種，說不出的感覺。」

「我覺得自己特別無能。」她看著跳動的燭火，「錢哪裡有夠用的？妳看九思現在在牢裡，婆婆和我說，要拿錢去活動一下，我卻發現，其實手裡也沒多少錢了。」

「這些時間，買宅子、遷店鋪、上下打點、專門買通刑部……到處都是錢。」柳玉茹抬起手，捂住額頭，有些痛苦道：「可我又能怎麼辦呢，到處擠擠省省，這些錢，總是要用的。」

葉韻靜靜聽著，許久後，她慢慢道：「如今妳怎麼辦？」

「花容青州分店的錢還沒送過去，我打算將這部分錢先拿出來。」柳玉茹手壓在額頭上，沒有抬頭，低聲道：「且先看夠不夠，不夠再說吧。」

葉韻沒有說話，過了片刻後，她遲疑著道：「前些時日，有人來找我打聽，問顧家的宅院賣不賣。」

柳玉茹抬起頭，看向葉韻：「如今我們住著的宅子？」

葉韻點了點頭，接著道：「之前我在修整宅院，那人在門口找了我，說他原是不喜歡那宅子的，但如今我們修整好了，他喜歡我們修整好的宅子。想花錢買下來。」

柳玉茹沉默不語思索著，葉韻瞧著她的模樣，慢慢道：「若是妳有這個意向，我去聯絡他試試？」

「還沒走到這一步，」柳玉茹搖搖頭，「而且，若我把宅子賣了，家裡人怕是更擔心，花容這邊先放一放，把東都的店做好。之前在望都買地準備的糧食，如今也到了成熟的時候，我去找人談一談，看能不能抵押提前拿錢。」

「妳也不用憂心，」葉韻抿了抿唇，「我去找叔父說說，多少能幫點忙的。」

聽到這話，柳玉茹抬眼看著葉韻，葉韻有些疑惑於柳玉茹的眼神，片刻後，不知道是怎的，柳玉茹突然笑了。

「韻姐兒也這麼會照顧人了，」柳玉茹笑著，「我以往還以為，妳要大小姐脾氣一輩子的。」

葉韻聽了這話，有些無奈，嘆了口氣：「人總會變，我以往也以為，妳要那樣小心翼翼活一輩子的。」

「終究是長大了。」柳玉茹將帳本拿到手裡，平和道：「小時候總想著長大是什麼樣子，如今卻發現，總是自己想不到的。不過還好的是，無論怎樣，」柳玉茹抬眼看向葉韻，似是有些不好意思，抿唇笑道，「咱們倆還是姐妹。」

葉韻笑了笑，沒有說話，眼裡卻有了水氣。

兩人聊一會兒小時候的事情，便起身鎖門走了出去。等出門之後，柳玉茹明顯是輕鬆了不少，葉韻便接著問道：「妳接下來打算怎樣？」

柳玉茹沒說話，許久後，她終於道：「我打算去找洛子商。」

「找他？」葉韻愣了愣，音調忍不住急促了幾分：「妳找他做什麼？莫不是以為他還會幫顧大人？」

「此事與他怕是逃不了關係，」柳玉茹平靜道，「是虛是實，探探吧。」

葉韻見柳玉茹的神色已經定了的模樣，知道不好再勸，只能道：「妳心裡有了安排，我便不再多說了，自己有把握就好。」

「妳放心，」柳玉茹知道葉韻在擔心她，轉頭看著葉韻，認真道，「我有安排。」

送葉韻到葉家門口，柳玉茹看著葉韻進了葉家大門，這才收回身子，放下車簾。印紅看四下無人，忙道：「夫人，妳有什麼安排？」

「且先等著吧。」柳玉茹平靜道：「等著去揚州和泰州的人回來。」

柳玉茹睡了一夜，第二日清晨醒來，內心平靜了許多。她先清點了家裡有多少能夠活動的銀兩，隨後便找了顧朗華和江柔，兩人商量出一份名單後，就帶著顧朗華和江柔逐一登門。

如今案子情況未明，許多人一聽顧家報上名來，連忙聲稱主人不在，顧朗華不多為難，只是私下裡恭恭敬敬將禮物交了過去。

這樣上下活動著，顧九思在刑部的壓力小了很多，幾乎每日只是被例行提審，沒有過多為難。

案子積壓到了第五日，周高朗看到了時候，便領著周燁、葉世安以及葉世安的叔父葉文一起進了宮，打算看看皇帝口風如何。

一行人入宮的時候，洛子商正在東宮水榭給范玉講學，范玉趴在桌上打呼嚕，洛子商彷彿什麼都沒看見一般繼續講學。

夏日炎炎，水榭清涼，清風徐來，洛子商一縷髮絲落在書卷上，旁邊侍衛小跑而來，急促道：「太傅。」

洛子商抬起手止住了侍衛的聲音，他起身走到水榭邊上，卻是道：「周高朗進宮了？」對方沒想到洛子商直接猜出這件事，愣了片刻後，立刻點頭道：「帶著葉御史、望都留守、小葉大人一起入宮了。」

洛子商點點頭，表示自己知道，而後便回了水榭，蹲到范玉身旁，小聲道：「殿下。」范玉被他喚得有些不耐煩，擺了擺手，洛子商低頭附在范玉耳邊，繼續道：「殿下，周大人入宮告狀了。」

聽到這話，范玉猛地一個激靈，從桌上直起身。

范玉頓時不睏了，立刻道：「周高朗進宮了？」

「正是，」洛子商笑著道，「怕是替顧大人求情來了。」

「我便猜著會如此！」范玉冷哼一聲，立刻道：「這群人結黨營私侵吞庫銀，還想要來求情？我就知道顧九思沒有這麼大的本事，肯定是周高朗在後面作保，我這就過去，絕不讓父皇受他們的蒙蔽！那顧九思一看就不是好人，這種貨色還想當官？本宮這就讓父皇斬了他腦袋！」

范玉一面說著，一面讓人整理了儀容，隨後便要離開。洛子商趕忙跟上，范玉走了幾步，似是突然想起來，轉頭道：「太傅就不必過去了，你若過去，父皇怕又以為是你在煽風點火了。」

聽到這話，洛子商嘆了口氣，有幾分苦澀道：「我若真的有什麼心思，又何必到東都來？也不知陛下何時才能相信微臣拳拳之心。」

「你不用擔心，」范玉抬手放在洛子商肩膀上，頗為豪氣道，「本宮知道你是一心為大夏謀算就是了。」

「多謝殿下抬愛。」洛子商退了一步，抬手行禮，感慨道，「還好如今有殿下為我撐腰，不然微臣也不知該如何自處了。」

范玉聽到這一番話十分高興，拍了拍洛子商肩膀道：「放心吧，有本宮一日，就不會讓你被他們這些賊臣欺負了去。我這就去宮裡，絕不讓他們得逞。」

范玉說完，心中著急，便匆匆離開了。

兩撥人幾乎是一前一後進入大殿，只是范玉明顯焦急得多，周高朗在門口見到范玉，正帶著人打算行禮，就看見范玉三步併做兩步跨上臺階，進了大殿，大喊道：「父皇，兒臣有重要的事要說！父皇！」

周高朗和葉文對視一眼，下意識停住步子，片刻後，便聽大殿裡傳來范軒帶著笑意的聲音道：「玉兒何事這樣急躁？」

「父皇，」范玉找到了人，聲調頓時穩了下來，卻仍急促道，「我聽說顧家人現下在朝中四處活動，想請人幫他說好話，你千萬不能偏聽偏信那些奸臣，這一次若是連一個顧九思都辦不下來，以後您在朝廷還有什麼威信可言！」

聽著這話，外面站著的四個人臉色都不太好看，在門口等著的太監忙低下頭，假裝什麼都沒看到。

范軒有些尷尬，慢慢道：「玉兒，顧九思這個案子還沒有定論，你是哪兒聽到這些話……」

「父皇，你不會是不想辦顧九思吧？」范玉一聽這話，頓時提起聲來：「這事還有什麼好審的？顧九思他就是個紈絝子弟酒囊飯袋，以前在揚州，我親眼看著他賭錢的樣子，根本不是什麼好人，說他偷盜國庫，我絕對相信。我知道您覺得他在幽州做了幾分成績，就想重用他，可這事您也得分個輕重。那國庫是什麼，是咱們家的倉庫，咱們家錢袋子，他一個臣子，就是我們家奴才，奴才從主子錢袋子裡拿錢，還不將他打死，其他奴才看了要怎麼想！」

「范玉！」范軒聽到范玉胡說八道，終於忍不住怒喝，「你胡說八道什麼！」

「這是什麼胡說八道？」范玉梗著脖子，大吼道：「這是事實，您不好說，我就幫您說，我要讓那批人知道什麼叫君君臣臣，什麼叫天子為尊。今個兒我對您說，外面那四個，也得給我聽清楚！」

聽到這話，范軒猛地坐了起來，他急急往外走去，到了門口，便見到周高朗一行人。范軒愣了愣，片刻後，面色脹得通紅，葉文率先行禮，恭敬道：「見過陛下。」

葉文開了頭，周燁和葉世安也跟著行禮，周高朗輕咳了一聲，隨後道：「陛下，裡面說。」

范軒覺得難堪，趕忙讓一行人進去，隨後便讓太監關了大門。

屋裡剩這麼幾個人，范軒坐回自己位子，憋了半天，終於道：「你們來，也不吭一聲，倒讓你們看笑話了。」

周高朗沒說話，大家也不敢說話，只有范玉「哼」了一聲，坐在椅子上不看他們。周高朗替范軒倒了茶，用熟稔的口吻和范軒道：「本來是想來同您說點事，現下也不好說了，不如我們老兩個喝喝茶敘敘舊，消磨消磨時光。」

范軒知道周高朗是有事同他說，便低頭應了一聲，讓所有人下去。范玉見周高朗要和范軒單獨說話，忙道：「我不走。」

「滾下去！」

范軒終於動怒，讓人將范玉拖了下去，葉文便帶著周燁葉世安起身，而後告辭出去。屋裡只剩下兩個人，周高朗拖了椅子，坐在桌子斜角，倒了茶，嘆了口氣道：「打你成為皇帝，咱哥倆許久沒這麼喝過茶了。」

范軒看著茶杯，有些無奈：「讓你見笑了，玉兒小孩子不懂事，你別往心裡去。」

周高朗沒說話，他喝了口茶，許久後，慢慢道：「我知道這些話你聽著不中聽，可如今我也得說了，玉兒不小了，也十七了。」

范軒沉默下去，周高朗轉頭看著大殿門口，笑著道：「咱倆十七歲是什麼光景？我已經開始養家糊口刀尖舔血，你高中進士得意風光，十七歲，若以往同我說他小，那也就罷了，可如今你同我說一個十七歲的太子心智還小，」周高朗轉頭看著范軒，有些無奈道，「讓我如何不往心裡去？」

范軒沒說話，許久後，他舉起茶杯，像酒一樣喝下去，一口悶了以後，出聲道：「你的意思我明白，可我就這麼一個兒子。子清，」范軒叫了周高朗的字，抬眼看著周高朗，認真道，「若日後有什麼，都希望你看在我的面上，給我留個後。」

周高朗沒說話，他靜靜看著范軒，好久後，他苦笑起來，舉杯和范軒碰了一下，無奈道：「其實玉兒心裡倒也看得清楚。」

君君臣臣，那始終是君君臣臣。

君要臣死，臣不得不死。

兩人都沒說話，但話說到這裡，心裡也都明白了。

范軒面上帶苦，周高朗看著前方，范軒有些哽咽：「子清，其實我也明白，若你講究什麼君臣，你我也就不會坐在這裡了。你是給我面子，是我做為兄弟的對不住你，我不會讓你為難，我……」

「不談這些了。」周高朗擺擺手：「算了，這些都是未來的事，反正，你活長些，你活著一天，我就能安安穩穩過一天日子，說不定我走得比你早呢？」

周高朗笑起來：「這些事就不說了，咱們說說顧九思的事吧。」

他抬眼看著范軒：「你要如何呢？」

范軒聽著這話，他頓了頓後，慢慢道：「公事公辦吧。」

說著，他慢慢道：「新朝初立，不能因為顧九思有些聰明，就毀了規矩。他若真沒有什麼貪贓枉法之事，是別人冤枉了他，朕自然會補償他。可若他真做了，律法怎樣，那就怎樣。」

周高朗沒說話，沉吟片刻：「若今日犯事的不是顧九思，而是我呢？」

范軒愣了愣，他抬眼看向周高朗，勉強笑起來：「你這是什麼意思？」

「我的意思是，」周高朗說得明白，「顧九思不過剛升任戶部侍郎，之前從未踏足東都，他若真能上任就讓一個倉部司郎為他做事，又在事發後一連讓所有相關人士死於非命，他得有多大能耐？」

范軒沉默不語，周高朗深吸一口氣：「話我就明白說了吧，這個案子已經放了這麼多日，你既不說話，又不問審，如今上下等著你的態度，你一言不發，是在怕什麼？」

「你難道不是怕，查來查去，是陸永……」

「子清！」

范軒提了聲音，周高朗沉默下來，大殿裡一片安靜，許久後，范軒嘆了口氣，抬手扶額道：「這件事交給刑部去查，你不要管了。周燁和顧九思牽扯太深，你和葉家的人都退出去。」

周高朗靜靜坐著，范軒抬起頭看著周高朗，認真道：「雖然我們是兄弟，可你要記住，我是君，你是臣。」

周高朗聽著這話，端起茶，輕抿了一口，而後起身離開位子，走到范軒身前，恭恭敬敬叩首，高聲道：「臣，遵旨！」

范軒捏起拳頭，周高朗轉身走了出去。

等出了門，周高朗一路疾行到了廣場，葉文領著周燁和葉世安站在臺階前方等著周高朗，葉文轉頭道：「陛下怎麼說？」

「此事我們不能再管了。」周高朗平靜道，「陛下要保陸永。」

「那九思怎麼辦！」葉世安猛地停下步子，震驚出聲。

周燁皺著眉頭，低聲道：「先出宮，此事從長計議。」

葉世安深吸幾口氣，點了點頭，一行人出了宮，到了宮門口，周高朗和葉文各自上了馬車，周燁和葉世安跟著各自長輩上了馬車。

馬車往不同方向行去，葉文和葉世安坐在馬車裡，兩人都沒說話，葉世安一直捏著拳頭，垂著頭，葉文閉著眼睛小憩，片刻後，他慢慢開口：「周大人都說了不能管，此事葉家的確不該再插手了。」

「我明白。」葉世安聲音沙啞。

「你已幫過他許多，如今也算仁至義盡，不必歉疚。」

「我明白。」

許久之後，葉文睜開眼睛，他看著對面的姪兒。

葉世安身著藍色官袍，氣質清雅出塵，哪怕在官場沉浮已有大半年，卻仍舊像個少年一般，沒有半分世俗之氣。

葉文靜靜看著他，許久後，葉文平和道：「既然都明白，又有何放不下？」

「叔父，」葉世安深吸一口氣，睜開眼，看著葉文，「我放不下道義，我放不下情誼，我放不下恩義。」

葉文神色平靜，一雙眼如枯潭，葉世安神色清明，一貫如水溫和的人，眸中點燃似火。

「我今日明知罪過不在顧九思，卻不聞不問，為自保而作不知，這是我放不下的道義。」

「我與顧九思相知十年，同窗七年，共曆揚州之難，生死之別，又經望都困城之慘烈，共飲斷頭烈酒。世安自問是性情寡淡，但他人以誠待我，我又不以心相交。這是我放不下的情誼。」

「揚州之難，是顧夫人救我與韻兒於水火，望都被圍，是顧九思拚死護城救城中百姓，我也是他救下的人，這是我放不下的恩義。」

「於道理，於感情，於恩義，我都不該放下，叔父何問我，有何放不下？」

葉文沒說話，他靜靜看著葉世安，許久後，輕輕笑了：「年輕人。」

說完，他嘆了口氣，叫停了馬車，隨後捲了簾子，溫和道：「你們這些年輕人，活該沒了前程去找死。」

聽到這話，葉世安微微一愣，葉文看著他，揚了揚下巴：「既然這樣放不下，還去葉府做什麼？你不想要你的前程，我卻還想要我的前程。」

「叔父的意思是……」葉世安有些不敢置信，葉文揮手道：「滾吧。」

葉世安聽到這話，笑了，趕緊出了馬車，跳下馬車，就朝著顧家的方向狂奔而去。

而周家的馬車搖搖晃晃，等行了一段路後，周高朗慢慢道：「這似乎不是去周府的路。」

「繞了路。」

周燁笑了笑，周高朗沒說話，片刻之後，他抬起手，拍了拍周燁的肩膀。

他什麼都沒說，等到了顧家不遠處，周高朗讓馬車停下來：「自己要去，便去吧。」

周燁恭敬行禮，便起身下了馬車，等走了幾步，周高朗突然掀起簾子，叫了周燁的名字：「燁兒。」

周燁回過頭，看著周高朗，周高朗看著面前二十出頭的年輕人，目光凝視了許久，突然道：「你是我兒子。」

周燁愣了愣，周高朗笑起來：「和我挺像的。」

周燁聽到這話，覺得有無數話湧在喉間，他動了動喉結，接著就聽周高朗道：「這件事了了，早點回幽州吧，別留了。」

得了這一句，所有話又退了下去。周燁勉強微笑起來，恭敬行禮道：「孩兒明白。」

「你們這些小屁孩，」周高朗嘆了口氣，「明白什麼啊。」

說完，周高朗放下車簾，揚聲道：「走了。」

周燁看著周高朗的馬車走遠，苦笑了片刻，便轉頭往顧家走去。

走到門口時，葉世安剛好氣吁吁趕到，兩個人停下腳步，片刻後，俱都笑起來。

「都來了。」葉世安抬手擦汗，周燁點頭，接道：「倒也不意外。」

兩人一起進了顧府，這時候柳玉茹才同顧朗華、江柔一起回來。

他們最近都在跑各個大人的府邸，禮物送出去一堆，有收的有不收的，但因為他們也沒要求太多，只希望那些人關鍵時刻能看情況美言幾句，加上禮物貴重，多多少少是收下了。

看見兩個人進來，柳玉茹有些奇怪，忙道：「你們怎麼來了？」

「我們來幫忙。」周燁立刻道，「情況我們打聽清楚了，陛下是一定要保陸永的。我父親與葉大人都不會摻和這件事了，所以我們便來了。」

柳玉茹和周邊的人聽到這話，面色立刻沉了下來。沈明當即道：「陛下這是什麼意思？當皇帝的維護貪官陷害忠良！」

「不要說這個，」葉世安瞪了過去，隨後轉頭看向柳玉茹，立刻道：「如今我們最好能去刑部大牢一趟，一來確保九思沒什麼事，二來這件事如今只有我們了，最好同九思一起商議，他腦子比我們好用。」

「三來，」沈明在旁邊介面，「要是不行，我們就劫囚走人！」

「胡說八道！」葉世安當即叱責，柳玉茹卻是道，「若真到了那一步，倒也沒什麼不可。」

這話把葉世安和周燁震住了，他們敢罵沈明，柳玉茹卻是不太敢罵的。

柳玉茹想了想，當下道：「今夜我們就去大牢找九思。」

說完，她便讓木南過來：「你去找刑部的獄卒，讓他們安排個時間，我們即刻過去。」

木南應聲下去，柳玉茹留著所有人吃了飯，隨後又讓人準備了食盒和衣服，香囊書本筆墨紙硯一應俱全。

葉世安看著柳玉茹收拾東西，不由得道：「妳帶這麼多東西過去做什麼？」

「他在牢裡過得可憐，總要多照顧點。」

葉世安聽到這話，又看著那滿當當的食盒，違心道：「這牢獄，坐得真的挺可憐的。」

準備好一切後，等過了子時，夜裡人少，柳玉茹便帶著人過去。

「人都是我已經買通了的。」柳玉茹小聲道，「但也不能待太長時間，進去後我們長話短說，千萬別亂。」

葉世安、周燁、沈明齊齊點頭，周燁看了周邊一眼，嘆息道：「有錢能使鬼推磨，等玉茹再有錢些，買下這座大牢也是不錯的。」

這本是玩笑話，不曾想柳玉茹聽了，卻是認真道：「你說得不錯，日後我當多多賺錢才是。此事我也想明白了，最重要的，還是因為我窮。」

跟在後面的三人：「……」

三人走到牢獄深處，就看見牢裡的顧九思。

顧九思的牢房如今放著書桌、鋪著棉墊的床，恭桶裡放了香灰，幾乎沒什麼味道。他衣著乾淨，頭髮梳得十分整齊，手裡拿了本遊記，正看得津津有味。看著幾個人走進來，顧九思笑著放下書，看著眾人道：「等你們許久了，本來我早該睡的。」

「倒是耽誤你睡覺了，」沈明看著顧九思的牢房，十分複雜道，「我看你這大牢過得不錯。」

「的確，」葉世安點點頭，「比我過得好多了。」

「柳老闆，」旁邊獄卒同柳玉茹笑著道，「老規矩，我替您去外面守著。」

柳玉茹笑了笑，拿了銀子交給獄卒，抿唇道：「多謝。」

獄卒領了錢，高興地走了。柳玉茹提了食盒過去，趕忙道：「其他先不說，今夜可吃了東西？我帶了東街的脆皮鴨給你，你先吃著，葉大哥你將具體情況說說，一面說一面吃，別餓著了。」

一行人黑著臉看著面前這對小夫妻，但也不想多廢時間，葉世安開口就道：「今日我叔父和周大人……」

話沒說完，外面就傳來獄卒刻意大聲的詢問聲：「公主殿下？您怎麼有時間來這裡？顧大人？顧大人是重犯，不能隨便探視的啊！」

所有人面面相覷，沈明立刻同柳玉茹道：「妳躲到那邊去！」

說完，沈明就跳上了高處，其他人各自找了掩體藏好。柳玉茹提著食盒飛快藏到一旁的內間之中，而後就聽著外面傳來腳步聲。李雲裳的聲音溫和響了起來：「我與顧大人是故交，所以今日來探望一二，你也別多嘴多舌，可明白？」

「明白明白，」獄卒忙道，「借小的十個膽子，小的也不敢多嘴。」

李雲裳說著話，便來到顧九思牢房前，顧九思剛把鴨腿塞到桌下，躺到床上，背對著人來的方向，用袖子擦乾淨嘴，假裝睡覺。

李雲裳來到牢房前，看見顧九思，頓了頓腳步後，猛地撲了過去，抓住牢房的木欄，用所有人都為之一顫的哀切之聲高喊：「顧郎！你可還好，顧郎！」

聽到這話，柳玉茹抱緊食盒，躲在各處的三人下意識看向柳玉茹，又同情地看了顧九思一眼。

而剛擦完嘴的顧九思在短暫的驚愕後，旋即惶恐，在莫名的恐懼支配下，他維持不住任何形象，猛地起身，轉頭看著李雲裳怒喝出聲：「妳好端端一個姑娘家亂喊什麼呢！叫我顧大人！」

李雲裳：「……」

躲在暗處的三個男人：「……」

躲在內間的柳玉茹不由自主的揚起笑容。

有點驕傲。

第三十四章　籌謀

顧九思的反應讓李雲裳愣了愣，她有些尷尬，輕咳一聲後，轉頭同獄卒道：「你且先下去吧。」

獄卒假作什麼都不知道，偷偷打量了牢獄中的情形一眼，便轉身離去了。

等獄卒出去後，李雲裳這才轉過頭起來，看著顧九思道：「方才我對獄卒說明來見顧大人的理由，是因我與顧大人乃舊識，故而想表現一些給獄卒看，卻不想驚擾到顧大人了，還望見諒。」

顧九思見李雲裳正常了一些，稍微放鬆警惕，卻還是不忘柳玉茹等人還在，直接道：「公主來此，有何貴幹？」

「聽聞顧大人下獄，我心中不安，便過來看看，」李雲裳說著，四處打量一下，笑了笑道，「如今見顧大人沒什麼大礙，心中也就放下了。」

顧九思皺了皺眉頭，斟酌片刻，覺得此時不宜和李雲裳說太多，便道：「公主有什麼話不妨直說。」

李雲裳沒想到顧九思會半點拐彎都不打，愣了片刻後，倒笑了起來，她朝著身後侍女揮了揮手，等侍女下去後，轉頭看向顧九思，猶豫片刻，才慢慢道：「這次我聽說顧大人有難，便立刻去找了母后，母后找陛下探聽了消息，怕是不太理想。我怕顧大人無法脫身，千思萬想，只能想了一個不算法子的法子，但我不知道顧大人是否願意，所以特地來找顧大人說一說。」

「公主且說。」顧九思抬手示意李雲裳繼續，神色間全是思量。

李雲裳臉色微紅，停頓片刻後，慢慢道：「顧大人應當知道，當今陛下能順利登基，是在我母后支持之下所為。如今雖改朝換代，今上卻仍舊保留了母后與我的位子，也算是給個顏面。登基之後，陛下就給了我和母后一份免死權杖，我們皇族親屬家眷，都能免以死刑、保留尊位。」

聽著這話，顧九思一時沒反應過來：「公主到底是想說什麼？」

「我的意思是，」李雲裳不再委婉，紅著臉道，「你若成為了駙馬，哪怕這劉春的案子真落到你的頭上，也不用太過擔心，無論如何，你也是駙馬。」

這話一出，牢獄裡的四個人全都驚了。

顧九思呆呆看著李雲裳，片刻後，他猛地反應過來，忙道：「殿下，您別亂說話。」

「我並非逗弄你。」李雲裳急切地往前了一步，哪怕隔著木欄，顧九思也感覺到惶恐，他覺得面前女人彷彿是一隻巨獸，一想到柳玉茹聽著這些，滿腦子只剩下，完了完了完了。

他腦子裡飛速旋轉著如何拒絕李雲裳的措辭，李雲裳卻先開口了，繼續道：「顧大人，其實您來東都之前，我便知道您了。當初江大人與母后提起過您，甚至若非當初梁王一事，你我如今或已成夫妻。」

「不不不，」顧九思趕緊擺手道，「不可能的，有沒有梁王我們都不可能的，我高攀不起，殿下您別瞎說了。」

「江大人的意思，難道你在揚州半點都不知曉嗎？」

「知曉，」顧九思果斷開口，「但你們問過我的願意嗎？」

李雲裳愣了愣，顧九思不再顧忌儀態，雙腿往床鋪上一盤，便開始算著道：「殿下，我真的不知道我舅舅是怎麼忽悠您的，但是您金枝玉葉，我是真的配不上您。我現在已經有妻子了，您和我沒什麼可能，就別胡思亂想了。您願意幫顧某一把，顧某感激不盡，純屬政治合作，以後顧某也會投桃報李。但如果您心裡面有其他有的沒的的想法，我勸您打住，」顧九思抬起手，認真道，「我這輩子不會娶第二個女人。」

「哪怕是公主？」李雲裳皺起眉頭。

「哪怕是公主。」顧九思一臉認真。

兩人陷入僵局，片刻後，李雲裳輕輕笑了笑：「倒是我落花有意了。只是不知顧大人未來，可會後悔？」

「後悔什麼？」顧九思懶洋洋倒在床上，抬手撐著自己的頭，眼裡帶著笑看過去。

李雲裳愣了愣，盯著顧九思的臉，竟是呆了片刻，顧九思察覺她的呆滯，皺起眉頭道：「殿下？」

李雲裳被這聲呼喚喚回了神智，忙回過神，假作什麼都沒發生過，繼續道：「顧大人您想想，您和葉大人那樣的人不一樣，他一來東都，就有叔父做靠山，可您做什麼都得靠自己。東都水深，哪怕是陛下入東都，也重在安撫，顧大人您沒有家族做靠山，要在東都繼續，您靠什麼？」

說著，李雲裳笑起來：「靠您那個開胭脂鋪的妻子嗎？」

顧九思沒說話，他靜靜看著李雲裳，李雲裳打量著顧九思的神色，低頭看著自己染了花汁的指甲，聲音平和：「越是不入流的人，婚配越是隨意。越是要往上爬的人，越注重妻子的娘家如何。柳玉茹，是叫柳玉茹對吧？」

李雲裳想了想，接著道：「她是不錯的，但是畢竟是商賈之流，登不上什麼檯面。顧大人前途無量，當真不好好考量一下嗎？」

「不考量。」顧九思果斷開口。

李雲裳愣了愣，正準備再說什麼，就聽顧九思看著李雲裳，面露憐憫道：「天之血脈，鳳凰銜珠而生的公主，如今也淪落到了同商賈之流出身的臣子討論婚事利弊，真是可憐。」

「你！」李雲裳猛地坐起來，指著顧九思怒喝。

顧九思抬起手，止住了李雲裳的話，果斷道：「公主也是姑娘，姑娘家都是要臉的。話我不多說了，您走吧。您晚走一步，我怕我說話氣著您。」

「顧九思，你放肆。」

「我不放肆，我坐在這裡？」顧九思「哈」的笑出聲，嘲諷道，「公主怕是來同我談這些之前，都沒搞清楚我顧九思是個怎樣的人吧？把婚事這麼赤裸裸當成一筆交易親自來談，商賈之家尚不會如此，公主真是讓我開了眼界。」

「就妳這樣的女人，也配和我說玉茹？」

「妳賺過一分錢嗎？」顧九思坐起身子，「妳為自己身邊人做過什麼嗎？妳為愛妳的人付出過嗎？妳吃著百姓繳納的糧食，為他們憂心片刻過嗎？殿下，公主不僅僅是個稱號，它和陛下一樣是要承擔責任的。我家玉茹承擔了自己的責任，她為身邊的人付出過，她幫助過許多人，她不是公主，又怎麼樣呢？」

「我們在東都，能過就過，不能過就走。哪怕把我送到斷頭臺去，也是我顧九思在這世上來了一遭。您駙馬的位子，讓其他願意坐的人坐。我明白您的打算，您說著您母后和陛下關係很好，可您是前朝公主，就算現在舊臣不和妳們撕破臉，又能指望陛下容忍妳們多久？妳們敢去找一個家裡在東都盤根錯節的人家嗎？」

「妳如今也到了適婚的年紀，」顧九思笑了笑，「必須要出嫁了，不然再過些時候，和北梁打起來了，把妳送去和親怎麼辦？可這東都城，老牌貴族妳不能嫁，沒什麼家底、太過無能的妳也不願嫁。看來看去，也就我一個，家裡沒家底，人又機靈，長相或許還不錯，青年才俊，對吧？」

「你可真不要臉。」李雲裳被氣笑了。

顧九思聳聳肩：「恭喜您進一步瞭解我一些。」

「您說得沒錯，我呢，就是這麼不要臉又無奈。所以您也別多幻想了，趕緊洗洗睡吧。」

「顧九思，」李雲裳深吸一口氣，咬牙道，「你會後悔的。」

顧九思露出笑容：「公主慢走。」

李雲裳起身疾步走了出去。

等她遠了之後，沈明倒掛著探出頭，詢問顧九思道：「沒問題了吧？我們可以繼續談正事了吧？」

「玉茹，」顧九思完全不理沈明，急促道，「妳聽我解釋，我和她真的才認識……」

柳玉茹抱著食盒出來，也沒說話，將食盒重新放在顧九思面前，低聲道：「這些都不重要，先談正事吧。」

顧九思被這話哽了哽，一時有些說不出的難受，但又知道柳玉茹說得對，他沒有說話，聽柳玉茹繼續道：「我之前派了兩撥人出去，分別去了揚州和泰州，明日也該回來了。我原先想著，這事和洛子商脫不了干係，他一定知道些什麼，想查出點他的把柄來，找他談一談。」

「妳這想法，倒也不錯。」葉世安點了點頭，皺眉道，「但之前我查了許久，也不過找到那個乞丐，如今再查，若是查不到怎麼辦？」

「那就騙。」顧九思果斷開口：「到時候妳去就騙他說找到了，能騙成就最好，騙不成也無所謂。」

「說得容易，」沈明嗤笑出聲，「有本事你騙一個給我看。」

「要是我能出去，」顧九思涼涼瞟了沈明一眼，「我還真騙給你看。」

「等後日人回來，我便去找洛子商。之後呢？」柳玉茹抬眼看著顧九思：「你可還有安排？」

顧九思沒說話，他敲著膝蓋，想了片刻後，慢慢道：「陛下要保陸永，那是因為一方面陸永人脈廣泛，如今新朝初建，不能一下子動了他。動了他，他的位子誰又能坐？另外一方面，是陛下也顧忌兄弟情義。」

說著顧九思苦笑一下：「畢竟是出生入死這麼多年的老兄弟了，你們說是吧？」

大家點了點頭，葉世安道：「那如今怎麼辦，只能你來抵罪了？」

「不能讓我來，」顧九思搖搖頭，「自然是要讓其他人來。」

「我們總不能弄一個人來替你抵罪。」葉世安皺起眉頭。

顧九思點點頭：「自然是不能這麼做的。只是我在想，劉春這個案子，極大可能牽扯著的是庫銀。他是倉部司郎，而且關鍵環節就是清點庫銀。他這麼有錢，和這件事應該有一些關係。」

「嗯。」柳玉茹想了想，「那我現在就派人去，看看庫銀這邊是什麼情況。」

「去查一查，」顧九思思索著道，「知道是什麼案子，才知道下一步怎麼走，但要銘記的事，如果沒有十足的把握別出手，不過你們都別慌，」顧九思笑了笑，「從長計議。」

三人商量了一會兒，見時間到了，柳玉茹便領著葉世安和沈明要走。

顧九思看著三人走出去，瞧著柳玉茹頭也不回的背影，心裡有些酸澀。他知道柳玉茹大概是忘了公主的事了，這本該是好事，柳玉茹是一個見得大義的人，從來不給他找麻煩。可這樣不找麻煩到似乎澈底放棄的地步，顧九思心裡就有些難過了。

他看著柳玉茹走出去，終於忍不住道：「玉茹。」

柳玉茹停住腳步，顧九思低聲道：「今天的事，妳也不同我多說幾句。」

柳玉茹沒說話，她背對著顧九思，葉世安和沈明看了他們一眼，有些不好意思，便先走了出去。

等所有人出去後，顧九思開口：「妳這個樣子，我就覺得妳心裡像沒我一樣。」

柳玉茹聽到這話，抿了抿唇，她猶豫了片刻，慢慢道：「我不是心裡沒你。」

「那其他女人來招惹我，妳都不問一聲。」

柳玉茹輕輕笑了笑，轉過頭看著牢房裡的人，笑咪咪道：「我只是信你。」

顧九思愣了愣，柳玉茹柔聲道：「你替我罵了人，我便一直當個好姑娘就好，又何必降了自個兒的身價呢？」

「我向來覺得，」柳玉茹歪了歪頭認真思考，她正是好年華的嬌俏面容，顯出幾分可愛。顧九思緊張地看著她，隨後見她轉過頭來，翩然一笑，「那些同女人搶男人的女人，著實太不好看了。我可是要優雅一輩子的，你也休想我為你失了儀態。」

顧九思愣了愣，柳玉茹不再多說，笑了笑，便轉頭跟著葉世安和沈明走了出去。

三個人商量著後續事宜，一起回了顧府，顧府一直留著葉世安的房間，沈明自己先行休息，葉世安送柳玉茹進了房間，等臨近門口，兩人閒聊起來，葉世安才笑著道：「如今發現，玉茹與過往，總是不一樣了。」

「如何不一樣了？」柳玉茹有些疑惑，葉世安認真想了想，「勇敢許多。」

「我膽子向來是大的。」柳玉茹笑起來，「是過往你不瞭解罷了。」

葉世安搖了搖頭：「論做事，妳膽子是大。可若論交心，妳膽子卻是太小了。」

柳玉茹愣了愣，葉世安抬頭看向明月，感慨出聲：「妳說這世事，越長大，想得越明白，我越長大，卻是想得越不明白了。」

柳玉茹沒說話，她靜靜思索著葉世安的話，葉世安苦笑一聲，轉過頭同柳玉茹道：「回屋休息吧，我且先回去。」

葉世安轉身離開了，柳玉茹站在門口，片刻後，她輕笑起來，自己也回了屋。

回到屋裡，她洗漱之後，躺回床上。

一貫兩個人睡的床，空蕩蕩的讓她有了那麼幾分不習慣。她腦海裡浮現出李雲裳夜裡同顧九思說的話。

——「顧大人您沒有家族做靠山，要在東都繼續，您靠什麼？」

——「她是不錯的，但是畢竟是商賈之流，登不上什麼檯面。顧大人前途無量……」

柳玉茹睜著眼，靜靜看著床頂。

她是信顧九思的，顧九思那樣的情誼，任何人都起不了半分的質疑。一個女人的安全感，小半因著自己，大半因著對方。顧九思已經給足了她安全感，可是她卻也會因此總想著要將這世上最好的給顧九思。

她心裡盤算著家裡的開銷用度，突然有些難過起自己的無能，李雲裳說的話扎在她心裡，讓她覺得自己在這東都，渺小又無能。

若她再有錢一些就好了。

她思索著，若她的錢足以買下權勢，足以保護顧九思，足以讓顧九思在這樣的危難裡不必憂慮不必擔心，那就好了。

柳玉茹思索著睡過去。

等到第二日，她便安排了人去接觸戶部的人，下午葉世安和沈明回來，就帶來了消息。

「今日我聽叔父說，刑部的人已經將劉春的案子查下來遞了上去，陛下的面色一直不太好。」葉世安分析著道：「我猜想，劉春這個案子，怕是比陛下想像中更難辦。」

「九思清點出近四千多萬的白銀，報上去只有三千多萬，」柳玉茹琢磨著道，「這中間怕是有近一千萬兩白銀的虧空，若是刑部已經查出來有了一千萬的虧空，你說陛下對於陸永，還要保嗎？」

「若是不保，戶部怕是不穩。而且陛下還有一個考量，他如今登基不足一年，雖然是太后幫著他登基，但這也意味著東都舊黨的勢力還在，陸永是他的左右手，若是真的動了陸永，這就是動了陛下的左右手。一方面，陛下身邊的自己人寒心，另一方面，舊黨的人怕是要咬死戶部這個位子不放。」

「可這麼多錢，總得有個去處。」柳玉茹皺起眉頭，「朝廷如今到處缺錢，陛下會這麼放過陸永？」

「皇位穩固和銀子之間，你覺得陛下會如何選擇？」

葉世安抬眼看著柳玉茹，柳玉茹抿了抿唇，葉世安嘆了口氣：「如今擔心的，怕是九思。如果真的如此作想，那太后那邊的人，怕是要咬死這個案子不放，一千萬兩不見了，陛下總得出點血，太后不會讓這個案子輕拿輕放的。」

「所以，」柳玉茹明白過來，「公主要嫁給九思，就是太后希望讓九思和他們成為同個陣營，他們扳倒陸永，再讓九思出任戶部尚書？」

顧九思如今是戶部侍郎，離戶部尚書只有一步之遙。這一次若不是陸永倒下，必然就是顧九思倒下。

李雲裳極大可能也對顧九思有幾分感情，可更重要的，還是他們有意培養顧九思。顧九思沒有家族支撐，日後方便控制，結親也不會引起范軒太大的不滿，但年僅十九出任戶部侍郎，可見前途無量，稍作培養，便是一大助力。如今又剛好蒙難，在此機會下若是結成姻親，便是太后再好不過的一把刀。

如今他拒絕了這個機會，太后那邊自然也不會留情，無論是戶部尚書還是戶部侍郎，總要咬下一個來，見了范軒的血，才是他們的目的。

柳玉茹心裡微微窒息，有些喘息不過來，低喃道：「是我害了他。」

「妳瞎說什麼？」沈明忙叫出聲來，「是這些混蛋害了他才是！」

柳玉茹沒說話，葉世安卻是明白她的意思，葉世安嘆了口氣，勸道：「玉茹，這世上絕無想要依靠妻子和姻親往上爬的男人，除非他不是男人。我覺得，九思是個好男人。」

「我明白。」柳玉茹嘆息出聲，「我也不過是憂心他罷了。」

「算了，」柳玉茹笑起來，「我也放心下來，先看看戶部那邊的情況吧。這些時日我猜會有許多的摺子上奏此事，勞煩你們幫我看著朝廷的情況了。」

葉世安點點頭，沈明也跟著應是。

隔日清晨，果然不出柳玉茹所料，早朝會上，奏章鋪天蓋地上去，要求嚴查顧九思，同時開倉清點國庫。

國家百廢待興之時，一個戶部侍郎居然敢指使下屬偷盜庫銀，還殺人滅口，這種事，簡直是聞所未聞，罪大惡極。

等到下午，大街小巷傳遍了消息，柳玉茹走在街上，能聽見百姓議論著此事，嘀咕著顧九思的名字：「以往還聽說他在幽州是個好官，真是知人知面不知心。」

柳玉茹聽著這些話，捏緊了車簾，許久後，她深吸一口氣，回到馬車裡，低聲道：「回府吧。」

如此等了兩日，朝上因為顧九思的案子吵得不可開交，這時候從揚州泰州去的人終於回來了。柳玉茹聽說他們回來，立刻親自去接。到了門口，木南有些不放心道：「夫人，我們要不要換個馬車，別讓人發現？」

柳玉茹頓了頓，片刻後道：「不換，就這麼出去。」

「夫人……」木南還想勸阻，柳玉茹抬手止住木南的話，果斷道，「給洛子商通個風報個信，讓他知道我要去找他，也是好的。」

說完之後，柳玉茹便出了城。揚州和泰州的人一前一後，相差不過兩個時辰到了城門，柳玉茹在馬車裡等著他們，揚州的人先行過來，這次派去揚州的人叫秦六，他上了馬車後，咕嚕咕嚕灌了水，隨後同柳玉茹道：「夫人，有眉目了。」

「他的出生查到了？」

「查到了，」秦六喘息著道，「這次我找到了當年洛家的家僕，洛家滅門前，他剛好回家找出來。」

省親，後來洛家出了事，他便一直隱姓埋名躲著，這次我到揚州，廢了好大的功夫，才把人

「洛家的人？」柳玉茹有些疑惑，「他竟知道洛子商的身世？他不是個乞兒嗎？」

「他的確是個乞兒，」秦六點頭道，「但這個乞兒，卻是洛家拋出去的。」

柳玉茹微微一愣，一時說不出話。好半天，她才道：「你繼續說。」

「這個人是當年洛家的護衛，他說當年洛家有一位小姐，生性叛逆，時常在揚州城內耍玩。後來在外面認識一位公子，洛小姐對那位公子一見傾心，一心一意嫁給他，兩人珠胎暗結，就有了洛子商。」

柳玉茹皺起眉頭，秦六繼續道：「後來洛小姐說明了身分，才知道這位公子是有妻子的，而且妻子娘家在京中任著高官，不可能休妻。而洛小姐又不願意委身做妾，最後和這位公子斷了聯繫。按著家裡的意思，本是要洛小姐打掉這個孩子的，但在最後關頭，洛小姐於心不忍，偷了銀兩，偷偷跑了出去，等洛家找到這位小姐時候，孩子已經不能打了，於是只能將這個孩子生下來。但洛老爺不願意讓孩子耽擱洛小姐日後的人生，當下的情況本就難嫁，更何況再帶個孩子？」

「所以呢？」柳玉茹心顫了顫，秦六嘆了口氣：「洛老爺就在孩子生下來後，讓侍衛抱出去扔了，然後和洛小姐謊稱孩子沒了。後來洛老爺讓這個護衛一直關照著這個孩子，給這孩子找了個養父，又給了那養父一筆錢，這才斷了聯繫。」

「後來養父還是死在他們洛家人手裡。」柳玉茹垂下眼眸，梳理著過程。秦六點點頭：「對，他養父死了，他上洛家討個說法，被洛老爺看到以後，就讓人先關在了柴房。當時洛家在接待貴客，也就沒有聲張。」

「貴客？」柳玉茹疑惑。

秦六點頭：「對，那貴客也不知道是誰，聽侍衛說，當時貴客找到洛家，是同洛家要一樣東西。」

「什麼東西？」

「玉璽。」

秦六出聲，讓柳玉茹驚了。

「洛家有傳國玉璽？」

「據說那人來時，私下和洛老爺是這麼說的。」秦六點頭，接著道，「他們在房間裡起了很大的爭執，侍衛才聽見這事。但洛老爺堅持聲稱沒有。後來這位侍衛回家省親，回家第二日，就傳來洛家滿門被滅的消息。」

柳玉茹坐在馬車裡，許久沒有說話。

「還有呢？」

「他說他後來救了一個逃出來的洛家家僕，對方在他這裡養了不到三天就死了。這個家僕說，洛家被屠，其實是因為一個孩子一句話。那個孩子同那位留在洛家的貴人說，滅洛家滿門，他就奉上玉璽。」

柳玉茹聽著到話，有些說不出來的發寒。這話無疑是洛子商說的，可那時候，洛子商才幾歲？

滅洛家滿門。

他在滅洛家滿門前，可知道自己母親就在這些人當中？

柳玉茹好半天回不過神，許久後，她才找回聲音，接著道：「後來呢？」

「洛家滅門第二日，章懷禮就到了洛家，找到了洛子商。洛子商聲稱自己是洛家遺孤，就被章大師帶走了。」

「後來，也就沒什麼後來了。」

兩人說著，話沒說完，就聽另外一個嘹亮的聲音道：「後來的事，便該我說了。」

柳玉茹聽到這個聲音，便知道是派去泰州的秦風回來了。她忙掀開車簾，催促道：「上來。」

秦風跳上馬車，馬車便往回城的方向噠噠而去。柳玉茹坐在位子上，立刻道：「後來如何？」

「章懷禮大師收養了洛子商，當做親生兒子來養。」秦風將在泰州打聽的結果說出來，慢慢道，「據說洛子商天生聰穎，是章懷禮的得意門生。他同章懷禮情同父子，章懷禮後來病重的時候，也一直是他在身邊照顧。」

「他們感情一直很好，直到洛子商決定去揚州。章懷禮不同意，他們大吵了一架，吵架的時候，章大師有個僕人在場，後來章大師死了，僕人在當日便失蹤了。」

「可找到了？」柳玉茹急問。

秦風嘆了口氣：「我找到了。」

「那……」

「死了。」

這話讓柳玉茹哽住，秦風有些無奈：「據說他被人追殺，後來受傷太重，沒能撐住，就去了。」

柳玉茹沉默不語，許久後，她終於道：「他不是當著洛子商的人的面死的？」

「不是。」

「也就是說，洛子商目前還不確定他死了？」

「對。」

「他叫什麼？」

「齊銘。」

柳玉茹點點頭，將這個齊銘細細打聽了一番後，終於道：「我知道了。」

她心裡盤算著，回到了顧府，在顧府來回踱步，許久後，終於道：「讓人準備一下，我要去洛府。」

其實這件事已經準備了很久，很快柳玉茹就出了門，讓人提前送了拜帖過去。

洛子商接到拜帖的時候，正在庭院裡和自己對弈。

他看著柳玉茹寫的拜帖，梅花小楷端端正正，一如那個人一樣，端端正正。

洛子商看著拜帖，許久後，輕輕一笑：「字倒是極好看。」

說著，他將拜帖交給管家，讓他收好後，同下人道：「領人過來吧。」

下人不敢多問，便將柳玉茹領到了庭院。

洛子商的庭院，修建的是典型的江南園林風格，他出手闊綽，這宅子相比顧府，大上了許多。他坐在水榭之中，親自收起自己的棋子。柳玉茹走到洛子商對面，恭敬行禮道：「洛大人。」

「柳老闆。」洛子商笑著回過頭，抬手道：「請坐。」

柳玉茹坐到洛子商對面，洛子商親自泡了茶，低聲道：「柳老闆無事不登三寶殿，今日怎麼著來我這裡看看我的想法？」

「我來這裡，洛大人應當是清楚的。」

洛子商聽著柳玉茹的話，舉著茶抿了一口，接著道：「柳老闆做事，總是令在下琢磨不透。您派了兩批人出去，一批去了泰州，一批去了揚州，如今兩撥人早上回來，柳老闆下午就造訪，不知道是打算做什麼？」

「洛大人，」柳玉茹轉頭看向外面的庭院，平和道，「您為什麼要來東都呢？」

「在揚州翻手為雲覆手為雨不好嗎，為什麼還要來東都呢？」

「下棋嗎？」洛子商雖然是詢問，卻已經提前抓子，彷彿篤定柳玉茹一定會答應。柳玉茹猶豫片刻，終於伸出手，抓了棋子，放在桌面上。

決定了黑白的執棋，洛子商先落子，淡道：「若我不來東都，又該做什麼呢？」

「在揚州已經走到能走的位子了，總該往上走一走。你們都來了，怎麼我就來不得？」

「所以，」柳玉茹將白子落在棋盤上，「洛大人在揚州逼走了我們，如今又來東都找我們麻煩。」

「柳老闆說笑了，」洛子商笑了笑，「在下並非找你們麻煩，在下不是隨便生事的人。只是有些事情，大家立場不同，我非得如此不可。」

「洛大人想過自己母親是怎樣的人嗎？」柳玉茹說。

洛子商沉默不語，片刻後，他笑起來：「我母親溫氏，是個極好的人。」

溫氏是洛家的少夫人，也是洛子商真正的母親。柳玉茹抬眼看了洛子商一眼，平和道：「洛大人知道我的意思，這裡是您的府邸，咱們也不必這麼累。」

洛子商看著柳玉茹落子，許久後，他慢慢笑起來：「若柳小姐願意叫在下一聲洛公子，這話題，倒是還能聊的。」

柳玉茹皺了皺眉，洛子商慢慢道：「我年少時總想，和同齡人下棋聊天，倒也是極好的。妳一口一聲洛大人，同我談著我的家事，我覺得有些難以開口。」

「我叫您洛公子，便能開口了？」

「的確是能。」

洛子商聽了這話，抬頭朝著柳玉茹笑了笑，隨後低頭落子道：「我是無根的人，所以我自個兒也不知道自己是從哪裡出發，又從哪裡去。妳問我母親是什麼樣，我只能猜想，她應當是個極好的人。」

洛子商聲音平和，慢慢說著他對母親的一切幻想。周邊沒什麼人，夏日午後帶著蟬鳴，風捲水中涼意而來，讓人時而清醒，時而又恍惚於夏日炎炎之中。

柳玉茹聽著他說話，兩人沒有爭執和衝突，始終保持著禮貌平和，等到了最後，柳玉茹突然道：「洛大人想知道自己母親是誰嗎？」

洛子商下棋的動作微微一頓，他抬起頭來，看著柳玉茹。

許久後，他慢慢笑起來：「柳小姐要什麼，不如直說。」

「九思這個案子，我想和洛大人，多少有些關聯。」柳玉茹平和道，「還望大人指一條明路。」

「柳小姐，」洛子商笑了，「拿著往事談現在，未免有些天真。」

「若這是弒師殺母的往事呢？」柳玉茹開口，洛子商猛地縮緊了瞳孔，他抬起眼來，盯著對面的柳玉茹。

柳玉茹神色平淡：「洛大人還記得齊銘嗎？」

洛子商沒說話，他緊捏棋子，看著對面的柳玉茹。

柳玉茹視若無睹，繼續落子，平淡道：「您如今任太子太傅，我聽說您和太子關係很是不錯，您要在朝廷經營您的路，而九思和葉大哥與你有家仇，您找他們開刀，我能理解。可是我就是想，一個弒師殺母的人，頂著洛家公子的名頭招搖撞騙，又有多少人會信服？」

「如今揚州是王公子在管著，您在東都任職，揚州雖然都是你的人，但也不過是因為大家相信你在東都一定會有位子，他們跟著你，有一條好的出路。亂世梟雄是梟雄，可若是揹了天下唾棄之名，那可就是狗熊了。你覺得這名頭出去，你手下那些人，當真沒有異心？不說其他，你在揚州有兩位謀士，都是章懷禮門下弟子，算是你的師姪。更別提舉薦你的人、看重你洛家貴族出身的王公子這些人的想法了。」

洛子商聽著柳玉茹說話，臉色微變，許久後，洛子商笑起來，眼裡帶了幾分冷意：「柳小姐真是處處為我著想打算了，既然對我影響這麼大，何不如公開出來，讓在下身敗名裂便好？」

「洛大人，」柳玉茹聲色平靜，讓人莫名安定下來，「無論您信與不信，」柳玉茹抬眼看他，神色鄭重，「我和九思，並不想與洛大人為敵。我今日來，也不是找洛大人麻煩，只是想救我家夫君。我公布了這些，也救不回他，不是嗎？」

「如今一千萬兩銀子，陛下明擺著要讓我夫君擔這個責任，此事敞開來說，當初劉春之死，以陸永的性子，何來如此手筆？」

洛子商轉動著手中的棋子，聽著柳玉茹的話，柳玉茹看著洛子商，深吸一口氣：「洛公子，」她放下棋子，直起上半身，認真道，「玉石俱焚，或是兩相歡喜，洛公子您自己選。今日您給我指一條路，我夫君無事，我保證此事不會傳出半分，我的消息管道，也會全數送予你。若九思救不回來了，」柳玉茹盯著洛子商，「除非我死，不然我保證，今生今世，您永無寧日。」

聽到這話，洛子商輕笑出聲，他抬眼看向柳玉茹，唇邊帶笑：「這話我聽得多了，真讓我思量的，柳小姐卻還是頭一個。」

「好吧，」他嘆口氣，「其實顧大人的死活，我也不在意，顧大人和陸大人，總歸要去一個，於我來說就夠了。柳小姐不願意顧大人出事，那就找陸大人的麻煩吧，在下也不介意。」

說著，洛子商抬手，一個侍衛走過來，將紙筆交給洛子商，洛子商迅速寫下一個名字：「找這個人，劉春雖然死了，這個人還活著。劉春之前怕自己會有出事的一天，所有東西都交給了這個人。」

柳玉茹拿著紙條，看了上面的名字和地址，等字跡風乾後，終於道：「多謝。」

說完，柳玉茹起身，行禮道：「話已說完，也不打擾了。」

「棋還沒下完。」洛子商笑了笑，「柳小姐不下了？」

「洛大人自己下吧。」柳玉茹看了看天色，「天色已晚，妾身也要回去了。」

洛子商沒說話，他抿了口茶，走出門時，突然道：「我母親是誰？」

柳玉茹頓住腳步，她背對著洛子商，慢慢開口：「當年的洛家大小姐，洛依水。」

洛子商露出錯愕的表情，許久後，柳玉茹聽見身後傳來笑聲。

「洛依水……」他的聲音裡帶了低啞：「洛依水……」

「洛公子，」柳玉茹平靜道，「世事無常，還有漫漫餘生，容你懺悔。」

「懺悔？」洛子商嘲諷道，「顧夫人與其在這裡同我說得這樣義正辭嚴，倒不如去問問，最後玉璽在誰手裡，看一看，到底誰該懺悔得多些。」

柳玉茹心中顫了顫，她收好紙條，淡道：「天色已晚，告辭。」

說完，柳玉茹便大步走了出去。等回了顧家，葉世安和沈明等了已久，見柳玉茹回來，忙道：「如何了？」

柳玉茹抬起眼，慢慢道：「你們可知，玉璽如今在何人手中？」

這話問懵了兩人，沈明下意識道：「不是在陛下手中嗎？就現在在聖旨上蓋印那個對吧？」

柳玉茹看向葉世安：「陛下又是從何而來？」

葉世安皺了皺眉頭，他想了一會兒後，終於道：「似是從梁王那裡得來。」

柳玉茹動作微微一頓，抬頭看向葉世安，似是有話要說。葉世安敏銳察覺，詢問道：「怎的？」

人。」

「沒什麼。」柳玉茹回過神，平靜道，「洛子商的確給了我一些消息，讓我去找一個

說著，她將紙條交給葉世安，上面寫了一個叫「孫壑」的名字和住址。葉世安沒有多說，立刻和沈明清點了家奴，和柳玉茹一起去了紙上的住址。柳玉茹在路上將情況同葉世安和沈明說明，一行人到了這地方，這裡就是個破爛的宅院，柳玉茹上前敲了門，片刻後，有一個男人罵罵咧咧從院子裡出來，一面罵一面道：「誰啊？這個時辰了還上工，要不要人活……」

話沒說完，他便打開了大門，一看見柳玉茹，他下意識關門，柳玉茹趕忙上前抵住大門，急道：「孫先生，您別害怕……」

沈明看見孫壑冒頭，從後面疾步上來，一腳踹在大門上，把大門連著人踹飛開去，孫壑倒在地上，翻身就跑，沈明一把抓在他的肩上，抬腳將人踹了跪下，壓著孫壑的肩怒道：「跑什麼跑！問你話呢！」

「沈明！」柳玉茹叫住沈明，趕緊上前同孫壑道，「孫先生，我們是找你來問點事，不會對您做什麼，您別害怕。」

孫壑不敢看柳玉茹，忐忑道：「我就是個鐵匠，不認識你們這些貴人，你們找我做什麼？」

柳玉茹沒說話，她半蹲在孫壑面前，認真道：「認識劉春嗎？」

「不認識。」孫壑果斷開口。

柳玉茹嘆了口氣：「孫先生，您別敬酒不吃吃罰酒。」

他們說著話，旁邊葉世安已經讓人去搜查孫壑的屋中。柳玉茹看了外面一眼，同沈明道：「把門修好，帶進屋裡來吧。」

說完，她站起身，走進屋內。

沈明讓人去修門，自己押著孫壑進了屋裡，柳玉茹讓孫壑坐下，平淡道：「孫先生，我既然來了，就是篤定你認識劉春，還與劉春有關係。我知道劉春臨死前交了些東西給你，這些東西你拿著不安全，為了你的身家性命，還是交出來吧。」

孫壑不說話，身子微微顫抖。

柳玉茹喝了口茶，平淡道：「孫壑，我已經找上門來，你就算什麼都不說，我們也有的是法子找你麻煩。繼續僵持下去，吃虧的是你。」

旁邊的人在屋裡敲敲打打，孫壑深吸一口氣，抬眼看向旁邊的沈明道：「大人，有菸草嗎？」

沈明看了柳玉茹一眼，柳玉茹點點頭，轉頭同旁邊下屬道：「去找老三拿包菸草。」

下屬轉頭出去，沒多就就拿了個荷包進來，孫壑從荷包裡抖出菸草，又從旁邊桌上拿了菸杆，放進菸杆裡，旁人點了火，他深深吸了一口，吞雲吐霧片刻後，似乎突然蒼老了下來，慢慢道：「其實老劉一死，我就知道早晚有這一日。我是真沒想到他去得這麼快。」

柳玉茹靜默不語，孫壑又抽了幾口，才鎮定下來，有些疲憊道：「我的床中間是空心的，他放在這裡的東西就在床裡面，你們拿走吧。」

沈明聽到這話，趕緊帶人出去找，房間裡留下兩個侍衛守著柳玉茹，柳玉茹倒了茶，平和道：「我們不是惡人，這東西您給了我們，我們會保您安全。」

孫壑疲憊地點了點頭，柳玉茹好奇道：「您和劉大人是朋友？」

「同鄉。」孫壑抽著菸，慢慢道，「小時候一起玩泥巴的。八歲那年發大水，災荒時我被我娘賣了，他命好，有個貴人收養了他，等後來再見面，他已經當官了。」

「他人不錯，我們同鄉許多人都跟著他混，我膽子小，不想和他做那些掉腦袋的事，想好好照顧我娘，就沒跟他往來了。但他一直照顧我，我娘的病，也是他拿錢醫的。」

「伯母如今可還好？」

「我送鄉下去了。」孫壑嘆了口氣，「劉春一出事，我就知道不好。可是我在這兒活這麼多年，去其他地方怕也只能餓死。我娘也折騰不起，還要吃藥，我就在城裡待著，熬一日是一日。我每日就算著你們會來，又總是希望你們什麼都沒發現，不來。」

孫壑苦笑：「不過還好你們也不算什麼大奸大惡之輩，我倒是沒多害怕了。」

「您放心，」柳玉茹再次道，「您和伯母的安全，我們都會照顧到的。」

孫壑點點頭，柳玉茹想了想，繼續道：「劉春做的事，你都知道？」

「知道一些吧。」孫壑撣了撣菸灰，「他打從前朝就管著倉部了，他做的事也要同鄉幫忙，我也聽說了一些。」

「他是如何做的？」柳玉茹故作自己已經知曉劉春做了些什麼，追著詢問。

孫壑不打算瞞柳玉茹，抽著菸道：「把庫銀從倉庫裡拿出來，是一定要在外面公開脫光驗身的。進去驗一次，出來驗一次，防止私帶。然後他們就想了很多辦法，比如說將銀子藏在茶壺裡，茶壺往檢驗那個人面前倒一次水，就算驗過了。」

柳玉茹皺起眉頭：「倒一次水就能過了？」

「這些是後來的，」孫壑答道，「後來大家銀子多了，把驗身的人也收買了，所有人心知肚明走個過場而已。」

柳玉茹愣了愣，這時候她突然意識到，庫銀此事牽扯的，怕不僅僅是陸永和劉春，而是整個戶部上下，都有牽連。

柳玉茹沉默著沒說話，孫壑接著道：「最初的時候，大家還是擔心，所以都是藏在自己後庭之中，夾帶著出來。每次帶出來的數量雖然不多，天長日久，倒也不是小數。時間長了，大家都覺得不會有例外了。沒想到啊，」孫壑嘆了口氣，「終究是栽了跟頭。」

說著，孫壑抬眼看向柳玉茹：「這位夫人，人能活嗎？」

柳玉茹知道孫壑問的是那些跟著劉春參與的人。柳玉茹沉默著，許久後，她才道：「不一定，但若是能將損失降低，應當還是有希望的。」

孫壑不再說話，他抽了口菸，眉目間都是憂慮。

他們那些同鄉，幾乎都和劉春有著牽扯，只有他一直待在外面，鮮少有人知道他們的關係。也正是因為這樣，劉春才會將帳本放在他這裡。

然而如今他還是將帳本交了出去。

孫壑也不知道自己做得對不對，只是想起來也是無法，人活著，畢竟還是為著自己。

兩人說著話，沈明捧著一個盒子走了出來。柳玉茹拿過盒子，發現裡面同帳本放在一起的還有許多書信。

柳玉茹隨意翻了一下，確認這是劉春和陸永的通信，還有劉春寫下指認陸永的口供。柳玉茹掃完裡面的東西，蓋上盒子站起身道：「將孫先生接到顧府，好好保護。派人去鄉下，將孫先生的母親也接過來。」

沈明應了一聲，便去辦了。

柳玉茹拿著盒子，同葉世安道：「葉大哥，我得去找九思一趟。」

葉世安立刻道：「我同妳去。」

兩人沒有拖延，柳玉茹抱著證據上了馬車，直接前往刑部大牢。柳玉茹同獄卒提前打了招呼，到了之後，獄卒便讓她進了牢房。

如今她和刑部的人已經十分熟悉，花錢來探囚的人多，但如柳玉茹這樣大方的卻不多。柳玉茹的大方，不僅僅是給的錢多，還因想的體貼，缺什麼給什麼，比誰都省心。刑部下面的人見著柳玉茹，都眉開眼笑，甚至許多人和柳玉茹交上了朋友，將她當成了自己人。

因著「自己人」這樣的關係，柳玉茹見顧九思是越發方便，天還沒黑，她就進了牢獄，同葉世安一起抱著盒子，來到顧九思面前。

柳玉茹將情況同顧九思稍作說明，顧九思便聽明白柳玉茹的意思，他聽完之後，盤腿坐在地上，輕輕敲打著地面。許久後終於道：「所以，偷拿庫銀這件事，從前朝就已經開始做了？」

「是。」

「劉春在倉部司郎這個位子上待了多久？」

顧九思看向葉世安，葉世安短暫呆愣後，迅速回答：「近十年。」

顧九思閉上眼，好久後，他終於道：「我清點前朝帳目，是依照帳目來的。若是在前朝他們就開始私吞庫銀，如今庫銀絕對沒有三千萬這個數目。」

「這突破陛下底線了。」顧九思思忖著開口。

柳玉茹看著顧九思思考，不由得道：「那如今，要怎麼辦？」

「也沒什麼好辦法，」葉世安嘆了口氣，「九思和陸大人之間，只能選一個。如今朝中要求嚴辦九思的摺子真是雪一樣堆在陛下桌上，這件事沒有個結果，是不會甘休的。」

「就這樣，」葉世安果斷道，「將證據交上去，讓陸永去受罪就得了。」

顧九思沒說話，他轉動著手裡的筆，似是思考。

柳玉茹也不說話，她給顧九思倒茶，緊皺著眉頭。

許久後，顧九思突然道：「我要見陸永。」

葉世安愣了愣：「你還要見他做什麼？」

顧九思看著柳玉茹，柳玉茹放下茶杯，神色間卻全是了然。

「我這就去安排。」柳玉茹果斷開口，顧九思點了點頭。

葉世安有些迷惑了：「九思，你這是何意？」

「洛子商沒有這麼容易鬆口。」顧九思平靜道：「這個孫壑，怕是洛子商故意送給玉茹的。」

第三十五章　擊鼓鳴冤

「這……這怎麼說？」柳玉茹有些愣。

顧九思道：「妳想，按照孫壑所說，他沒有參與庫銀之事，不和劉春往來，所以劉春才將東西放在他這裡圖個安穩。可見他是極為謹慎或者說膽小的人。那如今劉春死了，他為什麼不跑，還在東都待著等你們來找？」

葉世安點了點頭：「九思說得極是。」

「再說洛子商，玉茹與他相談的不過是一些舊事，章懷禮之事，玉茹把齊銘說出來了，可他沒有多問，甚至沒有考慮一下，讓玉茹回來他去查探一番，就直接告訴了玉茹孫壑的存在，他又是這麼容易說話的人？」

「那他圖什麼？」柳玉茹皺起眉頭，顧九思思索著道，「這件事，我也想了許久。但你們同我說太子一定要嚴懲我，我卻有些想明白了。你們想，陸永是誰的人？」

「陛下的。」葉世安果斷道，「他一直在勸陛下再立皇后，多誕子嗣。」

「陸永雖然拿錢，但他的確是陛下的人，而陛下雖然讓洛子商留在東都，也是為了打完劉行知回來收拾他。洛子商難道就不為自己打算一下嗎？洛子商如今的意圖，怕是忽悠了太子，以幫太子的名義，打算安插自己的人。這一次勢必是太后和太子聯手，一定要把陸永或者我拉下來，拉下來之後，戶部職位有空缺，他們就可以安排人上去。玉茹，妳想想，如今妳找到孫壑，如果我們不多想，妳會如何？」

柳玉茹猶豫片刻，終於順著心意道：「勢必是要為你去討個公道的。」

「對，妳會去討公道，妳把庫銀這個案子翻出來，把陸永的證據交上去，然後陛下一查，庫銀少了一千多萬兩，而劉春作為倉部司郎死得不明不白，這樣的案子，陛下不可能不震怒，但此時殺陸永，陸永手下的人怎麼辦？所以陛下大有可能，是要推我出去抵罪，而後安撫太后太子，讓陸永降級。我死了，陸永也不是尚書，戶部便是空了兩個位子，分給他們。而陸永調到其他地方去，逼著他想辦法弄回這一千多萬銀兩。他活著，他的人馬會繼續在朝廷扎根效力。這便是這個案子對於陛下來說最好的結局。若真如此，」顧九思看著柳玉茹，眼裡露出苦笑，「拿著證據的妳，也就留不得了。」

「陛下不會如此。」葉世安聽到這話，有些不能接受，立刻道，「九思，你這是把陛下當成那些卑鄙小人作想了。」

「世安，」顧九思平靜道，「我不當惡人，可我也不會覺得這世上都是好人。」

「這本便不是一條乾淨的路。」

這話把葉世安說愣了，柳玉茹呆呆看著跪坐在監獄裡的青年，他面色沉靜，恍惚間讓她看到黑風寨上坑殺了一千之眾的那個人。她不知道為什麼，手微微發顫，但她讓自己鎮定下來，捏了拳頭，遮掩住自己的失態，刻意壓制所有情緒，同顧九思道：「這便當做是最壞打算吧。若真是如此，九思你覺得，該當如何？」

「既然洛子商的目標是陛下，那我和陸永，其實並不是敵人。這件事妳已經看到了，其實庫銀一事，很多年前已經開始，如果我們把這個案子做成劉春偷盜庫銀的案子，我和陸永都是新上任的官，不可能指使他偷盜這麼多年。偷盜庫銀本就是死罪，從一批罪犯中找出官職最大那個來頂劉春之死這件事，便就完了。當然，若是能查到殺劉春的真凶，那就更好了。」

顧九思說出口，頓了頓，似乎是想到什麼，片刻後，他改口：「不對，我不能先見陸永。你們先想辦法，讓我見陛下。」

「我去找陛下。」葉世安果斷道，「我和周大哥一起求陛下，讓他提審你。」

顧九思搖搖頭，他想了想，轉頭看向柳玉茹：「玉茹，妳進宮去。」

「我？」柳玉茹愣了愣。

顧九思接著道：「妳拿著證據進宮去，把所有情況告訴陛下，然後告訴陛下，我有辦法解決困局，讓陛下提審我。」

「她怎麼進宮去？如今范叔叔已是天子之身，玉茹未經蒙召，怕是不能入宮。叔父和周大人都不願意再插手這件事，我和周大哥未經召見，也很難見到陛下，總不能早朝去和陛下說這事吧？」葉世安皺起眉頭，分析著開口，顧九思正打算出聲，柳玉茹便道，「我有辦法。」

柳玉茹立刻道：「我去順天府擊鼓鳴冤，要面見陛下。」

「好辦法。」顧九思立刻道，「玉茹去鳴冤，你和周大哥碰巧路過，然後再和順天府尹說一說，讓順天府呈報此事。」

三人商量好，柳玉茹和葉世安這才出去。

等出外面時候，已經是夜深，從牢裡出來，柳玉茹感覺冷風吹過，忍不住顫了顫。

葉世安回頭看了她一眼，詢問道：「冷？」

「倒也沒有。」柳玉茹笑了笑，抬手將頭髮挽在耳後，聲音有些飄忽：「不知道為什麼，人其實不冷，就覺得心裡有些說不出的發涼。」

「不只妳，」葉世安笑了笑，「我也是。」

說著，葉世安轉過頭去，看著天邊的星辰，慢慢道：「玉茹，妳有沒有覺得，九思有些不一樣了。」

柳玉茹沒說話，她垂下眼眸，聽著葉世安道：「我記得他還在揚州的時候，我每次見著他，就覺得朝氣蓬勃。那時候揚州乞丐都特喜歡他，我聽說他腦子不好用，特容易被騙。」

聽到這話，柳玉茹忍不住笑了：「他哪裡是腦子不好用？不過是心情好，心甘情願被人騙而已。」

「如今不願意被人騙了，」葉世安嘆了口氣，「反而會騙人了。」

柳玉茹聽著這話，也忍不住抬起頭，好久後，她才道：「葉大哥，你說人會變嗎？」

葉世安沒說話，許久後，馬車噠噠而來，葉世安送著柳玉茹上了馬車，等柳玉茹坐在馬車裡時，葉世安隔著車壁，站在車外，慢慢道：「玉茹，哪兒有不變的人呢？」

柳玉茹捏緊腿上的裙子，心裡莫名就有些害怕起來。外面侍衛開口道：「夫人，回府了？」

柳玉茹這才回過神，低聲道：「回吧。」

柳玉茹回了府中，還沒到門口，就聽見沈明的聲音：「總算是回來了。」

柳玉茹捲起簾子，看見沈明坐在馬車上，馬車另一端坐著葉韻。柳玉茹有些奇怪：「你們這是做什麼？」

「就她，」沈明舉起馬鞭，指了旁邊的葉韻，「一直吵嚷著要來接妳，吵得我腦殼疼，就來了。」

聽到這話，柳玉茹不由得笑了。葉韻板著張臉，冷聲道：「是你要跟著我來的。」

「不是妳叫我的？」沈明立刻開口：「妳不要翻臉不認人啊。」

葉韻嘲諷笑開：「我叫的是侍衛，誰讓你巴巴跑過來？」

「妳……」

「好了，」柳玉茹笑著打斷他們，「回去吧，我還有事要和沈明你說。」

柳玉茹說完放下簾子，葉韻和沈明對看一眼，雙雙露出嫌棄表情，扭過頭去。

等到了府中，柳玉茹立刻同沈明將情況說了一遍，然後道：「孫壑給的帳目和名單我看過了，你今夜就拿著冊子，挨著去找人，錄下口供來給我。」

沈明點點頭，也不再等待，轉頭走了出去。

柳玉茹睡了一夜，等第二日醒來，吃過早飯，便看到沈明拿了一大疊紙放在柳玉茹面前。沈明將腳往凳子上一搭，得意道：「怎麼樣，老子厲害吧？一個晚上，」他往紙上敲了敲，「妳看我這通天的能耐！」

柳玉茹笑了笑，溫和道：「沈小將軍自然是厲害的。」

說著，她從從旁邊拿了口供，一頁一頁掃過去，都是庫房裡的人招供他們如何偷盜庫銀的。

柳玉茹看完，確認口供上沒有什麼銜接漏洞之後，便讓人將它謄抄了一遍，帶著副本裝進盒子裡，然後穿上藍色繡鶴雲緞華服，頭簪金簪，捧著副本走了出去。

她上了馬車，馬車搖搖晃晃，往著順天府過去，她抱著這些證據的副本，思索著等會兒要如何開口。

而沈明這時候，也去找葉世安和周燁，往順天府趕了過去了。

柳玉茹先他們到的順天府，順天府外行人來來往往，而順天府的大鼓立在門口，已經長滿了藤蔓。

柳玉茹上前去，強行將鼓槌從藤蔓中抽出來。她做這個動作時，便有人駐足下來。

「這是誰？」

「穿著這樣華貴，應該是富貴人家。」

「富貴人家，來這順天府做什麼？」

「看見那馬車了嗎？」有人指了一旁的馬車，「是顧家的。」

「顧家？哪個顧家？」

「你不知道？就前陣子，那個年輕得不得了，從幽州過來的戶部侍郎，不是說因為劉大人的案子下獄了嗎？」

「劉大人？你是說劉春劉大人？」

「就是。」

周邊人議論紛紛，柳玉茹拿著鼓槌，一下一下，砸在了鼓面之上。

久未被人捶打過的鼓面發出震耳嗡鳴之聲，柳玉茹身材瘦弱，她費盡全力，一下一下砸在鼓面上，清麗的聲音高喊出聲：「妾身顧柳氏，求見天子，為夫伸冤！」

這聲喊出來，越來越多人彙聚過來，這時候葉世安和周燁等人也趕到了，周燁身邊還跟著秦婉清，她站在周燁身邊，看著柳玉茹道：「你們不能直接讓順天府尹幫個忙嗎？非得讓她去冒這個頭？」

「這個過程是得走的。」周燁小聲道，「玉茹在順天府伸冤告御狀，本來順天府尹就要呈報，我們是順水推舟，讓順天府不要為難。但若沒有這個過程，順天府也沒有什麼幫她的義務。」

秦婉清聽明白，點了點頭，周燁看了看周邊，同秦婉清道：「妳幫我看著，我去找人。」說完他便離開人群，繞到了後門，私下找了一個侍衛，讓侍衛進去通稟道：「您同大人說，外面擊鼓鳴冤那位是我朋友，還望他多多照顧。」

侍衛看著「周」字的權杖，不敢怠慢，趕緊進了順天府中，通稟了順天府尹。

周燁做完這事，便回到正門，這時候順天府大門終於開了，侍衛打開門，同柳玉茹道：「進去吧，大人叫妳。」

柳玉茹放下鼓槌，朝著侍衛行了個禮，便往大門裡走進去。這時候，外面傳來一個清亮的女聲道：「沒想到會碰上順天府鳴鼓，」說著，女子便掀起車簾，從一輛華貴的馬車上走了下來，柔聲道，「本宮便去看看吧。」

聽到這個聲音，柳玉茹和葉世安等人都愣了，然而柳玉茹很快反應過來，率先行禮道：「公主殿下。」

李雲裳走到門口，看著柳玉茹，忙扶起柳玉茹，柔聲道：「原來是顧夫人，顧夫人怎麼在這裡？」

說著，李雲裳露出了然的表情：「本宮明白了，怕是為了顧大人的事來吧？妳不必擔心，這事本宮一定會幫妳看著，今日本宮來了，一定會讓這事公正辦下去。」

柳玉茹聽著這話，心裡「咯噔」一下，李雲裳卻是拉著柳玉茹，同所有人道：「這可是顧大人的夫人，我與顧夫人是舊識，你們可千萬要招待好了。」

李雲裳這麼幾句話說出來，外面人小聲嘀咕著開口：「都和公主關係這麼好，到順天府求見什麼陛下？找公主不就好了？」

「惺惺作態，賺個好名聲罷了。」

柳玉茹雖然聽不見外面人群中的話，但也大致能猜到。她被李雲裳牽著進了公堂，順天府尹一看見李雲裳，愣了愣後，忙上前行禮道：「殿下。」

李雲裳放開柳玉茹，笑著道：「王大人，許久沒見了。今日見這位夫人在門外擊鼓，本宮一時好奇，便來看看。」

說著，李雲裳由師爺引著坐到位子上，抬手道：「王大人不必在意本宮，自便就好。」

順天府尹猶豫片刻，終於道：「唉！那下官就開審了。」

說完之後，順天府尹抖動著一身肥肉，回到桌旁，扶了扶帽子，輕咳一聲，看著跪在地上的柳玉茹道：「堂下所跪何人？」

柳玉茹垂著眼眸，冷靜開口：「妾身顧柳氏，乃戶部侍郎顧九思之妻。」

「所來何事？」

「為夫伸冤。」柳玉茹叩首道，「我夫君為奸人所害，如今蒙冤獄中，妾身偶然得知真相，但因此事不便告知大人，還請大人稟告天子，方便民女將手中證據呈上。」

「呃，那……」

「什麼證據，不便在順天府呈上呢？」李雲裳突然開口，順天府尹愣了愣，李雲裳坐在椅子上，搖著扇子道，「顧夫人難道還怕順天府會將妳這證據毀了不成？」

柳玉茹聽著這話，抬眼看向上座，李雲裳搖著扇子，嘴角噙笑，柳玉茹沉默片刻，轉頭看向順天府尹道：「大人，我夫君官拜幾何？」

「正四品……」順天府尹不明白柳玉茹的意思，柳玉茹接著道，「死者劉大人，又官拜幾何？」

「從五品。」順天府尹皺了皺眉頭，「妳什麼意思？」

「大人，您確定，您要審這個案子嗎？」柳玉茹靜靜看著順天府尹：「若大人執意要審這個案子，妾身便將證據呈上來。」

「那便呈上來。」李雲裳果斷介入，順天府尹卻是急了，忙道，「等一下！」

說著，順天府尹腦袋上帶了冷汗，他左思右想，轉頭同李雲裳道：「殿下，這個案子的品級，微臣管不了啊。」

「那就請顧夫人去她能管的地方。」李雲裳靠在椅子上，搖著扇子道：「做事，總得合規矩才是。」

「敢問，」柳玉茹朗聲開口，「我大夏順天府職責何在！」

不等其他人開口，柳玉茹便果斷道：「管東都不平之事。我夫君之事發生在東都，如今人關在東都大牢，我有冤屈，登堂鳴鼓，王大人能審，應當在此主審，不能審，按順天府的規矩，也該呈報陛下，由陛下決定，我求見天子，王大人代為轉達，又有何不規矩？」

說著，柳玉茹抬眼看著李雲裳：「倒是公主，您公主之身，是何職位，能在這順天府堂之上越府尹之職，指手畫腳，干涉諸多？您此時此刻坐在這裡，又合了哪條規矩？」

「妳！」李雲裳捏了椅子猛地起來，又想到外面伸著腦袋看著裡面的百姓和旁邊的衙役，她深深呼吸著，又慢慢坐了回去，轉頭同順天府尹道：「王大人，是本宮管多了。」

「不妨事，不妨事。」順天府尹趕緊擺手，隨後看向柳玉茹，柳玉茹靜靜看著順天府尹，一雙眼堅定清明，片刻後，他在心裡盤算過後，終於道，「那本官這就寫摺子呈入宮中，但召見與否，就得看陛下了。」

「等一下！」李雲裳再次開口，柳玉茹皺眉：「殿下何意？」

「本宮想起來，」李雲裳轉動著扇子，「順天府擊鼓鳴冤，是要受刑的，男受三十大板，女受拶刑，若受刑，任何案子，順天府概不受理。顧夫人，」李雲裳笑起來，「妳願受刑嗎？」

柳玉茹愣了愣，而擠進順天府，站在不遠處聽到這話的葉世安和周燁頓時變了臉色。秦婉清皺起眉頭，低聲道：「將玉茹叫回來吧，總是有辦法。」

「妳不是說有冤屈嗎？」李雲裳看著柳玉茹，「顧大人犯下的案子，那可是抄家滅族砍頭的大罪，既然蒙受了這樣大的冤屈，區區拶刑又算得了什麼？」

柳玉茹靜靜看著李雲裳，站在人群裡的秦婉清看不下去，大聲道：「顧夫人，走吧，拶刑可不是開玩笑，再找辦法就是了！」

柳玉茹垂下眼眸，李雲裳卻是笑了，她手裡的團扇輾轉反側，李雲裳看向團扇上的圖案，嘲諷道：「顧夫人可知道，這順天府，也不是想來就來的。若真是有天大的冤屈，便不會怕酷刑。顧夫人今日來，可是做好了受刑的準備？」

說著，李雲裳抬眼看她：「怕是沒有吧？顧夫人，顧大人可謂難得一見的天才，年紀輕輕，便走到戶部侍郎的位子上，揣度人心，審時度勢，都是一把好手。這樣的人，妳當真他心中純潔無垢？妳當真敢在順天府明鏡之下擔保顧九思受了冤枉？妳敢信，他真的沒有半分污點，在此案中沒有半點牽扯？」

聽著這些話，柳玉茹抬起頭來，看著李雲裳的眼睛。

柳玉茹的神色太平靜，平靜得有些滲人，李雲裳不由得愣了愣。

然而柳玉茹也不知道為什麼，她聽著李雲裳的話，突然想起了昨晚，想起自己那一份遲疑，想起黑風寨上一千多條人命，想起顧九思夜裡冷靜說著話的模樣。

她注視著李雲裳，可不知道為什麼，在她無法出口的時候，又突然想起當初顧九思傷痕累累站在揚州街頭，回眸時意氣風發的笑。

「我信。」

她突然生出無盡勇氣，冷靜又堅定地開口。

李雲裳愣了愣，柳玉茹跪在地上，深深叩首，平靜道：「妾身願受拶刑，請大人稟報天子！」

「玉茹！」

葉世安聽到這話，再也耐不住，低喝出聲，衙役上前一步，攔住了葉世安。

周燁皺起眉頭，看著公堂之上的柳玉茹。

柳玉茹彷彿沒有聽到葉世安的話，她跪在地上，神色從容。順天府尹愣了愣，猶豫片刻後，朝著師爺揮揮手，便拿起紙筆，當堂寫了奏摺，讓人呈入宮中。

而後侍衛拿了指夾過來，他們看著柳玉茹，心裡有些不忍，不由得道：「得罪了，夫人。」

柳玉茹朝他們抬起頭，溫和笑了笑，卻是道：「打擾了。」

侍衛們不敢再看她，只覺這女子溫柔若蓮花，哪怕在即將上刑之時，也帶著超凡的從容。

指夾上套上柳玉茹的手，順天府尹還是有些不忍，不由得道：「顧夫人，陛下不一定答應的，您要不再考慮一下，我讓人把摺子追回來？」

「嫂子！」沈明在外面，著急道，「妳別犯傻啊嫂子！」

柳玉茹沒說話，只是搖了搖頭，而後朗聲道：「我信我夫君為人公正無私。」

說話間，指夾突然用力，柳玉茹猛地咬緊牙關，疼痛讓她瞬間白了臉色，身子微微發顫，卻還是開口，聲線打顫，音色清明：「我信我夫君，上對得起皇恩浩蕩，下，對得起黎民百姓。」

「我夫君，」柳玉茹深吸一口氣，因為疼痛，大顆汗水流下來，她繃緊了全身肌肉，大聲道，「是個好官！」

他是個好官。

是個好夫君。

是個好朋友。

是個好人。

縱然他心有算計，但他無愧於君，無愧於友，無愧於百姓，無愧於家人，更無愧於她，柳玉茹。

她信。

柳玉茹深深喘息著，感覺指夾猛地鬆開。

在鬆開那一瞬間，疼痛打竄，一個激靈直沖腦門，她失了所有力氣，驟然癱倒在地。

秦婉清再也忍不住，一把推開旁人，衝到公堂上，扶起柳玉茹，焦急道：「玉茹，妳沒事吧？」

順天府尹也站了起來，忙道：「叫大夫過來。」

柳玉茹說不出話，她靠在秦婉清懷中，低低喘息著。她的手指已經澈底烏紫，一直在抖，完全克制不住。葉世安和沈明也衝了進來，李雲裳靜靜看著柳玉茹，許久後，她站起身，淡道：「先送後院休養吧。」

說完，李雲裳便領著人走了出去。柳玉茹躺在秦婉清懷裡，被人抬回後院。

大夫趕過來後，只能看一看，根本沒法觸碰。但骨頭必須接上，只能咬著牙一根一根固定。

這疼痛比受拶刑更讓人難耐，柳玉茹終於忍不住，驚呼出聲。

葉韻和印紅也趕了過來，聽到柳玉茹的哭聲，葉韻衝上前去，一把將柳玉茹攬在懷裡，沙啞著聲音道：「李雲裳那個畜生，我早晚……」

「韻兒，」柳玉茹虛弱著嗓音，低啞開口，「我渴。」

葉韻紅了眼，她知道柳玉茹已經沒了力氣，說這話也不是真渴，只是為了讓她不要再胡說。

印紅了水，葉韻餵柳玉茹喝下去，也不再胡說。

柳玉茹綁好了手指頭，外面終於來了信，卻是一個公公站在門口，恭敬道：「顧夫人，陛下請您入宮一趟。」

「改日……」

葉世安話沒說完，柳玉茹便出聲道：「扶我起來。」

然而說這話時，她已經自己起來了。

秦婉清和葉韻上前扶住她，柳玉茹被攙扶著，虛弱地走到太監身前，她笑了笑，蒼白著臉色，柔聲道：「公公，請吧。」

疼痛還在指尖，然而已經開始逐漸習慣。

柳玉茹克制著自己，由人攙扶著，走到了順天府外，然後坐上了轎子。她此刻受不得太大顛簸，馬車不能坐了，葉韻便為她叫了一頂轎攆。柳玉茹由人攙扶著坐上去，然後一路抬著進了宮。

太監見她狀態不好，便讓人提前回去通報，得了特許，將她一路抬到了御書房外。

柳玉茹到的時候，范軒正在練字。看見柳玉茹，他愣了愣，柳玉茹依照宮規，規規矩矩行禮。

范軒見她顫抖著跪下去，這才反應過來，忙親自去扶她，焦急道：「怎麼成這樣了？」

「順天府告狀，需受拶刑。」柳玉茹跪在地上，完完整整叩完頭，這才起身，沙啞道：「民女因刑失儀，還望陛下見諒。」

范軒看著柳玉茹，一時說不出話來。他讓人扶著柳玉茹坐上位子，嘆了口氣道：「以往在望都，總覺得你們見我很容易。如今在東都，才發現你們見我，卻這樣難了。」

「陛下是天子了。」柳玉茹平靜回答：「天子自是不一樣的。」

這話讓范軒愣了愣，他垂下眼眸，乾笑了一聲，隨後道：「妳是為九思求情吧？」

「陛下，」柳玉茹冷靜道，「若是求情，便不會費這樣大功夫求見了。」

范軒抬眼看向柳玉茹，柳玉茹道：「民女已經查到劉春案子背後的主謀，民女還有證據。」

范軒捏緊手中的筆，有些緊張地看著柳玉茹，柳玉茹彷彿什麼都不知道，繼續道：「但民女知道，陛下並不願意將這個主謀繩之以法，或者說沒有辦法將他繩之以法，因為代價太大。此次來見陛下，一來告知所有情況，二來，求陛下提審我夫君，我夫君說，如今陛下困局，他有辦法。」

范軒沉默著，片刻後，他轉過頭去，同外面太監道：「去將顧九思從刑部提出來，朕有話要問他。」

柳玉茹聽到范軒的話，終於放鬆下來，范軒看著她，嘆息道：「妳也別坐著了，先回家休息吧，我讓御醫來給妳看看。」

柳玉茹拜謝，范軒讓人過來，送她去了偏殿，臨出門前，柳玉茹想起來，同范軒道：「陛下，我受刑這事，您別和九思說。」

范軒愣了愣，隨後有些無奈地笑起來：「妳這小姑娘……」

說著，他揮揮手道：「去吧，我不同他說。」

得了范軒這話，柳玉茹這才離開。范軒在御書房裡等著，大太監走上前替范軒磨著墨道：「陛下，您說這事如今怎麼是好？要是真是陸大人做的，顧大人又有了證據，到時候顧大人和太后一結盟，逼著您治陸大人的罪，這不就難辦了嗎？」

「等著吧。」范軒淡道，「我倒要看看，這個顧九思能給我什麼主意。」

等了一會兒，顧九思來了，范軒見顧九思進來，恭恭敬敬行禮，范軒沒有說話，從旁邊拿了茶，抿了一口，淡道：「話，我也不同你繞彎子了。你夫人同我說，如今你有辦法幫我，說說你的辦法吧。」

「陛下，」顧九思直起身來，平淡道，「陛下如今之憂慮，在於此事背後各黨派紛爭。此事明顯是太后欲藉此機會從在戶部插人，而陸大人您如今不想動，也不敢動。一來，陸大人是您的左膀右臂，於情你想饒他一條生路；二來，陸大人是您最初到現在的親隨，您如今登基尚未滿半年，天子之位也名不正言不順……」

「你大膽！」旁邊太監怒喝，范軒抬起手，平靜道，「讓他說。」

顧九思等沒了阻攔之聲，繼續道：「新朝百廢待興勢力盤根錯節，劉行知又列陣在南蠢蠢欲動，如今您需要人來做事，需要親信。您若在此時動了陸大人，那就會寒了您親信的心。而且陸永沒了，誰來管戶部，誰來做事？三來，陸永本人有一大批親隨，若是真把陸永逼死了，保不定陸永手下不會懷恨在心轉投他人。」

「陛下是在這三點考量下，決定不動陸永。可太后卻不會讓陛下不動，一定會想方設法逼著陛下退步。這就是陛下如今困難所在。」

「你說得不錯。」范軒點點頭：「陸永是不能現在動的。」

「可也不能不動。」顧九思開口道：「陛下，您不想寒了親信的心，這想法不錯。可是您想沒想過，這些親信也正是猜到了您的想法，才如此肆無忌憚。您可知如今國庫多少虧損？微臣清點下來近四千萬，陸永呈報三千萬，而往下還有各方小吏偷雞摸狗，怕遠不只千萬之數。戶部尚書偷拿千萬殺倉部司主嫁禍戶部侍郎卻不罰，陛下日後要如何整理朝綱，要如何管理朝臣？如此以往，不等劉行知來攻打大夏，怕是我們大夏已經自尋滅亡了。」

「所以，你是來說服我，懲治陸永，讓他認罪。」

「治，是要治的。但罪，卻是不能認的。」顧九思平靜道：「陛下，如果您信得過臣，不妨這樣做。這件事看似是個庫銀案，其實核心在於黨派之爭，只要太后緊追這個案子不放，這個案子查到哪裡，就是哪裡。」

范軒點點頭：「繼續。」

「事實上，太后已經成為了陛下心腹大患，陛下即將出征劉行知，必須處理太后一事。所以不妨就藉由這個案子，給太后一個警示。所以陛下如今要做的第一步，是先將太子調離東都，太子離開東都，按規格需帶五千人出行，您再以東都安防為由，從親兵調五千兵力過來。說調五千，實調一萬。這樣，一來為後續事的最壞結果做出準備，二來也讓太子在外，留下一座青山。」

范軒應聲，顧九思繼續道：「而後，您再讓葉御史參刑部侍郎崔世言，將崔世言收押，而後以辦案效率太低為由，將此案轉為御史臺審理。」

「為何要收押崔世言？」范軒有些不明白，顧九思笑了笑，「陛下，這個崔世言是崔家正室的么子，從小備受寵愛，崔家在東都關係頗為深厚，刑部上下至少一半以上人馬與他都有姻親關係，而他本人花天酒地，多得是劣跡可尋。御史臺參他，一來好找麻煩，二來，抓了他，他們能猜出陛下什麼意思，就會轉告給其他親屬，最後敲打的就是整個刑部。他哪個親戚敢來說情，陛下就以徇私之名跟著送進去。刑部受了敲打，自然也會將案件移交到御史臺手中。」

「那太后那邊……」范軒猶豫著開口：「怕是不好處理。」

「雲裳公主也該嫁人了。」

顧九思開口，范軒愣了愣。顧九思平靜道：「陛下，太后已經沒了兒子，只剩下雲裳公主一個女兒，微臣聽聞，公主自幼聰慧，極受太后疼愛，您覺得，太后會不會為了女兒的終身幸福讓步？」

「之前不是派人出使北梁嗎？如果太后敢來找您，您就同太后說清楚，之前使者出使北梁，帶了公主畫像過去，北梁皇帝有和親之意。您正在考慮，是為了國家讓公主去和親，還是為了公主幸福，讓公主儘快找一個東都子弟嫁出去。太后她腦子會清醒的。」

范軒點了點頭，面上終於有了幾分紓解，隨後道：「那之後呢？」

「等案子到了御史臺，我們有劉春私盜庫銀的證據，就把這個案子定為劉春私盜庫銀，開始追查少了的庫銀。然後我們讓陸大人將那一千萬兩銀子，從追查到的人的手裡追回，整個戶部上下清查一遍，警醒眾人，這就夠了。等風頭過去，您再勸陸大人辭官，這樣，您那些親信也就明白，不能亂來了。而陸大人畢竟是保全了性命，您再給他一筆獎賞，給他的屬下指一條出路，您的親信也不至於寒心，他的屬下也不至於因為太過害怕倒戈。」

「你說的，倒都是好辦法，」范軒嘆了口氣，「可是陸永若是走了，戶部尚書的位子，誰又能做呢？我是絕不會放一個太后的人上去的，可是手裡能用的人，著實不多。」

顧九思沒說話，許久後，他突然退後，跪了下來，行了個大禮道：「陛下恕罪。」

范軒被他這個動作搞愣了，有些茫然道：「你這是做什麼？」

「陛下，」顧九思低著頭道，「臣其實有一個人選，但此人和臣關係太密，又是戴罪之身，臣如今舉薦，怕陛下以為臣有徇私之心。可此人，論資歷、論能力、論立場，都是如今再適合不過的人選了。」

「誰？」范軒下意識開口，但旋即反應過來。

顧九思抬頭，冷靜道：「前吏部尚書、微臣的舅舅，江河。」

范軒沉默著，沒有說話，顧九思立刻道：「陛下，臣知道江大人原為梁王岳父，可如今陛下已為中原之主，江大人自當歸順。江大人乃臣親屬，臣以頭頂烏紗擔保，江大人絕無二心，若有二心，臣當親自為陛下解憂，絕不勞陛下煩心！」

「也不必說成這樣。」范軒擺擺手，「我只是突然想起來，他是你舅舅這事，我都忘了。如今太忙，我也不記得此事，讓他一直待在牢中，也怪你，不早與朕說起，早說起來，朕就早點安置江大人了。」

「江大人一案由刑部負責，臣乃戶部之人，不當干預。若江大人無事，刑部自然會放人，臣心陛下聖德之下，無人敢做不公之事。如今也是因江大人乃戶部合適人選，微臣只能舉賢不避親了。」

「他原本就是戶部侍郎，在前朝戶部主持近十載，後升任吏部尚書，對戶部一事再熟悉不過。而他過往與太后有交情，作為舊臣，太后不會多加為難，他入戶部，是一個平衡之舉。而他實際上又是微臣舅舅，微臣對陛下忠心耿耿，自會說服他效忠於陛下。江大人在前朝便是能臣，陛下若是得他，便是如虎添翼，何樂而不為呢？」

范軒聽著他的話，一直沒有出聲，許久後，終於道：「讓朕想一想，你先回去吧。」

顧九思見范軒態度鬆軟，心中已是有了把握，恭敬告辭了去。

太監送顧九思出去，等走出大殿，顧九思才道：「敢問公公，今日為何不見我家娘子？」

「少夫人累了，」太監笑著道，「陛下讓少夫人先回去了。」

顧九思愣了愣，心中突然有些忐忑，忙道：「我家娘子可是不適？」

太監的笑容僵了僵，隨後道：「沒有，只是少夫人生的嬌弱，陛下瞧著不忍，便讓她先回去了。」

說著，太監領著顧九思往外走去，解釋道：「而且這本是陛下召見您，少夫人在也尷尬，陛下這才下的旨意，您也別見怪。」

顧九思低著頭，認真思索著，片刻後，卻是道：「張公公，我記得太醫院的王太醫治療外傷是一把好手，在下有些不適，如今進了宮裡，想見見王公公。」

「那不巧了，」太監笑著道，「王公公今日出宮辦差了。」

顧九思點了點頭，卻是不再說話了，只是面色沉得厲害。張鳳祥掃了顧九思一眼，雖然這人還在獄中，但他觀察著范軒的神色，卻是知道，這位主日後怕是前途無量。他忙道：「顧大人可是有什麼煩心事，老奴若是能幫上一二的，儘管吩咐吧。」

「倒也沒什麼了，」顧九思笑了笑，「就是想葉世安大人和沈明大人，我們平素交好，似如親兄弟，如今我許久未曾出過牢門，想見見我那兩個兄弟，讓我兄弟陪我說幾句話。」

「這好辦。」張鳳祥忙道，「我方才在宮門口便見到葉大人和沈大人，等會兒讓他們隨您一起回刑部。」

「多謝張公公了。」顧九思趕緊行禮，張鳳祥虛虛一抬，忙道，「顧大人日後是要做大事的人，老奴也就盼著顧大人日後能提攜一二，記得老奴些許的好了。」

「張公公放心，」顧九思笑道，「在下明白。」

兩人說著話到了宮門口，葉世安和沈明果然站在宮外了，看見顧九思出來，兩人一臉著急。張鳳祥和顧九思告別，恭敬道：「老奴就不出宮了，讓幾個小奴才隨著顧大人去吧。」說罷又狠狠訓斥了周邊的小太監，讓他們好好照顧顧九思，而後同顧九思行禮，這才離開。

顧九思和葉世安、沈明一起到了車上，葉世安忙道：「如何說？」

顧九思將和范軒的對話說了一遭，沈明點著頭，最後道：「我大概聽懂了，但我不明白，你好端端的讓太子出去做什麼？這動靜是不是太大了？」

「他不是讓太子出去，」葉世安卻是個通透的，「他是要把洛子商調出去。」

顧九思靠在車壁上，閉著眼，聽著葉世安同沈明解釋：「洛子商是太子太傅，太子離開東都這麼久，他又沒有其他官職，肯定是要隨行的。」

「啊？」

沈明了然點頭，顧九思突然道：「玉茹怎麼了？」

聽到這話，沈明和葉世安快速對視了一眼，葉世安道：「玉茹偶感風寒，今日不大舒服。」

「那不會改日讓她上順天府？」

顧九思睜開眼，看向沈明，冷靜道：「她在順天府是不是出事了？」

「哪能呢？」沈明趕緊道，「她那麼潑辣的……」

「沈明，」顧九思打斷他，「你撒謊的時候特別明顯。」

沈明僵住了，顧九思繼續道：「她讓你們瞞著我，但如今是我猜到的，你們也不必瞞了，瞞我也不會信。以玉茹的性子，只要她沒有出大事，今日一定會在御書房門口等著我出來，同我說兩句話。今日她不見，平日裡專門出診給達官貴人看病的王御醫又出宮，你們都遮遮掩掩的，還同我說她沒事？」

顧九思猛地提高聲音：「你們是哄誰呢！」

「她在順天府，受了拶刑。」葉世安開口。

顧九思愣住了，震驚地看著葉世安，片刻後，猛地反應過來：「怎麼會！你和周大哥不是都去了嗎？順天府多少年沒有搞過這一套了，還有你和周大哥在那裡，怎麼……」

「公主來了。」葉世安繼續解釋。

顧九思立刻反應過來：「李雲裳！」

他頃刻就想明白其中關節，不由得道：「那為何不走？多的是辦法，受什麼拶刑！」

「李雲裳用你的名譽激她，說若真是冤枉，怎麼會不敢受刑。她想保住你的名譽，就受了。」葉世安嘆息，有些無奈道：「她那性子，決定做了，我們又怎麼勸得住？」

顧九思說不出話來，他坐在馬車裡，覺得心裡揪得疼。

他一想到刑具上到柳玉茹身上，一想到柳玉茹平素那麼柔弱溫婉一個姑娘，心裡就疼得說不出話來。

「是我害了她。」他喃喃道：「是我的錯，我該想到的，去什麼順天府，我早該想到的。」

「你別這樣說，」沈明見顧九思狀態不對，趕緊勸道，「誰都沒想到會突然殺出個李雲裳啊。什麼拶刑這些，以前我聽都沒聽過，不知道哪兒冒出來的規矩，你怎麼又想得到？」

「是我的錯，是我無能。」顧九思抬手將手指插入頭髮，葉世安嘆了口氣，「也不能都怪你，我們也有責任。你也別難過了，回去好好睡一覺……」

「我要見她。」顧九思突然說。

葉世安和沈明都愣了愣，沈明下意識道：「怎麼見？」

葉世安卻是明白了，忙道：「不可！如今別節外生枝……」

「葉兄，」顧九思抬眼看向葉世安，「你與我身形相仿……」

「不妥。」葉世安立刻拒絕，「這事不合規矩。」

「咱們什麼時候這麼規矩了？」顧九思立刻反駁，著急道，「我現在想見她，你便當幫幫我！」

「非常時期行非常事，」葉世安抓著自己的衣服，「能規矩就儘量規矩。此事我不同意。」

「葉世安，你還是不是兄弟？」顧九思看著葉世安，眼裡全是哀求，「我以後叫你哥行不行？」

「不行不行。」葉世安擺手，「真的沒必要。」

這時候沈明反應過來了：「哦，你是要葉大哥替你坐大牢。」

「我明日早朝之前一定把你換出來。」顧九思繼續商量，抬起手發誓道：「我那兒很舒服，特別清淨，還有很多書，你可以有一個很自在的空間。」

「不行不行。」葉世安搖頭，「這真的不合規矩。」

顧九思看了沈明一眼，沈明愣了愣，隨後明白了顧九思的眼神，點了點頭。葉世安見他們不說話，以為顧九思是放棄了，手在衣服上放鬆了些，繼續道：「陛下此事……」話沒說完，顧九思和沈明一起撲了上來，按住葉世安手腳，就開始拉扯葉世安的褲腰帶。

葉世安大驚，忙道：「你們別亂來！放開我！」

「葉兄，今日之恩我一定不會忘記，改日若有機會，我一定幫你。」顧九思一面脫他衣服，一面說著。

「葉大哥，好人做到底送佛送到西，你也別這麼腐朽，要不是我和他身個兒差別太大，我就替他去了。」沈明脫著褲子勸說。

葉世安瘋狂掙扎，但他一個十年寒窗苦讀的書生，怎麼敵得了這兩個小霸王？只是葉世安氣節仍在，決不投降，雙方僵持片刻後，顧九思嘆了口氣，終於鬆了力氣，無奈道：「我很擔心她。」

葉世安愣了愣，顧九思掛著苦笑，他一直是滿不正經的樣子，可這笑容裡，卻讓葉世安看出幾分酸澀，葉世安心裡有些發悶，就聽顧九思道：「你讓我見見她吧？」

葉世安也不知道怎麼了，聽到顧九思這麼哀求，心裡一軟，下意識開口道：「好吧。」

兩個人在馬車裡換了衣服，顧九思出來的時候不宜讓太多人知道，所以穿了個黑色的大斗篷。葉世安穿上那大斗篷，帽子一蓋，就看不到臉了。等到了刑部，下了馬車，跟著人進了大獄。

獄卒因為柳玉茹對他們的照顧，對顧九思的態度一貫很好，見「顧九思」今日不願意說話，也不多問，笑著送到牢房裡，還幫他開了牢門。

等進了牢房裡，葉世安坐在床上，有些茫然地看著前面牢房的木欄。

顧九思說明天早朝之前會來換他，如今才午時……

葉世安心情有點沉重。

把葉世安送進刑部大獄，沈明有些幸災樂禍，顧九思卻是半點歡喜都沒有。

沈明幫顧九思倒茶，高興道：「馬上要見到嫂子了，也不高興點，這麼愁眉苦臉的，也不怕嫂子擔心你。」

「你說得是。」顧九思苦笑，「我不該讓她擔心的。」

說著，顧九思將臉埋在手裡，揉了揉臉。

過了好久，他突然道：「她哭了沒？」

沈明有些茫然：「什麼？」

「她肯定很疼吧。」顧九思聲音有些啞。

沈明沒說話了，好久後，他才道：「我覺得嫂子是樂意的。」

「我明白。」顧九思低聲道：「我就是現在才發現，原來喜歡一個人，她疼在身上，你就疼在心尖上。」

「比自個兒受刑都疼。」

第三十六章　落子

沈明抖了抖，他覺得顧九思矯情。

他推了推顧九思，小聲道：「哥，咱們冷靜一下，打嫂子肯定是比打你疼的，你看你多皮糙肉厚，嫂子水靈靈的那打著肯定比你疼啊。」

顧九思：「……」

他感覺沈明這個人大大咧咧的程度真的比他當年誇張太多，等下馬車的時候，顧九思拍了拍沈明的肩道：「你還年輕。」

誰還沒年輕過呢？他年輕時候還在老婆哭著的時候塞銀票呢！

沈明敲響大門，兩人一路進了屋裡。顧九思走進內院，剛到門口，木南便攔住了他，話沒出口，就看顧九思抬起頭：「是我。」

「公子！」木南愣了愣。

顧九思低頭道：「我去看看夫人。」

木南反應過來，忙領了顧九思進去，顧九思進了內院，一面走一面道：「夫人怎麼樣了？」

「夫人現下睡了。」木南小聲開口，有些忐忑地看了沈明一眼，沈明點了點頭，木南舒了口氣，確認顧九思什麼都知道了，這才道：「方才大夫給夫人看診了，說好好養著，不會有事的。」

顧九思應了聲，沒有多話，到了門口後，吩咐人下去，小心翼翼推開了門。

柳玉茹睡在床上，她其實疼得有些睡不著，但又覺得疲憊，大夫給了她安神的藥，她在朦朧睡意中沉浮，又疼又睏，但疼痛的確少了許多。

她心裡記掛著顧九思，但卻不願這時候去見顧九思的。她知道顧九思的性子，若是知曉自己出了事，不知會鬧些什麼脾氣。她迷迷糊糊睡著，想著等會兒讓人去探聽一下，葉世安和沈明回來沒，看看他們又帶了什麼消息回來。她這麼想著，就感覺有人走進來，坐在自己床畔。

她猜是葉韻，便用虛弱的聲音開口道：「妳哥回來了嗎？」

顧九思愣了愣，便知道柳玉茹是把她錯當成其他人了，心裡有了那麼幾分不高興，想著柳玉茹這時候問的不是他，是葉世安。他堵著氣不說話，就坐在一旁打量著柳玉茹。

今日的她看上去當真格外虛弱了許多，臉色蒼白，頭上冒著細汗，眉頭緊皺，失去了平日裡的從容。

顧九思靜靜打量著她，聽著她繼續道：「他可同妳說九思了？」

聽到這話，顧九思心裡舒展開來，像一片捲起的葉子，在水中慢慢蕩開。他脫了外衣，靠到柳玉茹身邊，小聲道：「我回來了。」

柳玉茹的呼吸停住了，顧九思將手放在頭下，側著身子瞧著她，過了片刻，柳玉茹彷彿快被自己憋死了一般，猛地睜開眼睛，轉頭看了過來。

顧九思噙著笑，目光全落在她身上，柳玉茹盯著他，許久後，她沙啞道：「你怎麼……」

「我回來瞧瞧妳。」

「陛下允的？」柳玉茹有些疑惑，顧九思笑容僵了僵，點了頭，「嗯，陛下允許的，他說妳受傷了，讓我回來陪陪妳。」

「我分明同他說了不要與你說這些的。」柳玉茹皺起眉頭，似是不滿。

顧九思不好意思讓范軒揹鍋，趕忙道：「都是我先猜出來的。」

「你也太過聰明了。」柳玉茹苦笑。顧九思伸出手去，讓柳玉茹的頭靠在手臂上。

柳玉茹是真的太難受了。

顧九思想。

他身上穿著的外袍是葉世安的，若是放在往日，柳玉茹早就發現了，然而如今柳玉茹卻是什麼都沒察覺，她蜷縮在他手上，彷彿一隻貓兒一樣，無助地依靠著他。

「事都辦完了？」柳玉茹還不忘問他。

顧九思低低應了聲：「嗯，完了。」

「如何說的？」

「調走洛子商，調精兵來東都，用李雲裳的婚事逼太后放下此案，將此案交給御史臺處理，而後此案以庫房盜銀結案，劉春等人畏罪自殺。陸永辭官，推舉我舅舅做尚書，我官復原職。」

顧九思一串行雲流水下來，也不知道柳玉茹有沒有聽明白，他看柳玉茹靠著她，抬手替她揉著腦袋，柔聲道：「總之，妳放心，我在呢。」

他這聲「我在呢」輕飄飄的，卻彷彿有千金分量，任誰聽著，都覺得安心。

柳玉茹靠著他，聽著他的心跳，慢慢道：「這些時日我想了許多，我覺得，我終究還是無用了些。」

這話讓顧九思愣了愣，隨後便笑了：「我坐了大牢，勞妳為我奔波，替我受苦，」顧九思說著，頓了頓聲，等平復了語氣，才慢慢道，「我都還沒檢討自己，妳怎麼先檢討上了？」

「九思，」柳玉茹半閉著眼，「公主說得對，其實我幫不了你。」

「妳這是惦記上她說的話了？」顧九思哭笑不得，「妳……」

「可我又想一個人獨占著你。」

柳玉茹迷迷糊糊開口，顧九思聽著，心跳驟然快了幾拍，喜悅從心間蔓延開去，他不知道怎麼，居然一句話都說不出來了。

他張了張口，想說點什麼，可慣來巧舌如簧，卻突然失去了它的能力，顧九思擁著懷抱中的人，聽她道：「我原來想著，只要是為你好，給你納妾也好，與人共用也好，我都是忍得的。大家都這麼過，我也過得。你心裡有我，我知足得很了。」

「可如今才知道，人心不足蛇吞象，公主樣樣都說的對，她能給你的比我多，她長得漂亮，性格也討喜，我想著她進門來，若是久了，你也是會喜歡的。」

顧九思聽著，輕輕撫著她的背，柔聲道：「不會的，我只喜歡妳。」

然而柳玉茹卻是聽不進去，只是含糊著道：「我知道，我知道你一直喜歡我。而我也喜歡你，不願意同人分享你，我這樣自私，礙了你的路，我得補償你才是。可我不僅沒能補償你，也救不出你，我想著，就覺得自己太難過了。」

顧九思終於忍不住，笑出聲來：「妳平日看著端莊得很，怎麼這樣幼稚？」

柳玉茹靠著他，也沒說話，許久後，她聽著他的笑，感覺他胸口的震動，小聲道：「我本就幼稚的。」

說著，她聲音更低：「我還小呢。」

顧九思笑得停不下來，將人摟進懷裡，緊緊抱了一下：「妳可真是我的寶貝。」

說著，放開她，低下頭去，小心翼翼將柳玉茹的手抬起手，憐惜道：「我瞧瞧。」

柳玉茹終於有些不好意思了，想抽回手。顧九思趕忙抓住她的手腕道：「別躲，我看看。」

柳玉茹紅著臉，沒有說話，顧九思一根手指頭一根手指頭看過去，最後什麼話都沒說，只是又抱了抱柳玉茹，這一次他抱得特別緊，特別用力。

「玉茹，」他沙啞道，「我不會辜負妳的。」

「我不在意你辜不辜負我，」柳玉茹輕聲道，「我在意的，是你別辜負你自己。」

柳玉茹說完，猶豫了一會兒，終於道：「九思，如果以後有什麼事你想不明白，就想想以前，想想楊文昌，想想你是為著什麼當的官。」

「我明白。」顧九思抱著柳玉茹，低聲道：「妳說的，我都記著。」

柳玉茹沒有再說，兩人靜靜靠在一起，聽著對方的呼吸聲、心跳聲，感受對方的溫度，皮膚，還有脈搏的震動。

顧九思陪著柳玉茹待了一個晚上。

而這時候葉世安在牢房裡輾轉難眠。

他覺得自己被顧九思騙了。

顧九思說牢裡很舒服，其實並不是。石板床鋪了褥子，但還是會有潮氣從下面傳來，讓被子床褥有一股說不出的濕冷味，他沒辦法，只能把被子也墊在床上，企圖褥子和被子疊加在一起，會舒服些。後來發現其實也沒多大用，終於自己躺在床上用自己的溫暖把褥子捂乾。

顧九思說牢裡有書，可以讀一下打磨時間。誰知道這屋裡的書哪是書，全是一張張地圖，以及一些民間話本。

當然這些就算了，他都可以忍耐，直到半夜時分，他開始尿急。

然後他尋找了一圈，喊了許久的人，終於發現靠在旁邊的一個木桶。

葉世安對著這個木桶，驟然崩潰了。

騙子。

這個大騙子！

神仙也有五穀輪迴，葉世安一代君子，自然不能失了風度。

他看著面前的木桶，咬了咬牙，終於還是回了床上，在寒風中抱緊自己，閉著眼硬憋著。

等憋到了啟明星升起來，終於聽到外面傳來腳步聲，顧九思回來了。沈明送顧九思回來，還帶了官袍給葉世安，顧九思一進來，葉世安就跳了起來，一把抓過官袍，疾步往外走去，拉住獄卒，低聲問了兩句，人就不見了。

「他去做什麼？」沈明有些懵。

顧九思也不明白：「竟是氣得一句話都不同我說了？」

但時間緊急，顧九思也來不及鬧明白葉世安到底是什麼意思，自己進了牢房，把門關上，同沈明道：「趕緊去上朝，有什麼消息記得告訴我！」

說完，他很自覺自己上了鎖，和獄卒道：「您歇著吧，我鎖好了。」

這時候，葉世安已經紓解完畢，從旁邊轉角走了出來，他冷冷瞟了顧九思一眼，拔腿便走。沈明趕緊追上去，顧九思愣了愣，摸了摸鼻子，沒想到，葉世安氣得這麼厲害。

葉世安和沈明上了朝，當日，范軒便詔告太子替天子南巡，查看黃河堤防情況，施恩於天下。因為太子是范軒唯一的獨苗，從東都調五千精兵護送。

這條命令下來，所有人都懵了，等朝會散了後，許多大臣聚到周高朗面前來，詢問道：「周大人，陛下這是什麼意思？」

周高朗攤攤手：「我又不是陛下，我怎知道陛下是什麼意思？」

而陸永站在一旁，神色一貫平靜，但有些異常的是，一般這種時候，陸永總是最先過來詢問情況的，可現下他對此事完全沒半點關心。

周高朗不著痕跡看了陸永一眼，等出了宮門，周高朗叫住了陸永：「陸大人。」

陸永頓住步子，周高朗追上去，同陸永並肩而行，笑著道：「感覺最近陸大人和以往有些不同？」

「有何不同？」陸永面色平靜。

周高朗笑了笑：「以往陸大人，不是這樣不愛說話的人。」

陸永僵了僵神色，隨後嘆了口氣：「不瞞周大人，最近戶部事務繁忙，我是太過勞累了。若是有什麼得罪周大人的地方，還望周大人見諒。」

「我能有什麼好得罪的？」周高朗笑笑，轉過頭去，看著宮外的天空道：「老陸，咱們從幽州一路爬上來，也是十幾年的光景了，你應該多信任老范一些。」

陸永在袖下捏起拳頭，提醒自己不要緊張，而周高朗卻完全沒有看他，只是道：「不該瞞的不要瞞，瞞了也瞞不過。陛下終究是對你好的，十幾年的感情，誰都不會這麼心狠。」

陸永聽了這話，整顆心提了起來。周高朗抬手拍了拍他的肩膀，提步走了出去。

等周高朗走後，陸永在門口站了一會兒，閉上眼睛，輕嘆出聲。

太子南巡調令發出來，范玉頓時便慌了，他忙去找洛子商，著急道：「太傅，父皇讓我南巡，這是什麼意思？」

洛子商低頭看著棋盤，他沒有做聲。范玉有些不滿，提了聲道：「太傅！」

「陛下讓太子南巡，那便是南巡吧。」

「可是……」

「陛下在朝中根基不穩，」洛子商淡道，「還是要有一些實績才是。今年欽天監預計黃河將有水患，每年都有決堤，若是今年太子南巡之後黃河無事，殿下在民心之中地位必然高漲，於朝廷也算有了實績。」

「這些都不重要，」范玉皺眉道，「我父皇就我一個兒子，有沒有實績，難道還能讓其他人做皇帝去？」

聽到這話，洛子商持著棋子的手頓了頓，片刻後，卻是抬起頭，朝著范玉恭敬笑道：

「殿下這就誤解陛下的意思了，陛下的意思，不僅想讓殿下當皇帝，還想讓殿下當一個萬民稱頌、青史留名的好皇帝。殿下雖然已經很是優秀，但是還是需得讓人知道才是。」

這話讓范玉聽著舒服，他點了點頭道：「你說得極是，我得讓人知道這些才對。本宮南巡，你也隨行吧？」

「微臣自然是隨行的。」洛子商轉過頭去，目光落在棋盤上。

范玉出巡這件事，準備了三日，便帶著人馬浩浩蕩蕩出發了。

這時候，柳玉茹在望都買地種下的糧食，也已經運送到了東都。

如今經歷戰亂之後，各地糧價都不算便宜，當初望都在柳玉茹收糧之後，糧食充足，後來又有流民開墾，今年豐收，糧價相比東都，卻是有十倍利潤不止。柳玉茹親自到門口去接糧食，恰好遇見太子隊伍浩浩蕩蕩，她坐在馬車裡撩起簾子，看著太子南巡隊伍出城，太子南巡的隊伍中，太子的馬車後面，又跟了一輛樸素無華的小馬車。她正想著馬車裡是誰，便見那馬車突然撩起了簾子。

一張蒼白的有些病態的臉出現在柳玉茹面前，那人看見柳玉茹，目光裡帶了幾分說不出的笑意，這笑意十分複雜，讓柳玉茹皺起眉頭。

馬車交錯而過的瞬間，洛子商放下簾子，彷彿掀起簾子只是為了看這個人一眼。

旁邊印紅趕忙上來，同柳玉茹道：「夫人離他遠點，這人太滲人了。」

柳玉茹沒說話，她垂下眼眸，看向帳本，只是道：「翻頁。」

她如今手指動不得，只能讓印紅幫著翻頁讓她看帳本，柳玉茹看著帳本上的糧食數量，不一會兒，就聽外面的人說運糧食的隊伍到了。

柳玉茹下了馬車，親自見了運糧的人，給了每個人一個小錢袋，說是給大家圖個吉利。大家本來一路風塵僕僕，柳玉茹在門口等著這一番搭待，所有人心裡都激動了起來，覺得這一趟也不算虧。

柳玉茹帶著人去了東都郊外倉庫，這是她特地租下的一塊地，專門用來存放貨物糧食。她在後門陪同著人清點糧食，她看著人把糧食一袋一袋搬運上來，清點著數量，等著糧食全都入庫後，她不由得皺起眉頭。

運糧的頭子叫老黑，他見柳玉茹皺起眉頭，也有些忐忑，柳玉茹領著他去了大堂，讓老黑坐下，而後便開口道：「黑哥，有一件事，我有些不明白。」

「您說。」老黑開口，趕忙道：「東家，您若有什麼不明白就問我，我一定跟您說清楚，咱們心裡可不能有芥蒂。」

柳玉茹笑笑，卻是道：「黑哥，我是有些奇怪，」她讓印紅攤開帳本道，「我從望都要的糧食是三萬石，為何如今到了，卻只有一萬五的數量，竟是有一半糧食都沒了？」

老黑聽到這話，連茶都顧不得喝，趕緊解釋道：「東家，糧食運輸過來，路上大夥要吃飯，有又遺漏，自然會有損耗。」

「黑哥，」柳玉茹皺起眉頭：「運糧這件事，我也做過。當初我從青州、滄州、揚州一路運糧回望都過去，一萬石的糧食，到望都也有九千石不只，我不明白，你們運送的糧食，為何卻是要損耗一半。」

「對啊對啊，」旁邊印紅不高興起來，立刻道，「你可別以為我們沒運過糧坑我們。」

老黑聽到這話，頓時拉下臉來，他將茶碗重重一磕，便起身來，跪在柳玉茹面前道：「東家，我知道這事東家疑我，可我老黑今日就算一頭撞死在這柱子面前，也是要和東家說清楚，這糧食我們的確沒拿。」

「那糧食……」印紅著急開口。

「路都不一樣！」老黑抬眼看著印紅，怒道，「妳小丫頭片子知道什麼呢！」

「黑哥，」柳玉茹嘆了口氣，趕緊起身扶起老黑道，「您別和小姑娘置氣。我不是疑你，我只是想知道原因，若有辦法，我們就想辦法，我做生意，總得明白我的錢花在哪裡。」

聽到這話，老黑的情緒終於穩了些，他嘆了口氣，同柳玉茹道：「東家，您當時從青州、滄州、揚州，都是走水路，直接到了幽州，而後幽州到望都，再走不到三十里路。而您沒發現，您一萬擔糧食，之所以少了，主要是在陸路上耗的嗎？」

柳玉茹點點頭：「的確。」

「東都在內地，不沿海，」老黑嘆了口氣，「要把新糧送過來，我們只能一路陸路。可走陸路和水路不同，一來，需要的人數不同。如果走水路，一艘船需要的人手也就幾十人，他們這麼點人，就能運很多糧食，中途也沒什麼漏糧，只要船不翻，不遇到水盜，那糧食除了那十幾個人吃的，根本就沒損耗。陸路就不同了，首先糧食在路上就會漏，一邊走一邊漏，就已經少了一部分了。其次人馬運輸糧食有限，同樣的糧食，水路十幾個人能運，陸路可能要幾百乃至上千人，吃的損耗也不同。最後路上多山匪，我們這一路走來，每隔一段路，就得繳納一批『過路費』，這樣一路送過來，到達東都，又能剩多少？」

老黑說著，頗為心酸：「東家，我知道這事是我老黑沒用，可是我也盡力了。」

「黑哥，」柳玉茹聽著，嘆了口氣道，「你的確受委屈了，是我不懂事，你這樣辛苦，我卻還在想著糧食。」

這話說來，老黑心裡那一口氣也順了。

他趕忙擺手道：「東家，您別這麼說，這麼說真是折我的壽了。」

柳玉茹笑笑，讓印紅去取了二兩銀子，交到老黑手中，恭敬道：「黑哥，原來不知道你們辛苦，如今才知道，讓你們受委屈了。如今我新店剛開，諸事都要省著，這點銀子，您別覺得寒酸。」

老黑推辭不受，柳玉茹和老黑客氣了一番，終於還是將銀子送了出去。

送出去後，柳玉茹帶著印紅離開。

印紅坐在馬車上，嘆氣道：「糧食剩一半，咱們成本就要上了一半，也不知道怎麼賣。如今姑爺還在牢裡待著，生意上也不順，夫人，您說咱是不是去廟上拜拜？」

柳玉茹沒說話，她搖著團扇，轉頭看向窗外，淡道：「總有辦法。」事在人為，總有辦法。

——《長風渡【第一部】長風起》完——

——《長風渡【第二部】橫波渡》敬請期待——

高寶書版集團
gobooks.com.tw

YE 036
長風渡【第一部】長風起（下卷）
作　　者　墨書白
責任編輯　吳培禎
封面設計　茵來登曼特
內頁排版　賴姵均
企　　劃　何嘉雯

發 行 人　朱凱蕾
出　　版　英屬維京群島商高寶國際有限公司台灣分公司
　　　　　Global Group Holdings, Ltd.
地　　址　台北市內湖區洲子街88號3樓
網　　址　gobooks.com.tw
電　　話　(02) 27992788
電　　郵　readers@gobooks.com.tw（讀者服務部）
傳　　真　出版部(02) 27990909　行銷部 (02) 27993088
郵政劃撥　19394552
戶　　名　英屬維京群島商高寶國際有限公司台灣分公司
發　　行　英屬維京群島商高寶國際有限公司台灣分公司
初　　版　2023年4月

本著作物《長風渡》，作者：墨書白，由北京晉江原創網絡科技有限公司授權出版。

國家圖書館出版品預行編目(CIP)資料

長風渡. 第一部, 長風起/墨書白著. -- 初版. -- 臺北市：英屬維京群島商高寶國際有限公司臺灣分公司, 2023.04
　冊；　公分. --

ISBN 978-986-506-711-3 (上卷：平裝). --
ISBN 978-986-506-712-0 (中卷：平裝). --
ISBN 978-986-506-713-7 (下卷：平裝). --
ISBN 978-986-506-714-4 (全套：平裝)

857.7　　112005354